Find Me
by André Aciman

Find Me

アンドレ・アシマン
市ノ瀬美麗=訳

マグノリアブックス

パラ・ミス・トレス・イホス
三人の息子たちへ

主な登場人物

エリオ・パールマン――――――才能あるピアニスト。演奏家としてヨーロッパ中を回っている。
オリヴァー――――――エリオの初恋の相手。ニューイングランド大学で教授をしている。
サミュエル・パールマン――――――エリオの父親。西洋古典文学の教授。
ミシェル――――――弁護士。妻子がいるが、妻とは既に離婚している。
ミランダ――――――女性写真家。世界中を旅している。
エリカ――――――オリヴァーの友人。
ポール――――――オリヴァーの友人。

第一部

テンポ

なぜそんなに不機嫌なんだ?

私はフィレンツェの駅で列車に乗り込んでくる女性を眺めていた。彼女はガラスのドアを開けて車両に入ってくると、あたりを見まわし、すぐに私の隣の空いている座席にバックパックをどさりと置いた。レザージャケットを脱ぎ、読みかけの英語のペーパーバックを置いてから、白色の四角い箱を荷物棚に載せ、いらいらと怒った様子で私の斜め向かいの席に身を投げ出した。乗車する数秒前に電話で激しい口喧嘩《げんか》をして、電話を切る前に自分か相手が口にした痛烈な言葉にまだいらだっている人、という印象を受けた。握りこぶしに赤いリードを巻きつけ、足首のあいだに犬を押さえつけようとしている。犬も彼女に劣らずいらだっているみたいだ。「いい子ね《ボーナー》、よしよし」やがて犬を落ち着けるために彼女は言った。「ボーナー」と繰り返すが、犬は押さえつけられながらもまだそわそわと身をよじらせ、逃げようとしていた。犬の存在にいらついた私は、本能的に、組んだ足をほどこうとせず、体をずらして犬のためにスペースを空けたりもしなかった。だが、彼女は私にも私のボディーランゲージにも気づいていないようだった。すぐさまバックパックの中を探り、細長いビニール袋を取り出すと、犬用の小さな骨形のおやつを手のひらにふたつ載せ、犬が舐め取るのを見ていた。「偉いわね《ブラーヴァ》」犬がつかの間だけおとなしくなったので、彼女は腰を浮かせてシャツのしわを伸ばし、一、二度もぞもぞと座り直してから、むっつりとふさぎ込んだようにフィレンツェの街を無関心な様子でぼうっと見つめた。列車がサンタ・マリア・ノヴェッラ駅から発車する。彼女はいらだっていて、おそらく自分では気づいていないだろうが、頭を左右に振った。一回、二回。乗車前に口論した相手にまだ腹を立てているのだろう。一瞬、すっかり落ち込んだ顔をしたので、私は自分の開いた本を見つめながら、気がつくと必死でなにか声をかけようと考えていた。車両の端にあるこの狭いボックス席で、嵐が発達していまにも爆発しそうになっている。その原因になりそうなものを静めたかった。けれど、ふと考え直した。彼女のことはほうっておいて、読書を続けよう。ところが、彼女がこちらを見ているのに気づき、思わず聞いてしまった。「なぜそんなに不機嫌なんだ?」

そこではっと気がついた。私の質問は完全に不適切だと思われたにちがいない。相手は列車に乗り合わせた赤の他人だ。それに、言うまでもなく、ほんのささいな刺激で彼女の怒りが爆発しかねない。彼女はただ、困惑しつつ敵意で目をきらめかせて私を見つめただけだった。その目つきは、私をこき下ろして身の程をわきまえさせる言葉が出てくる前触れだった。〝余計なお世話よ、おっさん〟もしくは、〝あなたになんの関係があるの?〟もしくは、顔をしかめて痛烈な非難を投げつける。〝最低!〟

「いいえ、不機嫌じゃないわ、考え事をしてるだけ」彼女は言った。

そのやさしく、悲しげとも言える口調に、私は思いきり不意を突かれてしまった。くたばれと言われたとしても、これほど唖然《あぜん》としなかっただろう。

「考え事をしてると不機嫌に見えるのかも」

「じゃあ、幸せなことを考えてる?」

「いいえ、幸せな考えでもないわ」彼女は答えた。

私は微笑んだが、なにも言わなかった。すでに自分の浅薄で横柄な冗談を後悔していた。

「でも、やっぱり不機嫌かも」彼女は抑えた笑い声をあげて認めた。

私はぶしつけな質問をしたことを謝罪した。

「いいのよ」彼女はすでに、窓の外に現れはじめた田舎の景色を眺めていた。アメリカ人か、と私は尋ねた。彼女はそうだと答えた。「私もだ」私は言った。「アクセントでわかったわ」彼女は微笑んで言い足した。私は三十年近くイタリアに住んでいるが、どうしてもアクセントを直せないのだと説明した。私が尋ねると、彼女は十二歳のときに両親とイタリアに移住したと答えた。

私たちはふたりともローマに向かっていた。「仕事かい？」私は聞いた。

「いいえ、仕事じゃないわ。父よ。具合がよくないの」それから視線を上げて私を見た。

「だから不機嫌なのかもしれないわね」

「重病なのか？」

「そうみたい」

「お気の毒に」私は言った。

彼女は肩をすくめた。「人生よ！」

そして口調を変えて聞いてきた。「あなたは？　仕事？　それとも遊び？」

彼女がわざとふざけて紋切り型の質問をしてきたことに、私は微笑みを浮かべ、説明した。大学生向けに講演をしてほしいと招待された。だけどそれだけではなく、息子に会う。彼はローマに住んでいて、駅に迎えに来てくれる。

「きっといい子ね」

彼女はおどけているのだとわかった。だが、むっつりした態度がぱっと陽気になり、その快活で打ち解けた態度が好ましかった。私の態度も同じだろう。彼女の口調はカジュアルな服装と一致していた。擦り切れたハイキングブーツに、ジーンズ。ノーメイクで、黒いTシャツの上に色あせた赤っぽいランバージャックシャツを半分だけボタンをとめて着ている。しかし、格好はだらしないものの、緑色の瞳と黒っぽい眉は魅力的だ。彼女はわかっている、と私は思った。彼女はわかっている。おそらく、私が彼女の不機嫌さに対して愚かなコメントをした理由をわかっている。つねに知らない人間がひとつやふたつ口実を見つけては、彼女と会話を始めようとするのだろう。だから、どこへ行くにも、〝口説こうなんて思わないで〟といういらだった目を向けているのだ。

私の息子についての皮肉なコメントを返されたあとで、会話がはずまなくても驚きではなかった。そろそろ、それぞれの本を読む時間だ。ところが、彼女がこちらを向き、単刀直入に聞いてきた。「息子さんに会うのが楽しみ？」またしても、なんとなくからかわれているのだと思ったが、軽々しい口調ではなかった。こんなふうに個人的な話を持ち出して、列車で乗り合わせた他人とのあいだのハードルをあっさり乗り越えるところは、魅惑的でもあり、拍子抜けでもあった。それがいい。おそらく、自分のほぼ二倍の年齢の男が息子に会う前にどんな気持ちでいるのか知りたいのか、あるいは、単に読書をする気分ではないのだろう。

彼女は私の返事を待っていた。「つまり、うれしい——かもしれない？　緊張してる——かもしれない？」

「それほど緊張はしていない。いや、少し緊張しているかな」私は言った。「親というのは、押しつけがましくなることをつねに恐れている。言うまでもなく、つまらない人間になることも」

「自分がつまらない人間だと思うの？」

私の言葉が彼女を驚かせたのが楽しかった。

「そうかもしれない。だが、現実を見よう、つまらなくない人間はいない」

「私の父はつまらない人間じゃないと思うわ」

彼女の気分を害してしまっただろうか？「では、取り消そう」私は言った。

彼女は私を見て微笑んだ。「早まらないで」

彼女は人の心を突き、穴を開ける。その点が息子と似ている——彼女のほうが少し年上だが、私の失態や、抜け目のない小さな駆け引きに挑んでくるところは同じだ。言い争って、仲直りをしたあとで、私はぼろぼろになっている。

〝人と知り合いになるときの君は、どんな人間なんだ？〟と私は聞きたかった。〝愉快で、陽気で、ひょうきんなのか、それとも、君の血管には不機嫌で怒りっぽい血清が流れていて、そのせいで表情が曇って、その笑顔と緑の瞳が約束する笑い声が消されているのか？〟知りたかった——私にはわからないから。

非常にうまく人の心を読めることに対して彼女に称賛を伝えようとしたとき、彼女の電話が鳴った。もちろん、ボーイフレンドだ！　ほかにいない。私はいつでも携帯電話に邪魔されることにすっかり慣れていた。いまでは、学生とコーヒーを飲んだり、同僚や息子と話したりしていると、必ずと言っていいほど携帯電話の着信が割り込んでくる。電話に救われ、電話に沈黙させられ、電話に話題をそらされる。

「ハイ、パパ」電話が鳴ってすぐに彼女は言った。即座に電話に出たのは、大きな着信音でほかの乗客に迷惑をかけないためだろうと私は思った。ところが、驚いたことに、彼女は電話に向かって怒鳴った。「いまいましい列車のせいよ。止まったの。わからないけど、二時間もかからないはずよ。じゃあね」父親が彼女になにかを尋ねる。「もちろんよ、おバカさん、忘れるはずないでしょう」父親はほかにもなにかを尋ねた。「それも」沈黙。「私も愛してる。とっても」

彼女は電話を切り、バックパックの中に放り投げた。〝二度と邪魔されないわ〟と言わんばかりに。そして私にぎこちない笑みを向け、やがて「親っていうのは」と言った。〝どこの家も同じよね〟という意味で。

だが、そのあとで彼女は説明した。「毎週末、父と会ってるの――私は週末担当ってわけ――平日は、きょうだいとヘルパーさんが世話をしてくれてる」私がなにか言う前に、彼女は聞いてきた。「それで、今夜のイベントのためにおしゃれしてるの？」

私の服装に対して、なんという表現方法だろう！　「おしゃれに見えるかい？」私はその言葉をふざけた調子で返した。ほめ言葉を引き出そうとしていると思われないように。

「だって、ポケットチーフに、きちんとアイロンをかけたシャツ。ネクタイはしてないけど、カフスボタンをつけてる？　よく考えたんでしょうね。ちょっと古めかしいけど、小粋だわ」

私たちは微笑んだ。

「実は、これがある」私はジャケットのポケットからカラフルなネクタイを半分引き出し、また戻した。自分自身をからかうくらいユーモアのセンスがあることを彼女に知ってもらいたかった。

「思ったとおり」彼女は言った。「おしゃれだわ！　引退した教授がよそ行きの服を着てるのとはちがうけど、だいたいそんな感じ。それで、息子さんとローマでなにをするの？」

彼女のしゃべる勢いはおさまらないのだろうか？　私の最初の質問で、なれなれしくしてもいいと思わせてしまったのだろうか？「息子とは五、六週間おきに会っている。息子はローマに住んでいるが、じきにパリに引っ越す。もうすでに寂しいよ。息子と過ごすのが好きなんだ。特になにもせず、たいてい散歩をするが、結局いつも同じ散歩になる。音楽学校があるという意味では彼のローマであり、若いころ教師をしていたときに暮らしていたという意味では私のローマだ。それから、いつも〈アルマンド〉でランチをする。息子は私に耐える。もしくは、私との時間を楽しんでいるかもしれないが、いまだに彼がどう思っているのかわからない。両方かもしれない。だが、この訪問は儀式化している。ヴィットーリア通り、ベルシアーナ通り、バブイーノ通り。ときには、はるばるプロテスタント墓地まで足を延ばす。まるで人生の道しるべをたどるようだ。私たちは徹夜の祈り《ヴィジリア》と呼んでいる。信心深い人々がさまざまな〝マドンネッレ〟――街角の祠《ほこら》――に立ち寄り、その通りの聖母に敬意を表することからつけた呼び名だ。私たちは忘れていない。ランチ、散歩、ヴィジリア。私は幸運だ。息子とローマを歩きまわること自体がヴィジリアだ。角を曲がるたび、記憶を見つける――自分自身の記憶、誰かの記憶、街の記憶。私は黄昏時《たそがれ》のローマが好きだ。息子が好きなのは午後のローマ。ふたりで日が暮れるまで時間をつぶすためだけに、どこかでアフタヌーンティーをして、それから酒を飲む。そんなことが何度もあった」

「それだけ？」

「それだけだ。私のためにマルグッタ通りを歩いて、息子のためにベルシアーナ通りを歩く――それぞれに愛を経験した場所だ」

「過去のヴィジリアのヴィジリア？」列車で知り合った若い女性は冗談を言った。「息子さんは結婚してるの？」

「いいや」

「恋人はいるの？」

「わからない。誰かいるはずだ。だが、心配なんだ。だいぶ前には誰かがいた。いまはどうなのかと聞いたが、息子は首を横に振って、『聞かないでくれ、パパ、聞かないで』と言うだけだった。誰もいないとも、誰もが恋人だとも取れる。どちらが悪いかわからない。昔は隠さずになんでも話してくれたのだが」

「正直な気持ちを言ったのよ」

「ああ、ある意味では」

「息子さんが好きだわ」斜め向かいに座っている若い女性は言った。「私もまったく同じだからかも。率直すぎる、出しゃばりすぎるって非難されたかと思うと、今度は用心深くて内気すぎるって言われる」

「息子は他人に対して内気なわけではないだろう。だが、あまり幸せではなさそうだ」

「彼の気持ちがわかるわ」

「君は誰かいないのかい？」

「あなたにわかるかしら」

「なんだって？」口から飛び出たその言葉は、驚きと悲しみのため息のようだった。どういう意味だろうか——誰もいない、または大勢いすぎる？　あるいは、男に捨てられて打ちひしがれていて、次々言い寄ってくる男たちや自分自身に怒りをぶつけたくてしかたがない？　あるいは、おそらく息子が何人もの相手に思い知らされたように、人はただ現れては去り、現れては去っていくということか——あるいは、彼女は痕跡や記念品を残すことなく、相手の人生に入り込んでは出ていくタイプなのか？

「自分が人を好きになれるタイプかわからない。ましてや恋に落ちるなんて」

彼女も息子と同じなのだ。つらい思いをかかえ、冷静で、傷ついた心。

「君は人が嫌いなのか、それとも、ただうんざりして、人に興味を持つ理由をどうしても思い出せないのか？」

彼女は急に黙り込んだ。すっかり仰天した顔で、ひとことも発さなかった。目はまっすぐ私を見つめている。また気分を害してしまったか？「どうしてわかったの？」やがて彼女は聞いた。真顔になって、怒ったような表情を浮かべているのを見るのは初めてだった。よく研いで磨き上げた言葉で、厚かましくも彼女の私生活に余計な口出しをした私を切り刻むつもりなのだろう。なにも言うべきではなかった。「出会ってからまだたった十五分なのに、あなたは私のことをわかってる！　どうしてわかったの？」そこで言葉を切る。「あなたとの会話は一時間いくら？」

「無料サービスにしよう。だけど、私がなにか知っているとしたら、それは人間というのが皆同じようなものだからじゃないかな。それに、君は若いし、美人だ。いつも男たちが寄ってくるにちがいない。だから、出会いがないわけではない」

また余計なことを言って、一線を越えてしまっただろうか？

ほめ言葉に戻ろうと、私は続けた。「新しい相手に感じる魅力は長くは続かない。私たちは手に入らない人を求めているだけだ。心に残るのは、私たちが失った人たち、あるいは、私たちの存在など知らなかった人たちだ。ほかはかろうじて心に響くだけ」

「それって、マルグッタ通りでの恋愛のこと？　ミス・マルグッタの場合？」彼女は聞いた。この女性はなんの躊躇《ちゅうちょ》もない、と私は思った。ミス・マルグッタという呼び名はいい。何年も昔に私たちのあいだに存在していたものに、穏やかで、素直で、滑稽とも言える光を投げかけている。

「ほんとうのところは、私には決してわからない。彼女とはほんの少しつき合っただけだし、あまりに早くことが起こった」

「どのくらい前のこと？」

私はしばし考えた。

「言うのは恥ずかしい」

「あら、いいじゃないの！」

「少なくとも二十年前だ。いや、ほぼ三十年前か」

「それで？」

「私がローマで教師をしていたときに、パーティーで出会った。彼女には相手がいて、私も相手がいた。私たちはたまたま言葉を交わし、どちらも会話をやめたくなかった。やがて彼女はボーイフレンドとパーティーを去り、すぐあとで私たちも帰った。彼女とは電話番号の交換さえしなかった。けれど、彼女のことが頭から離れなかった。そこで、私をパーティーに招待してくれた友人に電話して、彼女の電話番号を知らないかと聞いた。すると冗談みたいなことが起きた。その前日に彼女から友人に電話があって、私の電話番号を聞かれたという。私はとうとう彼女に電話をかけて、『私を捜しているそうだね』と言った。名乗るべきだったが、あまり考えてなかった。緊張していたんだ彼女はすぐに私の声に気づいた。あるいは、共通の友人から前もって知らされていたのかもしれない。『あなたに電話するつもりだったの』彼女は言った。『だけど、しなかった』私は答えた。『ええ、そうよ』そのときの言葉は、彼女に私よりも勇気があることを示していた。私の鼓動が速くなった。思いも寄らない展開だったし、決して忘れられないだろう。『それで、どうする?』と彼女は聞いた。どうする? そのひとことで、私は自分の人生が通常の軌道から追い出されようとしているとわかった。あんなに率直で、野性的とも言える言葉を私に投げかけてくる知り合いはひとりもいなかった」

「彼女が好きだわ」

「好きにならないわけがなかった。率直で、進歩的で、とても的確で、私はその場で即決するしかなかった。『ランチをしよう』私は誘った。『ディナーは難しいから、でしょう?』彼女は聞いた。彼女の言葉が暗に示す大胆な皮肉がたまらなかった。『ランチをしよう――今日だ』私は言った。『今日ね』とんとん拍子に話が進んでいくことに、私たちは笑った。ランチの時間までは一時間もなかった」

「彼女がボーイフレンドを裏切ることになるのが気になった?」

「いいや。私も同じことをしていたわけだが、それも気にならなかった。ランチは長かった。その後、私はマルグッタ通りの彼女の家まで歩いて送り、そこから今度は彼女がふたりでランチをした場所まで私を送り、それからまた私が彼女を家まで送った」

「『明日は?』私は尋ねた。先に進むべきかどうか確信がなかった。『もちろん、明日も』それはクリスマスの一週間前だった。火曜日の午後には、私たちは完全にバカげたことをした。飛行機のチケットを二枚買って、ロンドンに飛んだんだ」

「すごくロマンティックね！」

「すべてがとても早く進み、とても自然に感じられた。ふたりとも、自分たちのパートナーと話し合ったり、彼らに考え直す猶予を与えたりする必要はないと思った。ただ束縛から解放されていた。当時はまだ束縛があった」

「いまとちがって、ということ？」

「わからない」

「ええ、そうでしょうね」

遠まわしの嘲弄《ちょうろう》。私を少しいらだたせたいのだ。

私はくすくすと笑った。

彼女も同じように笑った。私が本心を見せていないことを知っていると伝える合図だ。

「いずれにしろ、私たちの関係はすぐに終わった。彼女はボーイフレンドのところに戻り、私はガールフレンドのところに戻った。友人としてもつき合いは続けなかった。だが、私はふたりの結婚式に出席し、やがて私も自分の結婚式にふたりを招待した。ふたりの結婚生活は続いた。私たちは続かなかった。このとおり《ヴォアラ》」

「どうして彼女をボーイフレンドのところに戻らせたの？」

「どうしてか？　たぶん、自分の気持ちに完全に納得していなかったのだろう。彼女を引きとめる努力をしなかった。私がそうしないだろうと、彼女もとっくにわかっていた。私は恋をしていたかったのだろう。していないのが怖くて、彼女に対して抱いていない気持ちと向き合うより、ロンドンでちょっとした忘却を楽しむほうがましだったのさ。事実を知るよりも、疑惑を抱いているほうがましだったのかもしれない。さて、君との会話は一時間いくらかな？」

「一本取られたわ！」

こんなふうに人と話したのはいつ以来だろうか？

「それじゃ、君の恋人について教えてくれ」私は言った。「いま、特別な相手とつき合っているんだろう？」

「たしかに、つき合ってる人はいるわ」

「どのくらい？」そこでぴたりと言葉を止めた。「聞いてもいいなら」

「いいわよ。もうじき四カ月になる」それから肩をすくめる。「特筆すべきことはないわ」

「彼が好きかい？」

「それなりに好きよ。仲よくやってる。好きなものがいろいろと同じなの。でも、ただ一緒に人生を送ってるふりをしてるだけのルームメイトよ。実際は一緒に人生を送ってるわけじゃない」

「すごい言い方だな。〝一緒に人生を送ってるふりをしてるだけのルームメイト〟か。悲しいな」

「悲しいわ。だけど、この短時間で、彼との一週間の会話以上に多くのことをあなたと話したかもしれないっていうのも悲しいわよ」

「君は人に心を打ち明けるタイプじゃないのかもしれない」

「でも、あなたと話してるわ」

「私は他人だ。他人に打ち明けるのは簡単だ」

「私が率直に話せる相手って、父と、犬のパヴロヴァだけよ。どちらもあまり先は長くはない。それに、父はいまの私の彼氏が嫌いなの」

「父親はそういうものだろう」

「でも、前の彼氏のことは崇敬してたのよ」

「君は？」

彼女は微笑んだ。すでにかすかなユーモアを込めて答えを返す準備をしていた。「いいえ、私はちがったわ」しばし考え込む。「前の彼氏は、私と結婚したがった。私は断った。別れたとき、彼が大騒ぎしなくて、すごくほっとしたわ。だけど、六カ月もしないうちに、彼が結婚するって聞いたの。私はかんかんに怒ったわ。愛のために傷ついて泣いたことがあるとすれば、それは彼が結婚するって聞いた日よ。相手の女は、私たちがつき合ってたときに、いつもふたりでバカにしてた女だった」

沈黙。

「まったく恋をしていないのに嫉妬はするのか——君は難しいな」

やがて私は言った。

彼女が私に向けた視線には、彼女に対するずうずうしい言葉への叱責《しっせき》と、もっと知りたいという戸惑いの交じった好奇心が隠れていた。「列車であなたと知り合って一時間も経ってない。それなのに、あなたは完全に私を理解してる。うれしいわ。でも、ほかのひどい欠点も教えてあげようかしら」

「今度はなんだい？」

私たちは声をあげて笑った。

「誰とつき合っても長続きしないの。たいていの人は関係を壊したがらない。私は関係をぶち壊すみたい――たぶん、そもそも関係なんてないからでしょうね。ときどき、相手のアパートにすべてを残して、ただ姿を消す。荷物をまとめたり、引っ越したり、そうやってだら引き延ばすのがいやなの。もう終わったことなのに、必ずと言っていいほど涙目で一緒にいてくれって懇願されるのも。なにより、相手に触れられたくもない、もう一緒に寝たいと思えないっていう状況で、いつまでも愛情があるふりをするのがいやなの。あなたの言うとおりよ。どうしてつき合いはじめるのかしら。新しい恋愛なんてただ面倒くさいだけなのに。それに、その家のちょっとした習慣を我慢しなきゃならない。鳥カゴのにおい。ＣＤのお気に入りの並べ方。真夜中に聞こえて、私は目が覚めるけど彼は絶対に起きない、古いラジエーターの音。彼は窓を閉めておきたがるけど、私は開けておきたい。私はどこにでも服を脱ぎ捨てる。彼はタオルを畳んで片づけておきたい。彼は歯磨き粉をきちんと下から押して出すけど、私はどこからでも押して、必ずキャップをなくして、いつも彼が便器の後ろの床の上で見つける。リモコンは置き場所が決まってる、ミルクは冷凍室の近くに、でも近すぎないところに立てなきゃならない、下着と靴下はこっちの引き出しで、あっちの引き出しじゃない

だけど、私は難しい人間じゃないわ。実際はいい人間よ。ちょっと頑固なだけ。でも、それは単なるうわべよ。どんな人でも、どんなことでも、私は我慢する。少なくともしばらくは。そしてある日、はっと気がつくの。この男とは一緒にいたくない、近くにいてほしくない、逃げなきゃって。その気持ちを抑えようとするけど、相手の男はそれを感じ取るとすぐに絶望した子犬みたいな目で追いかけてくる。その顔に気づいたとたん、はい、おしまい。私は去って、すぐに別の相手を見つける」

「男って！」最後に彼女は言った。そのひとことが、男のあらゆる欠点を要約しているかのようだった。たいていの女性はそれをあえて見過ごし、我慢することを覚え、最終的に許し、無理だとわかっていながらも一生愛し続けたいと願う。「誰かが傷つくのを見たくはない」

彼女の顔に影が落ちる。その顔にそっと触れたかった。彼女と目が合い、私は視線を落とした。

また彼女のブーツが目にとまった。ワイルドなブーツ。岩だらけの道を歩かされて、古く傷んだ印象を持つようになったかのようだ。彼女がこのブーツを信頼しているという証し。

彼女は自分の持ち物が擦り切れて使い古されているのが好きなのだ。使い心地のよさを好む。ネイビーブルーの厚いウールの靴下は男物で、おそらく、愛情を抱いていないという男の引き出しからくすねてきたのだろう。しかし、この季節にぴったりのレザーのバイカージャケットはとても高級そうだ。きっとプラダのものだろう。あわただしく「父の家に行くわ、今夜電話する」と言いながら、手近にあったものを急いで身につけて、ボーイフレンドの家を飛び出してきたのだろうか？　男物の腕時計をしている。これもボーイフレンドのものか？　それとも、単に男物の腕時計が好きなのか？　彼女のすべてから、豪胆さ、荒っぽさ、不完全さが伝わってきた。ふと、靴下とジーンズの折り返しのあいだからかすかに肌がのぞいているのに気がついた――この上なくなめらかそうな足首。

「お父さんのことを話してくれ」私は言った。

「父？　あまり具合がよくなくて、死にかけてる」そこで急に話をやめた。「まだ一時間ごとに料金がかかるのかしら？」

「さっきも言ったように、もう二度と会うことのない他人同士のほうが、楽に打ち明けられる」

「そう思う？」

「なにが？　列車で打ち明け話をすることか？」

「いいえ、私たちがもう二度と会わないってこと」

「可能性はないだろう？」

「ほんと、そのとおりね」

　私たちは微笑みを交わした。

「では、お父さんの話を続けてくれ」

「ずっと考えてたの。父への愛情は変わったわ。もう自発的な愛じゃなくて、陰気で、用心深い、介護人の愛になってる。本物じゃない。それでも、お互いになんでも話せるわ。恥ずかしくて父に話せないことなんてひとつもない。母は二十年近く前に家を出ていって、それ以来、父と私だけ。しばらくはガールフレンドがいたけど、いまはひとりで暮らしてる。ヘルパーが家に来て、父の面倒を見て、料理や洗濯や掃除や片づけをしてくれてるわ。今日は父の七十六歳の誕生日なの。だから、ケーキよ」荷物棚に載っている白色の四角い箱を指す。気恥ずかしいらしく、箱を指したときに小さくくすくすと笑ったのはそのせいかもしれない。「ランチに友人をふたり招待したって言ってたけど、まだ返事がないみたい。きっと来ないわね。最近は誰も訪ねてこない。私のきょうだいも。父はフィレンツェにある古い店のプロフィットロールが好きなの。私が住んでるところの近くの店よ。フィレンツェで教師をしていたころのよき日々を思い出させてくれるんですって。もちろん、父は甘いものを食べちゃいけないんだけど……」

　最後まで言う必要はなかった。

　しばらく私たちのあいだで沈黙が続いた。私はまた本を開いて読もうとした。これで会話はおしまいだろう。少ししてから、本を開いたまま、流れていくトスカーナの景色を眺めはじめ、しだいに意識がぼんやりしていった。いつの間にか彼女が席を移動して私の隣に座っており、そのことが奇妙なまとまりのない思考となって意識にのぼりはじめた。私はうとうとしていたのだ。

「本を読んでないわね」彼女は言った。それから、私の邪魔をしたかもしれないと気づき、すぐに続けた。「私も読書に身が入らないの」

「読書は飽きた」私は言った。「集中できない」

「おもしろい？」しばらくして彼女は私の本の表紙を見て聞いた。

「まあまあかな。何年も経ってからドストエフスキーを再読するのは、少々期待外れかもしれない」

「どうして？」

「ドストエフスキーを読んだことは？」

「あるわ。十五歳のときは崇拝してた」

「私もだ。彼の人生観は、思春期ならすぐに理解できるものだ。苦しく、矛盾に満ち、不機嫌と悪意と恥と愛と同情と悲哀と怨恨《えんこん》、そして親切と自己犠牲という最も好感が持てる行為に満ちている――そのすべてがいかにも不規則にまとめて押しつけられる。思春期の私にとって、ドストエフスキーは複雑な心理学の入門書だった。私は自分を完全に曖昧な人間だと思っていた――けれど、彼の登場人物たちこそ曖昧そのものだった。私はほっとした。フロイトよりも、ついでに言うなら、どんな精神科医よりも、ドストエフスキーのほうが、染みだらけの人間心理の構造について多くを学べるというのが、私の意見だ」

彼女は黙り込んでいた。

「私、精神科に通ってるの」とうとう彼女は言った。その声に異論がにじんでいるのが聞き取れそうだった。

そんなつもりはなかったのだが、知らずにまた彼女を侮辱してしまったのだろうか？

「私も通っている」私は答えた。意図せずに軽蔑だと思わせてしまったかもしれず、おそらくそれを取り消したかったのだろう。

私たちは見つめ合った。温かく信頼しきっている彼女の微笑みが好きだ。はかなさ、誠実さ、そして脆弱《ぜいじゃく》さも感じられる。彼女とつき合う男たちが彼女を手放そうとしないのも納得だ。彼女が目をそらした瞬間に自分がなにを失うことになるかわかっているのだ。微笑み。あるいは、決して揺るがないこの刺すような緑色の瞳で見つめながら、率直に質問するときのけだるさ。公共の場でたまたま彼女に目をとめ、〝運命だ〟と思っても、彼女のまなざしは、あらゆる男から親密になりたいという不穏な欲求を引き出す。彼女はいまそれをしている。親密になりたいと思わせたがっている。簡単に。ずっと前から自分がそれを与えたいと思っていたような気にさせられる。どうしても親密さを分かち合いたいけれど、彼女と一緒でなければ決して見つからないと。私は彼女を抱きしめたかった。彼女の手に触れたい。一本の指を額にはわせたい。

「それで、どうして精神科に通ってるの？」彼女は聞いた。それについてずっと考えていたけれど、さっぱり答えがわからなかったというように。「聞いてもいいなら」微笑みながら、私の言葉をまねた。他人と話すときに、もっとやわらかく愛想のいいアプローチをすることに慣れていないようだ。私が精神科に通っているのがなぜ驚きなのかと、私は彼女に聞いた。

「だって、あなたはとても落ち着いて見えるし、とても――おしゃれだから」

「どう言えばいいかな。ドストエフスキーを発見したときの思春期の心の隙間が埋まらなかったからかもしれない。以前は、いつか埋まるものだと思っていた。いまは、そういう隙間が埋まるのかわからない。それでも、理解したい。次のレベルに飛ばなかった人間もいる。自分が向かっている場所がわからなくなり、結果として、最初にいた場所にとどまることになったんだ」

「だから、ドストエフスキーを再読してるの?」

その質問の的確さに、私は微笑んだ。「人生という名の向こう岸に行くフェリーに飛び乗るべきだったのに、私は結局まちがった波止場をうろついていた、もしくは、運よくまったくちがうフェリーに乗ってしまった。私はつねに、正しいフェリーに乗るべきだった時点に戻ろうとしているのかもしれない。老人のゲームさ」

「まちがったフェリーに乗ってる人の話には聞こえないわ。ほんとうにそうなの?」

彼女は私をからかっているのか?

「今朝、ジェノバで列車に乗ったときに、そのことを考えていた。代わりに乗るべきだったのに乗らなかったフェリーが一、二隻あったのかもしれないと、ふと思ったんだ」

「どうして乗らなかったの？」

私は首を横に振ってから、肩をすくめ、理由はわからない、または言いたくないと示した。

「それって最低最悪のシナリオじゃない？　起きたかもしれないのに起こらなかった、まだ起こるかもしれないけどその希望を捨ててしまった、なんて」

私はすっかり当惑した目で彼女を見つめていたにちがいない。「どこでそんな考え方を学んだんだい？」

「本をたくさん読むの」それから、照れくさそうな視線を向けた。「あなたと話すのは好きだわ」しばし言葉を切る。「それで、あなたの結婚はまちがったフェリーだったの？」

この女性は才気にあふれている。それに美しい。そして、ゆがんでひねくれた考え方をする。ときどき私がするのと同じ考え方だ。

「最初はそうじゃなかった」私は答えた。「少なくとも、そんなふうに考えたくなかった。だが、息子がアメリカに行ってしまうと、私たちのあいだにはほとんどなにもなかった。息子の子ども時代がすべて、私たちの避けらない別れのためのドレスリハーサルでしかなかったのではないかという気がした。私たち夫婦はほとんど会話をせず、話をしても、同じ言語をしゃべっているようには思えなかった。私たちはきわめて誠実だったし、思いやりもあったが、一緒に同じ部屋にいても、とても孤独だった。同じダイニングテーブルに着いても、一緒には食べていない。同じベッドで寝ても、一緒には寝ていない、同じ番組を見て、同じ都市に旅行をして、同じインストラクターにヨガを習い、同じジョークに笑っても、一緒ではなかった。混雑した映画館で並んで座っても、肘が触れ合うことはない。通りで恋人同士がキスをしているのを、あるいは抱き合ってさえいるのを見ても、なぜ彼らがキスをしているのかわからなくなっていた。私たちは互いに孤独だった——そしてある日、どちらかがピクルスの皿を割った」

「ピクルスの皿？」

「すまない、イーディス・ウォートンの『イーサン・フローム』の話だ。ともかく、彼女は私を捨てて、私の親友と一緒になった。彼はいまでも私の友人だ。皮肉なことに、彼女がほかの相手を見つけても、私は少しも悲しくなかった」

「自由になって、あなたはほかの人を見つけられたからかしら」

「それはなかった。私たちはいい友人のままでいた。彼女は私を心配しているようだ」

「心配すべき？」

「いいや。さて、君はなぜ精神科に？」どうしても話題を変えたくて、私は聞いた。

「私？　孤独だからよ。ひとりでいるのは耐えられないけど、ひとりになるのが待ちきれない。私を見て。列車でひとりぼっち。本を持って、決して愛することのない男から離れて満足してる。むしろ他人と話をするほうがまし。別に悪気はないのよ」彼女は笑った。

私は微笑みを返した。**かまわないよ。**

「最近、誰とでも話すの。ちょっとおしゃべりするためだけに郵便配達員と話しはじめる。だけど、ボーイフレンドには絶対に話さない。自分の気持ちとか、読んでる本、私が望むこと、私がいやなこと。どのみち、彼は話を聞かないし、ましてや理解もしてくれない。ユーモアのセンスがないのよ。オチを全部説明しなきゃならないんだから」

おしゃべりを続けているうちに、車掌が切符の検札に来た。彼は犬を見ると、ケージに入れなければ列車に乗せてはいけないと注意した。

「じゃあ、どうすればいいの？」彼女は言い返した。「外に放り出す？　私は目が見えないふりをする？　いますぐ降りて、父の七十六歳のバースデーパーティーを欠席する？　父は死にかけてて、これがきっと最後の誕生日だから、パーティーってわけじゃないけどね。それで、どうすればいい？」

車掌はよい一日をと言った。

「アンケ・ア・レイ」彼女はぼそぼそと言った。あなたも、という意味だ。それから犬のほうを向いた。「おとなしくしてなさい！」

そのとき、私の電話が鳴った。席を立って、車両のあいだの誰もいない場所で電話に出たかったが、その場にいることにした。呼び出し音で犬がはっとなり、目を真ん丸くして問いかけるように私を見つめている。〝今度はあんたも電話？〟と言っているかのようだ。

息子だ、と私は同乗者に口だけ動かして伝えた。彼女は私に微笑むと、この突然の中断を利用し、トイレに行くと手ぶりで伝えてきた。私にリードを渡してささやく。「この子なら問題ないわ」

立ち上がった彼女を見たときに初めて、私が最初に思ったほど荒っぽいカジュアルな格好ではないと気がついた。立ち上がると、より魅力的だった。さっきも気づいていながら、その考えを追い払おうとしたのだろうか？　それとも、ほんとうに気づいていなかったのか？　私が彼女と一緒に列車を降りるところを息子に見てもらえたら、非常にうれしいだろう。〈アルマンド〉へ向かいながら、ふたりで彼女の話をする。息子がどんなふうに会話を始めるか予想することもできる。〝さて、父さんがテルミニ駅でおしゃべりしてたモデルみたいな人について教えてよ……〟

だが、彼のリアクションを空想しかけたとたん、電話がすべてを変えた。息子が電話をかけてきたのは、今日私に会えなくなったと伝えるためだった。私は息をのみながら悲しげに「なぜ？」と聞いた。ナポリでリサイタルをするピアニストが病気になったから、彼が代役を務めるという。いつ戻る？　明日、と彼は言った。息子の声を聞くのはうれしい。なにを演奏する？　モーツァルト、全曲モーツァルト。そのうちに、同乗者がトイレから戻ってきて、無言で私の斜め向かいの席に腰を下ろし、前かがみになった。私が電話を切ってから、また会話を続けるつもりなのだ。私は彼女が乗車してからずっと彼女を見ていたが、これまで以上に熱心に見つめた。ひとつには、電話でほかの人と話すのに夢中で、自分のまなざしがどことなく怠慢で、無邪気で、ぼんやりしていたはずだから。しかしそれだけでなく、あの目を見つめていられたからだった。見つめられるのにとても慣れていて、見つめられるのが好きな目。いまの彼女と同じくらい熱烈に見つめ返す勇気が私にあったとするなら、それは、見つめるうちに、彼女の目に映る私の目も同じくらい美しいという考えを抱きはじめていたからでもあるとは、思いも寄らなかっただろう。

まちがいなく老人の妄想だ。

息子との会話に間があった。「だが、おまえとあちこち散歩するのをとても楽しみにしていた。だから、早い列車に乗ったんだ。おまえに会いに来た。つまらない講演のためじゃない」私はがっかりしていたが、同乗者が聞いていることもわかっていた。ひょっとしたら、彼女に向けて少し大げさに話しているのかもしれない。ふと、文句を言いすぎたと気づき、そこで言葉を切った。「だけど、事情はわかる。ほんとうだ」斜め向かいに座っている娘は私のほうに心配そうな視線を向けた。それから肩をすくめた。私と息子のあいだに起きていることに関心はないと示すためでなく、気の毒な若者をほうっておきなさいと言っているのだと、少なくとも私はそう思った――〝息子さんに罪悪感を抱かせないで〟さらに、肩をすくめて、左手のジェスチャーで〝しかたないわ、あきらめて〟と伝えてきた。「じゃあ、明日は？」私は聞いた。ホテルに迎えに来てくれるか？　午後に、と彼は答えた――四時ごろ？「四時ごろに」私は言った。「ヴィジリア」彼は言った。「ヴィジリア」と私は答えた。

「聞いただろう」やがて彼女のほうを向いて言った。

「あなたの言葉をね」

また私を嘲《あざけ》っている。そして微笑んでいる。なんとなく、彼女が私のほうにいっそう身をかがめているという気がした。立ち上がって私の隣の席に移動し、私の手の中に自分の手をすべり込ませようとしているのだと。そうしたいと思っている彼女の願いに飛びついたのか、あるいは、自分がそうしてほしいと願っていて、勝手に想像しているだけだろうか？

「ランチを楽しみにしていたんだ。彼と笑って、彼の生活やリサイタルやキャリアについて聞きたかった。息子がこっちを見つけるより先に私が見つけたい、君にも会ってもらいたいとも思っていた」

「世界の終わりじゃないわ。明日会うんでしょう。四時ごろ？」またしても、彼女の声に嘲りが聞き取れた。それが気に入っていた。

「だが、皮肉なことに――」私は言いかけたが、考え直した。

「だが、皮肉なことに？」彼女は尋ねた。どうしても聞きたいのだな、と私は思った。

私はしばし黙り込んだ。

「皮肉なことに、息子が今日来られなくても悲しくない。講演の前に少しやることがあるし、息子を訪ねたときにいつもふたりでするように街じゅうを歩きまわるのでなく、ホテルで休んでもいいかもしれない」

「別に驚くことじゃないでしょう？　どんなふうに互いの人生が交わろうが、何度ふたりでヴィジリアをしようが、それぞれの生活があるんだから」

彼女の言葉が気に入った。自分でもすでにわかっている事実を言われたわけだが、ある程度の心遣いと思いやりが感じられ、私は驚いた。むっつりと列車に乗り込んで席に着いた人間とは思えない。

「君はなぜそんなに多くを知っているんだ？」私は聞いた。大胆になった気がして、彼女を見つめる。

彼女は微笑んだ。

「列車で出会った人の言葉を引用するなら、『人間というのが皆同じようなものだから』よ」

彼女は私と同じくらいその言葉を気に入っていた。

ローマの駅に近づくと、列車の速度が落ちはじめた。数分後、また少し速くなった。「駅に着いたら、タクシーを拾うわ」彼女は言った。

「私もそうする」

彼女の父親の家は、私の滞在予定のホテルから歩いて五分の距離にあることがわかった。彼はルンゴテヴェレの通りに住んでいて、私はガリバルディ通りに泊まる。何年も前に住んでいた場所のすぐ近くだ。

「じゃあ、相乗りしましょう」彼女は言った。

ローマ・テルミニ駅のアナウンスが聞こえ、列車がゆっくりと駅に近づくにつれ、列をなして立ち並ぶみすぼらしい建物やトラバーチン造りの倉庫が視界に入ってきた。どれも色あせて汚れ、古い広告板がついている。私の好きなローマではない。この景色には心を乱され、相反する気持ちになる。今回の訪問のこと、講演のこと、すでにあまりに多くの思い出が刻まれている場所に戻ることについて。いい思い出もあるが、多くはそれほどでもない。突如として私は決心した。今夜、講演をして、社交上しかたなく昔の同僚たちとカクテルを飲んだら、いつものディナーの招待を断る方法を見つけ、ひとりですることを考えよう。映画を見てもいいかもしれない。そして明日は、息子が四時に顔を出すまで部屋に閉じこもっていよう。「せめて、大きなバルコニーがあって、すべてのドームを一望できる部屋を予約してもらってあればいいんだが」私は言った。息子の電話にもかかわらず、物事の明るい面を見られるということを示したかった。「チェックインして、手を洗って、いい店を見つけてランチをしてから、休むよ」

「どうして？　ケーキは嫌い？」彼女は聞いた。

「ケーキはそれなりに好きだ。ランチにいい場所を知っているかい？」

「ええ」

「どこだ？」

「私の父の家よ。ランチに来てちょうだい。うちはあなたのホテルのすぐ近くよ」

私は微笑んだ。彼女から招待してもらえて、心から感動していた。私に同情しているのだ。

「とてもうれしいよ。だが、遠慮しておこう。君のお父さんは誰よりも愛する人たちと大切な時間を過ごすんだ。それなのに、私にパーティーに押しかけてほしいのか？　それに、慣用句にもあるように、お父さんは私と〝アダムの区別がつかない〟、つまり、まったく面識がない」

「でも、私はあなたを知ってるわ」彼女は言った。これで私の気が変わるというように。

「私の名前も知らないだろう」

「アダムって言わなかった？」

私たちは笑った。「サミュエルだ」

「来てちょうだい。とてもシンプルで控えめなパーティーなのよ。ほんとうに」

それでも、私は承諾できなかった。

「イエスって言って」

「無理だ」

とうとう列車が駅に着いた。彼女はジャケットと本を手に取り、バックパックを背負い、犬のリードを手に巻きつけ、荷物棚から白い箱を下ろした。「これがケーキよ」しばらくしてから言った。「ねえ、イエスって言って」

私はかぶりを振り、丁寧に、けれどきっぱりとノーと伝えた。

「こうしましょう。私はカンポ・デ・フィオーリ広場の市場で魚と葉物野菜を買う――いつも魚を買って、魚を調理して、魚を食べるの――それからあっという間に、二十分もかからずに、おいしいランチをささっと作ってあげる。いままで会ったことがない人が来てくれたら、父は喜ぶわ」

「私とお父さんがお互いに話すことがあると思うかい？　とんでもなく気まずくなるにちがいない。それに、お父さんにどう思われるか」

ややあってから彼女は理解した。

「そんなふうには思わないわよ」

どうやら、彼女はそのことを考えもしなかった。

「それに」と彼女は続けた。「私はもう大人よ。父だって大人なんだから、どう考えようと自由だわ」

しばらく沈黙が流れ、私たちは列車から混雑したプラットフォームに降り立った。私はこっそりと素早くあたりを見まわさずにいられなかった。息子は考えを変えて、やはり私を驚かせることにしたのかもしれない。しかし、プラットフォームでは誰も私を待っていなかった。

「なあ」——ふと思いついた——「私は君の名前も知らない——」

「ミランダよ」

「聞いてくれ、ミランダ。招待はほんとうにうれしいが——」

「私たちは列車に乗り合わせた他人でしょう、サミ。話をするのはタダだけど」彼女はすでに私のニックネームを決めていた。「でも、私はあなたに打ち明け話をして、あなたは私に打ち明け話をした。ふたりとも、こんなふうに気楽に正直に話せる相手があまりいなかったんじゃないかしら。列車でよくあることとして片づけて、どこかに置き去りにされた傘や忘れ物の手袋みたいに列車に残していくのはやめましょうよ。私はきっと後悔する。それに、あなたが来てくれれば、私は、ミランダは、とても幸せだわ」

彼女の話し方が好きだ。

しばし沈黙があった。私はためらっているのではなかったし、彼女が私の沈黙を黙諾と解釈したのがすぐにわかった。父親に電話をするために携帯を手に取る前に、彼女は聞いてきた。ひょっとして、私も電話をする相手がいるのではないかと。〝ひょっとして〟の言い方に心を動かされたが、その理由も、それが具体的になにを意味しているかもわからなかったし、推測して勘ちがいだと判明するのはいやだった。この娘はすべてを考えている、と私は思った。それから首を横に振った。電話をする相手はいない。

「パパ。お客さんを連れていくわ」ミランダは電話に向かって怒鳴った。父親は聞こえなかったようだ。「お客さんよ」と繰り返す。それから、犬が私に飛びかからないようにしながら言った。「『どんな客だ』ってどういう意味？　お客さんよ。教授なの。パパと同じ」彼女は私のほうを向き、自分の推測が正しいか確かめようとした。私はうなずいた。そのあとで、明らかな質問に対する答えが聞こえた。「いいえ、そんなんじゃないわ。魚を買っていくわね。遅くても二十分で着くわ。絶対に」

「これできれいな服に着替える時間ができたはずよ」ミランダはジョークを言った。

彼女は気づくだろうか。私がすでに今夜の同僚とのディナーをキャンセルすると決めていたとして、その理由が、自分では認めないが、代わりに彼女とディナーをするというはかない望みをすでに抱いているからだと。そんなことは起こるはずがないが。

やがてシスト橋にさしかかると、私はタクシーの運転手に止めてくれと言った。「ホテルの部屋に荷物を置いて、あとから君のお父さんの家に行くよ――だいたい十分後に」

だが、タクシーが止まりかけたとき、ミランダは私の左腕をつかんだ。「絶対にだめよ。少しでも私と似たところがあるなら、きっとあなたはホテルにチェックインして、部屋に荷物を置いて、さっきどうしてもしたいと言ってたとおり、手を洗って、そのあとたっぷり十五分経ってから、電話をかけてきて、気が変わったから行かないって言うはずよ。もしかしたら、電話なんてかけないかもしれない。少しでも私に似たところがあるなら、適切な言葉を見つけて、父に誕生日おめでとうございますとも言うわね。心を込めて。あなたは私に似てるんじゃやない？」

これにも心を動かされた。

「かもしれない」

「じゃあ、ほんとうに少しでも私と似たところがあるなら、見抜かれるのがうれしいでしょう。認めなさい」

「君が少しでも私と似ているなら、すでにこう考えているだろう。『なぜ私はこの人を招待したりしたのかしら？』と」

「じゃあ、私はあなたと似てないわ」

私たちは笑った。

最後に笑ったのはいつだろう？

「なに？」ミランダが尋ねる。

「なんでもない」

「でしょうね！」

彼女はこれも読んでいた？

タクシーを降りると、ふたりで急いでカンポ・デ・フィオーリ広場に行き、彼女がいつも魚を買っている屋台を見つけた。注文する前に、ミランダは私にリードを持っていてくれと頼んだ。犬を連れて屋台に近づくのはためらわれたが、市場の人たちは彼女と知り合いだから問題ないとミランダは言った。「どんな魚が好き？」「いちばん簡単に調理できるやつ」私は答えた。「ホタテも一緒にどうかしら。今日はたくさんあるみたい――今日獲れたばかり？」ミランダは聞いた。「明け方にね」と商人が答える。「ほんとう？」「もちろんさ」彼らは何年もこういうやりとりをしているのだ。ミランダがホタテを調べようと体をかがめたとき、背中が見えた。彼女のウエストに、肩に、腕をまわして、首と顔にキスをしたいという衝動に駆られた。目をそむけ、代わりに屋台の向かいにある酒店を見つめた。「お父さんはフリウリの辛口白ワインは好きか？」

「父はワインを飲んじゃいけないんだけど、私はどこの辛口白ワインでも好きよ」

「サンセールのワインも買っていこう」

「父を殺すつもりじゃないわよね？」

魚とホタテを包んでもらってから、ミランダは野菜を思い出した。近くの店に向かいながら、私は我慢できずに聞いた。「なぜ私なんだ？」

「なにが？」

「なぜ私を招待する？」

「あなたは列車好きだから。今日すっぽかされたから。たくさん質問をするから。あなたのことをもっと知りたいから。そんなに難しいこと？」ミランダは言った。私はそれ以上説明を求めなかった。ホタテや葉物野菜を好きなのと同じように私が好きだと言われたくなかったのだろう。

ミランダはホウレン草を見つけ、私は小さな柿があるのに気づいた。手で触ってから、においを嗅いだ。熟れている。柿を食べるのは今年初めてだと私は言った。

「なら、願い事をしなきゃ」

「どういうことだ？」

ミランダは憤慨したふりをした。「その年初めての果物を食べるときは、必ず願い事をするのよ。知らなかったなんて、驚きだわ」

私はしばらく考えた。「願い事は思いつかない」

「大した人生ね」ミランダは言った。願い事が残っていないくらい私の人生が順風満帆なのがうらやましいという意味か——または、あまりに喜びが失われてしまい、なにかを願うことは贅沢《ぜいたく》であり、もはや考える価値もない人生になっているなんて絶望的だという意味だろうか。

「願い事をしなきゃ。よく考えて」

「私の願い事を君に譲ってもいいかい？」

「私はもう願い事をしたわ」

「いつ？」

「タクシーの中で」

「どんな願い？」

「人間って忘れるのが早いのね。あなたにランチに来てほしいってことよ」

「私をランチに呼ぶことを願うなんて、願い事を無駄にしている！」

「そうよ。後悔させないで」

私はなにも言わなかった。ワインショップに向かいながら、ミランダは私の腕を握った。

私は近くの生花店に立ち寄ることにした。

「お花は父が喜ぶわ」

「花は何年も買ってない」

ミランダはなおざりにうなずいた。

「お父さんのためだけじゃない」

「わかってる」私が言ったことを聞き流すかのように、ミランダはとても軽い調子で言った。


ミランダの父親の家は、テベレ川を見渡せるペントハウスだった。エレベーターが上がってくる音を聞いて、彼はすでに戸口で待っていた。両開きのドアが片側しか開かないため、犬とケーキ、魚、ホタテ、ホウレン草、ワイン二本、私のダッフルバッグ、彼女のバックパック、柿の袋、花を持って通るのは難儀だった——すべてがいっせいに押し入ろうとしているかのようだった。ミランダの父親が彼女の荷物をいくつか受け取ろうとした。だが、ミランダは父に犬を渡した。犬は彼を知っていて、すぐに飛びかかったり鼻をこすりつけたりしはじめた。

「父は私より犬を愛してるのよ」ミランダが言う。

「おまえより犬を愛してはいない。ただ犬のほうが愛しやすいだけだ」

「私には区別がつかないわ、パパ」ミランダは言った。すぐには父親にキスをせず、両手に荷物をかかえたまま、体ごと彼にぶつかり、両頬にキスをした。これが彼女の愛し方なのだろう。猛烈で、制限のない愛。

中に入ると、ミランダは荷物を下ろし、私のジャケットを受け取って、リビングのソファの肘かけにきちんと置いた。また、私のバッグも受け取り、ソファの近くの絨毯《じゅうたん》の上に置いてから、大きなソファ用クッションをふくらませた。クッションには頭の跡がついているように見え、ついさっきまで使われていたにちがいない。ミランダはキッチンに向かう途中で、少し傾いて壁にかかっている二枚の絵画もまっすぐに直し、それから日光に照らされたテラスに通じる二枚のフランス窓を開け、こんなに美しい秋の日なのにリビングの空気がこもっていると不平をもらした。キッチンに行ってから、花の茎の先端を切り落とし、花瓶を見つけてきて花を生けた。「グラジオラスって大好き」

「では、君がお客さんだね？」父親が歓迎の意味を込めて言った。「はじめまして《ピアチェーレ》」とイタリア語で続けてから、また英語に戻った。私たちは握手を交わし、キッチンの外でたたずみながら、ミランダが魚とホタテとホウレン草の包みを開けるのを眺めた。彼女はキャビネットを探って香辛料を見つけてから、すぐに着火ライターでコンロの火をつけた。「ワインがあるけど、パパはいま飲むか、料理を食べながら飲むか、どっちか決めて」

父親はしばし考え込んだ。「いまも飲むし、料理を食べながらも飲む」

「じゃあ、もう飲みはじめるのね」ミランダは非難するように言った。

老人はしおらしいふりをしてなにも言わなかったが、やがて憤慨して言った。「娘というのは！　どうしようもない」

父と娘は同じしゃべり方をする。それから父親は私を連れて廊下を進んでいった。過去と現在の家族の写真が額に入って並んでいる。皆、きちんと正装しているので、どれがミランダか区別がつかなかった。いまここにいる父親は、とても明るいピンク色のストライプのシャツの下に、カラフルなアスコットタイをつけている。青いジーンズはきちんと折り目がついていて、数分前にはいたかのようだ。長く白い髪を後ろに撫でつけた様は、まさに年老いた映画スターという容貌だ。けれど、履いているスリッパはとても古いし、ひげを剃《そ》る時間はなかったらしい。来客があると娘が電話で知らせておいたのは正解だった。リビングには、数十年前に流行遅れになったもののふたたび大ブームになりつつあるデンマーク風の質素な優雅さが残っていた。古い暖炉は内装に合うように改装されていたが、このアパートではもはや存在しない昔の生活の遺物のようだった。なめらかな白壁には、ニコラ・ド・スタール風の小さな抽象画が飾られている。

「これはいいですね」やがて私は、冬らしい寒々したビーチの風景画を見つめながら、会話をしようと試みた。

「何年か前に妻からもらったものだ。当時はあまり好きではなかったが、いまではわしの所有物の中で最高のものだ」

この年老いた紳士は離婚から立ち直れていないのだろう。

「奥さんはセンスがよかったんですね」と続けながら、過去形を使ったことをすでに後悔していた。デリケートな話題に触れてしまったのだろうか。「それに、こちらの絵は」私は十九世紀初期のローマの生活がセピア調で描かれた三枚の絵画を見つめて言った。「ピネッリの作品のようですね？」

「たしかにピネッリだ」父親は尊大に言った。私のコメントを軽視ととらえたのかもしれない。

ピネッリの模写だと言いたかったが、すんでのところでこらえた。

「妻のために買ったんだが、気に入ってもらえなかった。だから、いまはわしと暮らしている。今後のことはわからん。妻が取り返すかもしれん。ベネチアで画廊を経営して、成功させている」

「パパのおかげでね」

「いや、彼女の力だ。彼女だけの」

私は、奥さんが去ったことをすでに知っていると告げないように我慢した。だが、彼はミランダが両親の結婚について私に話したと推測したのだろう。「彼女とはいまでも友人だ」

父親は状況を明らかにするつもりでつけ加えた。「いい友人と言えるかもしれない」「それに」とミランダが続けながら、私たちに白ワインのグラスを渡した。「つねにふたりで娘を引っ張り合ってる。パパ、ワインはお客さんより多く出さないからね」「わかってる、わかってる」父親は答え、娘の顔に手のひらを当てた。そのしぐさは世界のあらゆる愛情を物語っていた。

疑いの余地はない。彼女は愛すべき娘だ。

「で、娘とはどんな関係なんだ？」父親が私のほうを向いて聞いた。

「実は、彼女のことをなにも知らないんです」私は言った。「今日、列車で出会ったんです。つまり、まだ三時間も経っていない」

父親は少し面食らったようだが、ぎこちなくそれを隠そうとした。「では……」

「どんな関係でもないってことよ、パパ。このかわいそうな人は今日、息子さんにすっぽかされたの。それで気の毒になって、魚料理を作って野菜を食べさせてあげようと思ったのよ。パパの冷蔵庫の中にあった、しなびたプンタレッレ（主にローマで食べられる冬野菜で、チコリーの仲間）を使ってもいいわね。そのあとで、ホテルに追い払うわ。私たちと手を切って、その手を洗って、昼寝をするのが待ちきれないんですって」

三人で噴き出す。「これが娘だ。どうやってこんなにとげとげしい小悪魔をこの世に生み出したのか、皆目見当がつかない」

「パパがした中で最高のことじゃない。でも、すっぽかされたってわかったときのサミの顔を見てもらいたかったわ」

「そんなにひどい顔だったか？」私は聞いた。

「私がフィレンツェで列車に乗り込んだときから、ずっとふてくされてたのよ」

「君がフィレンツェで乗ってきたとき、私はふてくされていなかった」私は彼女の言葉をまねて言った。

「あら、すごくふてくされてたわ。私たちが会話をしはじめる前からね。私が乗り込んだとき、犬のためにスペースを空けようともしなかったじゃない。私が気づかなかったとでも？」

ふたたび私たちは声をあげて笑った。

「気にするな。娘はいつもきついことを言うんだ。彼女なりのウオーミングアップだよ」

ミランダの目は私をじっと見つめていた。いまの父親の言葉に対する私の反応を読み取ろうとしているのがうれしかった。あるいは、ただ私を見ているだけかもしれない。それもうれしかった。


ほんとうに、こんなのはいつ以来だろう？


リビングの別の壁には、古い彫像の白黒写真が額に入って何枚も飾られていた。どれも、黒、グレー、銀、白と、見事なグラデーションをなしている。ミランダに目を戻すと、父も娘も私の目線に気がついた。

「すべてミランダの作品だ。彼女が撮ったんだ」

「では、これが君の仕事？」

「これが私の仕事よ」ミランダは弁解するように言った。〝これしかできることがないの〟と言っているかのように。私は質問のしかたを後悔した。

「白黒写真だけだ。カラーは撮らない」父親が続けた。「娘は世界を旅している――これからカンボジアとベトナムに行き、それからラオスとタイに行く。娘の大好きな国だ。だが、自分の作品に決して満足しない」

私は思わず聞いた。「自分の作品に満足する人がいます？」

ミランダは助け舟を出した私にうわべだけの感謝の微笑みを向けた。しかし、彼女の目は〝ありがたいけど、助けはいらないわ〟と伝えていた。

「君が写真家だとは知らなかった。素晴らしい写真だ」そこで、ミランダがほめ言葉を受け入れていないと気づき、私は続けた。「とても見事だ」

「わしはさっきなんと言った？　この子は自分自身に決して満足しない。気が遠くなるほどほめても、受け入れたりしない。大きな機関からいい仕事のオファーをもらっているが――」

「――受けるつもりはない」とミランダ。「この話はしないわよ、パパ」

「なぜだ？」父親は聞いた。

「ミランダはフィレンツェが大好きだから」彼女は言った。

「フィレンツェは関係ないと、ミランダもわかっているはずだ」父親はユーモアを強調させて言ったが、意味ありげな目を娘に向けてから、私に向けた。「父親が関係しているんだ」

「パパってほんとうに頭が固いわね。自分が宇宙の中心だって思い込んでるんでしょう。自分の承認がなければ、夜空の星はすべて光を消して灰になるって」

「さて、この頭が固い親父《おやじ》はもう少しワインを飲みたい。灰になる前にな――忘れるなよ、ミラ、遺言書に明記してあるからな」

「気が早いわよ」ミランダは父親の手が届かないように、開けたボトルを遠ざけた。

「この子は理解していない――まだ若いからだろうが――ある時点を過ぎると、食事を制限されながら、人が食べているものを――」

「――あるいは飲んでいるものを――」

「――眺めているのは、なんの意味もなく、むしろ利益よりも損害がもたらされる。我々の年齢では、好きなように人生を送ることを許されるべきだ。死に瀕《ひん》しているのに望みを奪われるのは、完全に極悪だとは言わないまでも、無意味だとは思わないか？」

「人はいつでも自分が望むことをすべきだと思います」私は言った。父親と同年代の仲間にされたのが気に入らなかった。

「自分の望みがはっきりとわかってる男の言葉ってわけ？」娘から皮肉を投げかけられた。列車での私たちの会話を忘れていないのだ。

「私が自分の望みをわかっているか、わかっていないか、どうして君にわかる？」

ミランダは答えなかった。ただ私を見つめていた。単なる言葉のやりとりだとは思っていない。「私も同じだから」やがてミランダは言った。私の考えを見抜いていた。そして、私がそれを知っているということを知っていた。けれど、私がこの冗談半分の議論を楽しんでいるとは気づいていないかもしれない。彼女が私の言葉をすべて拾いたがっているのがうれしかった。自分が非常に大切な存在だと感じられる。まるで、私たちはずっと前からの知り合いで、なれなれしくしても互いの好意が損なわれることは決してないという気がした。彼女を愛撫《あいぶ》したい。両腕で抱きしめたい。

「最近の若者は、我々のような者にとってまぶしすぎる」父親が口をはさんだ。

「ふたりとも、最近の若者についてなにも知らないでしょう」すぐに娘から返された。また しても、私はこの年で彼女の父親の老人ホーム仲間に引き入れられたのか？

「はい、ワインのお代わりよ、パパ。愛してるから。それと、あなたにもね、ミスターS」

「わしが向かうところではワインは出されない。白も、赤も、ロゼさえも。正直なところ、ストレッチャーで運ばれる前に、できるだけ飲み干したい。それから、シーツの下に一本か二本こっそりと隠して、とうとう主にお会いするときにこう言うんだ。『さあ、混乱をきわめた地上から土産をお持ちしました』と」

ミランダは答えずにキッチンに戻り、ランチをダイニングルームに運んできた。だがそこで考えを変え、今日は暖かいからベランダで食べましょうと言った。私たちは各々《おのおの》のグラスとカトラリーを持って、テラスに移動した。そのあいだにミランダは鋳鉄製のフライパンで煮たスズキを開き、骨を取り除いた。別の皿にはホウレン草と古くなったプンタレッレが載っており、私たちが席に着いてから、ミランダがその上にオイルと削りたてのパルメザンチーズをかけた。

「では、君の仕事を教えてくれ」父親が私のほうを向いて言った。

私は本を書き上げたばかりで、じきにいま住んでいるリグーリアに戻る予定だと言った。それから、西洋古典学の教授としての経歴と、現在取り組んでいる一四五三年の悲劇的なコンスタンティノープルの陥落に関する研究について、とても手短に概要を説明した。私の人生についても少し話した。いまはミラノで暮らしている元妻のこと、ピアニストとしてキャリアを築いている息子のこと。また、海から離れていると、目覚めたときに海を眺められないのがとても寂しいと話した。

コンスタンティノープルの陥落が父親の興味を引いた。

「住人たちは、街が滅びる運命にあると知っていたのか？」父親は聞いた。

「知っていました」

「では、なぜ攻撃される前にもっと多くの住人が逃げ出さなかった？」

「ドイツのユダヤ人に聞いてください！」

しばしの沈黙。

「わしがじきに天国の門で会う両親や、祖父母や、おじやおばの大半に聞けと？」

ミランダの父は私の言葉に対して冷淡な反応を示しているのか、それとも、また自分の健康の衰えについてあからさまに言及しているのだろうか。どちらにしろ、私は点数を稼げていなかった。

「終わりが近いのを知っていることと、それを信じるのはまったく別です」私は落とし穴だらけの道を如才なく進もうとしながら続けた。「全人生を投げ捨てて、まったく知らない国で一から始めるのは、勇敢な行為かもしれませんが、完全に無謀です。それができる人は多くない。進退窮まったとき、どうしますか？　出口はなく、家は燃え、部屋は五階にある。窓から飛び降りるわけにはいかない。ほかに道はない。自ら命を絶つことを選ぶ人もいる。しかし、たいていは現実を直視せず、希望にすがる。街がオスマン帝国のトルコ人に侵攻され、破壊し尽くされたあと、コンスタンティノープルの通りは希望を抱いていた人たちの血であふれた。だが、私が関心を持っているのは、終わりを恐れて、多くがベネチアに逃げたコンスタンティノープルの住人たちです」

「じゃあ、例えば一九三六年にベルリンに住んでいたら、あなたは逃げ出した？」ミランダが尋ねる。

「わからない。だけど、逃げようとしなかったとしても、誰かに強要されたか、置いていくぞと脅されただろう。あるバイオリニストの話がある。いつか夜に警察がやってくると知りながら、パリのマレ地区のアパートに身をひそめていた。そしてある晩、ドアがノックされる。彼はバイオリンも一緒に持っていかせてくれと説得し、警察は認めた。しかし、まず初めにバイオリンが奪われ、彼は殺された。だが、ガス室ではなかった。収容所で殴り殺された」

「じゃあ、今夜はコンスタンティノープルについての講演をするの？」ミランダが聞いた。

いかにも懐疑的な口調で、失望しているみたいだった。私が彼女の仕事について聞いたときと同じように質問することで、私の仕事を軽視しているのか、それとも、〝これがあなたのライフワークだなんて、とてもすてき！〟という意味で絶賛しているのか、定かではなかった。そこで、私はおとなしく曖昧に答えた。「それが私の仕事だ。けれど、天職だと思えるときもある。デスクワーク。ただのデスクワーク。それが必ずしも誇らしいわけではないがね」

「つまり、あなたの人生は、エオリア諸島を歩きまわったのちに、パナレア島かどこかに定住して、夜明けに泳いで、一日じゅう執筆して、海の幸を食べて、夜は自分と半分の年齢しかいかない相手とシチリアワインを飲んでるわけじゃないのね」

どこからそんな考えが出てくる？　私の年齢のすべての男が夢見ていることを笑いものにしているのか？

ミランダはフォークを置き、タバコに火をつけた。決然とした手つきでマッチを振って火を消してから、灰皿に落とす。急にものすごく強く、打ち負かされることのない人間のように見えた。別の面を見せている。相手を品定めして即座に非難してから、締め出し、自分が弱っているときだけはまた受け入れるが、自分がしたことを相手のせいにする人間。男はマッチと同じなのだ。火がつき、振って消され、手近にある灰皿に捨てられる。ミランダはひとくち目を吸った。そう、頑として、揺るぎない態度で。私たちから顔をそむけてタバコを吸っている姿は、とても他人行儀で冷たく見えた。つねに我が道を行くタイプ。人が傷つくのを見たくないやさしい女の子というわけではない。

彼女がタバコを吸う姿は好きだ。彼女は美しく、手が届かない。またしても、彼女に腕をまわして、頬に、首に、耳の後ろに口づけをしたいのをこらえた。ミランダは気づいているだろうか。彼女を抱きしめたいという気持ちに、私は興奮すると同時に動揺していた。彼女の世界に私の居場所はない。父親のために私を招待したのだ。

だが、なぜタバコを吸う?

タバコを持つミランダを眺めながら、思わずこう言った。「かつてフランスの詩人が言っていたが、ニコチンを血管に入れるためにタバコを吸う人もいれば、自分と他人とのあいだに煙を漂わせるために吸う人もいる」だがそこでふと、辛辣《しんらつ》な言葉だと思われそうだと考え、急いで自分に矛先を向けた。「私たちは皆、人生から逃れるために衝立《ついたて》を置く方法を持っている。私の場合は紙を使う」

「私が人生から逃げてると思う?」すぐにミランダから率直に問いかけられた。ことを荒立てるための遠まわしな皮肉ではない。

「わからない。ささいなことに喜んだり悲しんだりしながら日常生活を送るのは、本物の人生から逃れる最も確実な方法かもしれない」

「つまり、現実の人生なんてないのかもしれない。ぎこちなく平凡な日々の生活を送るだけ——そう考えてるの?」

私は答えなかった。

「日々の生活以上のものがあるって思いたいわ。でも、私には見つからなかった。見つけるのが怖いからかも」

これにも私は答えなかった。

「こういう話は誰ともしないのに」

「私もだ」私は答えた。

「どうしてかしらね」

これが列車で出会った娘だ。揺るぎなく、断固としているけれど、まぎれもなく不安定。私たちは互いに弱々しく微笑んだ。そこでふと、会話が奇妙で気まずい方向に進んでいることに気がついた。「父もデスクワークが好きなのよ」とミランダが言葉をはさみ、父親のほうを示した。

父親はすぐに合図に気づいた。

見事なチームワークだ。

「たしかにデスクワークが好きだ。わしは優秀な教授だった。だが、八年ほど前に引退した。いまは作家や若い学者に手を貸している。彼らに論文を渡され、校正をする。寂しい作業だが、楽しく穏やかだ。それに、つねにとても多くのことを学べる。そうやって、ときには夜明けから真夜中まで、何時間も過ごしている。そして深夜にはテレビを見て頭の中を切り替える」

「問題は、いつもお金の請求を忘れちゃうってこと」

「ああ、だが、彼らはわしを愛しているし、わしもひとりひとりを愛するようになった。いつもメールで連絡を取り合っている。それに正直なところ、お金のためにやっているのではない」

「たしかに！」娘が言い返す。

「いまはどんな論文を？」私は聞いた。

「時間に関するとても抽象的な論文だよ。第二次世界大戦時の若いアメリカ人パイロットの物語から始まる。執筆者は寓話《ぐうわ》と呼びたがっているがね。そのパイロットは地元の小さな町で高校時代の恋人と結婚した。妻の実家で二週間過ごしたあと、彼は出征した。一年と一日後、彼の飛行機がドイツ軍に撃ち落とされた。若い妻は、彼がおそらく死亡したと思われるという手紙を受け取る。墜落した痕跡はなく、遺体は見つからなかった。その後ほどなくして、妻は大学に入学し、やがて夫に似た退役軍人と出会う。ふたりは結婚し、五人の娘をもうける。妻は十年ほど前に亡くなった。彼女の死から数年後、飛行機の墜落現場が特定され、最初の夫の認識票と遺体がとうとう発見され、遠い親戚とDNAを照合して本人であることが確定された。その親戚はパイロットのことも妻のことも知らなかったが、検査に同意してくれた。悲しいかな、きちんと埋葬するために遺体の断片が故郷に送り届けられたときには、妻も、彼女の両親も、パイロットの両親も、それぞれの兄弟姉妹も、皆死んでいた。誰も残っていなかった。彼のことを覚えている家族も、ましてや悲しんでくれる家族もいなかった。妻自身、彼については娘たちに話さなかった。彼は存在していなかったかのように。しかしある日、生前の妻が取り出してきたさまざまな思い出の品がしまってある古い箱の中に、パイロットが置いていった財布が入っていた。娘たちに誰のものかと聞かれると、彼女はリビングに行き、娘たちの父親の写真を持ってきて、額の裏に隠してあった古い写真を引き出した。最初の夫の顔写真だ。娘たちは母親が前に結婚していたとは知らなかった。その後、妻は二度と彼の話を持ち出さなかった。

わしにとってこの話は、人生と時間は同時進行していないということの証明だ。まるで時間がまちがっていて、妻はまちがった川岸で人生を送っていたかのようだ。あるいは、もっと悪いことに、ふたつの岸で人生を送っていたのかもしれない。どちらも正しい岸ではない。自分たちがふたつの平行したレーン上で人生を送っているとは誰も考えたくないかもしれないが、我々は皆、多くの人生を持っている。ひとつが別の人生に隠れていたり、すぐ隣に並んでいたりする。それまでまったく生きてもらえなかったために順番を待っている人生もある。また、自身の時間を生きてもらう前に死んでしまう人生や、十分に生きてもらえなかったためにふたたび生きてもらうのを待っている人生もある。基本的に、我々は時間のとらえ方をわかっていないのだ。なぜなら、時間は我々のように時間を理解しているわけではないから。時間は我々が考える時間というものをまったく気にしていないから。時間とは我々の人生観を表す不安定で不たしかな隠喩《いんゆ》でしかないから。結局のところ、我々にとって時間がまちがっているのではなく、時間にとって我々がまちがっているのでもない。まちがっているのは人生そのものかもしれない」

「なぜそう言えるの？」とミランダ。

「死があるからだ。死とは、皆が反対のことを言うが、人生の一部ではない。死は神の大いなる失態だ。夕焼けと朝焼けは、神が恥ずかしさに赤面する様であり、毎日我々の許しを求めている。このテーマについて、わしはよく知っている」

彼は黙り込んだ。「この論文は非常に好きだ」やがて言った。

「もう何カ月もこの話をしてるわよ、パパ。いつ書き上がるのかしら？」

「そうだな、あの若者は話をまとめるのに苦労しているようだ。ひとつには、どのように結論を下せばいいかわからないからだ。だから、どんどん例を挙げている。もうひとつは、一九四二年にスイスで山岳氷河のクレバスに落ちて凍死した夫婦の話だ。彼らの遺体は七十五年後に、靴と本と懐中時計、バックパック、ボトルと一緒に発見された。彼らには子どもが七人いて、そのうちのふたりはいまでもまだ生きている。両親が悲劇的に消息を絶ったことで、子どもたちの人生には暗く不穏な影が落ちた。毎年、両親が消息を絶った日に、子どもたちは氷河にのぼり、彼らの思い出に祈りを捧げた。両親が消息を絶ったとき、末娘は四歳だった。DNA検査によって両親であることが判明し、ある意味幕が閉じた」

「その言葉は嫌い。幕が閉じるって」ミランダが言う。

「どこでもドアを開けっぱなしにしておくからかもな」父親がぴしゃりと言う。横目で娘にちらりと向けた皮肉げなまなざしは、〝わしが言っている意味がわかるだろう〟と言っていた。

ミランダは答えなかった。

ふたりのあいだに気まずい沈黙が漂う。

私は気づいていないふりをした。

「論文のもうひとつの話は」父親が先を続けた。「あるイタリア人兵士についてだ。結婚して十二日後にロシアの前線に送られ、そこで消息を絶ち、行方不明者リストに名前が記載された。しかし、彼はロシアで死んでおらず、女性に助けられ、その女性は彼の子どもをみごもった。何年も経ってから、彼はイタリアに戻るが、心もとない気持ちになる。母国とは思えず、国籍取得したロシアのほうが自分の国だという気がした。やがて、よりよい故郷を求めてロシアに戻った。ほら、ふたつの人生、ふたつのレーン、ふたつの時間帯。どちらも正しくはない。

それから、四十歳の男の話がある。ある日、彼はついに父親の墓参りをしようと決心する。父親は戦時中、息子が生まれる少し前に亡くなっていた。息子は日付が刻まれた墓石の前で、衝撃を受けて唖然と立ち尽くした。父親が亡くなったのは二十歳になる前だった――現在の息子の半分の年齢だ。すなわち、息子は父親の父親と言えるくらいの年齢になっていた。奇妙なことに、悲しいのは父が自分に会うことができなかったからか、彼自身が父親を知ることがなかったからか、亡き父というより亡き息子のように感じられる人物の墓の前に立っているからか、彼にはわからなかった」

私たちはこの話にモラルを持ち出そうとしなかった。

父親は言った。「これらの物語はとても感動的だと思うが、やはり理由はわからない。ただし、見かけがどうであれ、生きることと時間は同時進行ではなく、完全に異なる旅程なのだという気はする。そして、ミランダの言うとおりだ。幕を閉じるのは、そもそも幕が存在すればの話だが、それは来世のため、あるいは、残された者たちのためだ。結局のところ、わしの人生の台帳を閉じるのは生きている人々であって、わしではない。我々は自分たちの影そのものを手渡し、自分が生きて学び、知ったものを後世の人々にゆだねる。死んだあとに、自分が子どもだったころの写真や、まだ子どもたちの父親になっていないときの写真以外に、愛する者たちになにを与えられる？　わしは自分より長く生きる人たちに、わしの人生を引き延ばしてもらいたい。ただ思い出してもらうだけでなく」

私とミランダが黙り込んでいるのに気づき、父親は唐突に大声をあげた。「ケーキを持ってこい。いまは、わしと、わしを待っているもののあいだにケーキを置きたい。神はケーキも喜んでくれるかもしれない。そう思わんか？」

「小さめのケーキを買ってきたわ。大きなケーキでも、私が日曜に帰るまでには食べ終わっちゃうでしょう」

「おわかりのとおり、娘はわしに生きていてもらいたいのだ。なんのためか、見当もつかない」

「自分のためじゃなくても、私のために生きてちょうだい、おバカなおじいちゃん。それに、年寄りのふりはやめて。犬の散歩をしてるときに女の人を見てるの、知ってるんだから」

「たしかに、美しい脚を見たら、いまでも振り返る。だが、正直に言おう、理由は忘れた」

私たちは全員で笑った。

「ヘルパーさんたちが思い出させてくれるわよ」

「自分がなにを逃しているか、思い出したくないかもしれない」

「思い出させるための薬があるらしいわよ」

私は父親と娘がふざけて小競り合いをするのを眺めていた。ミランダはテーブルを立ち、もっとカトラリーを取りにキッチンに行った。

「わしの健康状態なら、小さなカップ一杯分のコーヒーは飲めるんじゃないか?」父親はミランダに聞こえるくらい大きな声で聞いた。「我々の客人にも出してやってもいいのでは?」

「手はふたつしかないのよ、パパ。ふたつだけ」ミランダは不平をもらすふりをして、しばらくしてから、ケーキと三枚の小皿を持ってきた。それをスツールに重ねたあとで、またキッチンに戻った。コーヒーポットをいじりまわしてから、バンバンと叩いて今朝出たコーヒーかすをシンクに落とす音が聞こえた。

「シンクには捨てるな」父親ががみがみと言った。

「もう遅いわ」ミランダが答える。

私と父親は見つめ合い、微笑んだ。私は思わず言った。「娘さんはあなたを愛しているんですね」

「ああ、そうだ。だが、わしに対して愛情を抱くべきではない。わしは幸運だ。それでも、あの子の年齢ではよくない」

「なぜ?」

「なぜか? あの子にとってつらくなるからだ。それに、天才でなくとも、わしがあの子の人生の妨げになっていることはわかる」

それに対してなにも言えなかった。

ミランダが使い終わった皿をシンクに置く音が聞こえた。

「ふたりでなにをこそこそ話してたの?」ミランダがコーヒーポットを持ってテラスに戻ってきた。

「なにも」と父親。

「嘘つかないで」

「君のことを話していたんだ」私は言った。

「やっぱりね。孫が欲しいって話でしょう?」ミランダは聞いた。

「おまえには幸せになってもらいたい。せめて、いまより幸せに——愛する人と一緒に」父親が言葉をはさんだ。「そして、そうだ、孫がほしい。いまいましいことに時間はかぎられている。これもまた、人生と時間は一致しないという実例だ。理解できないとは言うな」

ミランダは微笑んだ。理解しているということだ。

「わしは死のドアをノックしている」

「応答はあった?」とミランダ。

「まだだ。けれど、年老いた執事が間延びした口調で『い〜ま〜行〜く〜！』と叫ぶのを聞いた。わしがまたノックすると、彼は『いま行くと言っただろう？』とうなるように言った。彼らがドアのかんぬきを開けてわしを中に入れる前に、せめて愛する人を見つけてくれ」

「誰もいないっていつも言ってるのに、父は信じてくれないのよ」ミランダは私のほうを向いて言った。私が彼らの口論の仲裁役であるかのように。

「誰もいないなんてことがあるか？」父親も私のほうを向いて言った。「つねに誰かがいる。私が電話をかけるたびに、誰かがいる」

「だけど、いつだってそれは誰でもない。父は理解してないの」ミランダは言った。私が味方をしてくれると感じ取ったのだろう。「男たちが捧げようとするものを、私はすでに持っている。それに、彼らは自分にふさわしくないものを望んでる。あるいは、私には与えられないものかもしれない。そこが残念だわ」

「不思議だ」私は言った。

「どうして不思議なの？」

ミランダは父親から離れて私の隣に座っている。

「私は正反対だ。現時点で、私は人が望みそうなものをほとんど持っていないし、自分が望むものに関しては、はっきり口にすることもできない。だが、そのすべてを君はすでにわかっている」

ミランダはしばらくただ私を見つめた。「わかってるかもしれないし、わかってないかもしれない」つまり〝あなたのゲームにはつき合わない〟という意味だ。彼女は知っている。私がなにをしているか、私が気づくずっと前から知っている。

「わかっているかもしれないし、わかっていないかもしれない」父親がまねて言った。「おまえはパラドックスを見つけるのがほんとうに得意だな。気楽な考えが詰まったバッグからそれを見つけたとたん、答えを手に入れたと考える。だが、パラドックスは決して答えではない。ただの砕けた真実にすぎない。説得力のない意味の寄せ集め。しかし、客人はわしらの口論を聞くために来たのではないはずだ。父娘の口喧嘩を許してくれ」

ミランダはナポリ式のコーヒーメーカーの注ぎ口をタオルでふさいでコーヒーがこぼれないようにしながら、逆さまにひっくり返した。父も娘もコーヒーに砂糖を入れなかったが、ミランダは私が入れたいかもしれないと急に思いつき、私に尋ねることなく、足早にキッチンに行って砂糖入れを持ってきた。

私はいつもは砂糖を入れないが、彼女の行為に心を打たれ、ティースプーン一杯分を入れた。ふと、いらないと言うのは簡単だったはずなのに、なぜ砂糖を入れたのだろうかと不思議に思った。

私たちは無言でコーヒーを飲んだ。コーヒーのあとで、私は立ち上がった。「そろそろホテルに行って、今夜の講演用のメモを見直さないと」

ミランダが思わずといったふうに口走った。「ほんとうにメモの見直しをしなきゃいけないの？　もう何度も同じような講演をしてるんじゃないの？」

「話の筋を見失わないかと、いつも不安なんだ」

「あなたが話の筋を見失うなんて想像できないわ、サミ」

「私の頭の中を知らないだろう」

「あら、じゃあ教えて」ミランダはぞんざいに言い返した。その口調に陽気な狡猾《こうかつ》さはなく、私は驚いた。「今日、あなたの講演に行こうかと思ってたの――招待されればってことだけど」

「もちろん、招待するよ。お父さんも」

「パパも?」ミランダは聞いた。「めったに外出しないのよ」

「外出するとも」父親が言い返す。「おまえがここにいないときにわしがなにをしているか、どうしてわかる?」

ミランダはわざわざ答えず、キッチンに戻り、皿を持ってきた。四等分にカットされた柿が載っている。ほかのふたつの柿はまだあまり熟れていない、とミランダは言った。それからまたテラスを出て、クルミの入ったボウルを持って戻ってきた。もうしばらく私を引きとめておくための彼女なりの方法なのだろう。父親がボウルに手を伸ばし、クルミをひとつ取った。ミランダもひとつ取り、ボウルの底に埋もれているクルミ割り器を取り出した。父親はクルミ割り器を使わず、テーブルの上に置いて手で叩いて割った。「それ、いやだわ」ミランダは言った。「なんだ――これか?」父親はクルミをもうひとつ割り、殻を取り除いてから、食べられる部分を私に渡した。私は当惑していた。「どうやったんです?」私は聞いた。「簡単さ」父親は答えた。「こぶしは使わない。人さし指だけだ。こうして、溝の部分とを交差させるように置き、もう一方の手で上から強く叩く。このとおり《ヴォアラ》！」今回は中身を娘にやった。「やってみたまえ」彼は私に新しいクルミを渡した。たしかに、彼がやったようにクルミを割ることができた。

「何事も経験だ」

父親は微笑んだ。「わしは飛行機のパイロットについての論文に戻らないと」と言って立ち上がり、椅子をテーブルの下に押し入れ、テラスを出ていった。

「トイレよ」ミランダが説明する。そしてさっと立ち上がり、まっすぐキッチンに向かった。私も椅子から立ち、彼女のあとについていったが、キッチンに入っていいものかわからなかった。そこで入り口に立ち、彼女が皿を水洗いするのを眺めていた。一枚ずつすすぎ、とても素早くシンクの横に積み上げてから、食器洗い機に入れてくれと私に頼んだ。次に鋳鉄製のフライパンに熱湯と粗塩を入れ、ごしごしとこすって洗いはじめた。フライパンの側面にこびりついて、スチールウールでは落ちない焦げた魚の皮に対して不機嫌になっているみたいだ。怒っているのか？　ところが、クリスタル製のワイングラスの番になると、さっきよりやさしく、気を配った。その古さと丸みを帯びた形が、彼女を喜ばせて落ち着かせ、注意深く敬意を払うように求めているみたいだった。では、やはり怒っているわけではない。グラスを洗い流すのに数分かかった。洗い物が終わったとき、彼女の手のひらと指がほとんど紫色のようなとても濃いピンク色に染まっていることに気がついた。美しい手だ。ミランダは私を見つめながら、冷蔵庫のドアの取っ手にかかっている小さなキッチンタオルで手を拭いている。コーヒーポットの注ぎ口を押さえるのに使ったのと同じタオルだ。彼女はなにも言わなかった。それからシンクの近くにあるハンドローションのディスペンサーのポンプを押して、両手にクリームを塗り込んだ。

「きれいな手だ」

ミランダは答えなかった。間を置いてから、「きれいな手よ」と私の言葉を繰り返しただけだった。嘲っているのか、それとも、私の言葉の意図を問いかけているのか。

「マニキュアは塗っていないんだな」私は続けた。

「知ってるわ」

またしても、わからなかった。マニキュアを塗っていないことを謝罪しているのか、余計なお世話だと言っているのか。私が伝えたかったのは、指をあらゆる色に塗っている多くの同年齢の女性たちとはちがうということだった。とはいえ、ミランダはわかっているだろうし、指摘される必要もない。私の話し方が下手くそなのだ。

キッチンでの片づけを終えると、ミランダはダイニングルームに戻り、そのままジャケットを取りにリビングに向かった。私がついていくと、今夜の講演について聞いてきた。「フォティオスについてだ」私は言った。「彼は昔のコンスタンティノープル総主教で、読んだ本を一覧にした『ミリオビブリオン』と呼ばれる貴重な目録を作った。〝一万冊の本〟という意味で、『図書総覧』ともいわれている。このリストがなかったら、そこに載っている本の存在を知ることはなかっただろう――大量の本が完全に消失してしまっているんだ」

彼女には退屈な話だろうか？　聞いてさえいないかもしれない。コーヒーテーブルの上にある未開封の手紙を調べている。

「じゃあ、あなたはそれを自分と人生のあいだに置いているのね――一万冊の本を？」

皮肉たっぷりのユーモアがいい。特に彼女が口にする場合は。列車では明らかに厭世《えんせい》的だったものの、結局は、カメラ、バイク、レザージャケット、ウィンドサーフィンと、ひと晩に最低三度は愛を交わしてくれる細身の若い男のほうが好きなのかもしれない。「私は自分と人生のあいだにとても多くのものを置いている。想像もつかないくらい」私は言った。「けれど、こういうことは君には理解できないはずだ」

「いいえ、ちがうわ。少しはわかる」

「へえ？　例えば？」

「例えば――ほんとうに知りたい？」ミランダは聞いた。

「もちろん、知りたいとも」

「例えば、あなたは自分をとても幸せな男だとは思っていない。でも、私と少し似てる。失恋したときに、傷つけられたから悲しいんじゃなくて、傷つくほど大切に思える人に出会えなかったから悲しいって人もいるんじゃないかしら」そこでミランダは考え直した。言いすぎたと思っているのかもしれない。「これも、気楽な考えがいっぱい詰まったバッグから探し出したパラドックスのひとつね。心の痛みは、症状を伴わないこともある。自分が苦しんでいることに気づきもしないかもしれない。こんな話を思い出すわ。生まれるずっと前に自分の双子の片割れを食べてしまう胎児の話。いなくなった双子の痕跡はないかもしれないけど、生まれた子はずっと片割れの不在を――愛の不在を――感じながら成長する。父のことや、あなたが息子さんについて言ってたことは別にして、私の人生にもあなたの人生にも本物の愛や親密さはほんの少ししかなかったのかもしれないっていう気がする。でも、どうかしら」

彼女は一瞬だけ言葉を切った。私が反論しはじめるか、彼女の言葉をあまりに真剣にとらえるのではと不安になったのか、こう続けた。「だけど、あなたは心のどこかでは、幸せじゃないって言われるのをよく思わないかもしれないわね」私は礼儀正しくうなずこうとした。〝君が言っていることに同意するし、反論はしない〟という意味も込めて。「でも、いい点は――」そう言いかけてから、ミランダはまた口をつぐんだ。

「いい点は？」私は聞いた。

「いい点は、あなたはまだピリオドを打っていないし、探すのをあきらめてもいないと思うってこと。幸せを探すのをね。あなたのそういうところが好きよ」

私は答えなかった――沈黙が答えになっているだろう。

「さて」ミランダは出し抜けに言いながら、私にジャケットを渡し、私はそれを着た。そこで唐突に話題が変わった。「襟《えり》」ミランダが私のジャケットを指して言う。

なにを言っているのかわからなかった。「ほら、直してあげる」ミランダは私の前に立ち、襟を正してくれた。よく考える前に、気がつくと私はジャケットの襟を持っている彼女の手を握って胸に押しつけていた。

そして、そんなつもりはなかったのだが、ただ思うがまま、手のひらで彼女の額に触れた。こんなふうに一時の感情に駆られることはめったになかった。一線を越えるつもりはないことを示すために、私はジャケットのボタンをとめはじめた。

「まだ行かなくてもいいのよ」不意にミランダは言った。

「だが、もう行くよ。メモ、ちょっとした会話、亡きフォティオス、自分と現実世界のあいだに置いている薄っぺらい衝立。それらが待っているからね」

「特別な時間だったわ。私にとってはね」

「これが？」私は聞いたが、彼女が言った意味を正確に理解しているとは思えなかった。立ち去ろうと思いつつも、最後にもう一度彼女の額を愛撫した。それから額にキスをした。今回、私は彼女を見つめ、ミランダは目をそらさなかった。そして、ふたたび自分でも驚いたことに、何年も前からの知り合いがするようなしぐさで、彼女の顎に指先で触れた。やさしく、大人が子どもの顎を親指と人さし指ではさんで泣かないようにさせるみたいに。彼女が動かなければ、この顎の愛撫が前触れとなって、次に下唇に指をはわせる——そして左右に撫でる——ことになると、最初から感じていたし、彼女も同じだった。ミランダはあとずさったりせず、私を見つめ続けた。こんなふうに顎に触れられて気分を害したのか、それとも、不意を突かれて、どう反応すべきかとまだ熟考しているのだろうか。依然として大胆に揺るぎないまなざしで見つめ続けている。最終的に私は謝罪した。

「いいのよ」ミランダはそう言って、抑えたくすくす笑いのような声をもらした。すべてを大目に見て、大人としてふるまっているのだろう。結局、くるりと背中を向け、なにも言わずにソファからレザージャケットを取っただけだった。彼女のジェスチャーはあまりにぞんざいで、あまりに毅然《きぜん》としていて、私は彼女を怒らせてしまったのだと確信した。

「講堂まで一緒に行くわ」

私は困惑した。あんなことをしたあとで、もう私とはかかわりたくないはずではないのか。

「いま？」

「もちろん、いまよ」それから、ぶっきらぼうな返事をやわらげるためだろうが、こう続けた。「だって、あなたを見張って、街じゅうついてまわらなきゃ、二度と会えないでしょう」

「私を信用していないんだな」

「どうかしら」そう言ってから、いまではリビングに座っている父親のほうを向いた。「パパ、彼の話を聴きに行ってくるわ」

彼女がこんなにすぐに出ていくと聞いて、父親は驚き、おそらく落胆していた。「だが、着いたばかりじゃないか。本を読んでくれるんじゃなかったのか？」

「明日読んであげるわ。約束する」

フランソワ＝ルネ・ド・シャトーブリアンの回想録を父親に読むのが習慣だった。彼女が十代前半のころに父親はよくシャトーブリアンを読んでいたけど、いまは彼女が読む番だと、ミランダは言った。

「お父さんは不満そうだ」アパートを出る前に、私は言った。ミランダはフランス窓を閉め、たちまち部屋が暗くなった。突然の暗がりが陰鬱《いんうつ》な雰囲気を生み出し、迫りくる秋の終わりと父親の心情を反映していた。

「不満そうね。でも、だからといってなにも変わらない。これから仕事をするふりをしてるけど、最近は長い昼寝をするの。いずれにしろ、父が昼寝をするときは、私はあちこちの店で買い物をして、冷蔵庫を父の好物でいっぱいにしておくの。それは明日やるわ。あとはヘルパーさんがやってくれる。今日の午後に来てくれるから、犬の散歩をして、料理を作って、父と一緒にテレビを見て、ベッドに入れてくれるわ」


一階に下りて、建物からルンゴテヴェレの通りに出たところで、急にミランダが立ち止まり、十月下旬のさわやかな空気を深く大きく吸い込んだ。私は驚いた。

「なんだ?」私は聞いた。もちろん、彼女の肺から発されている悲しげな音のことだ。

「出ていくときはいつもこうなの。圧倒的な安堵感《あんどかん》。まるで室内の汚れた空気で窒息してたみたい。いつか、近いうちに、こうして父を訪ねたことがきっと懐かしくなる。罪悪感を覚えたくないし、どうしても立ち去ってドアを閉めたくてしかたがなかった理由を忘れたりもしたくない」

「ときどき、息子と別れるとき、向こうは私と同じ気持ちを抱いてないのではと思うことがある」

ミランダは答えなかった。ただ歩き続けた。

「私に必要なのは一杯のコーヒーだわ」

「さっき飲まなかったか？」私は聞いた。

「あれはデカフェだったのよ」ミランダは言った。「父のためにノンカフェインのコーヒーを買って、レギュラーコーヒーだと思わせているの」

「お父さんはだまされている？」

「十分にね。自分でちゃんとしたコーヒーを買いに行って、私に黙ってるのでなければだけど。でも、それはないと思うわ。前に言ったように、私は週末ごとにここに来てる。ときには、空いた日があると、列車に飛び乗って、ここに泊まって、昼前には戻る」

「家に帰ってくるのは好きかい？」

「以前はね」

気がつくと、私はいままで口にしたことがない質問を発していた。

「お父さんを愛している？」

「最近はわからない」

「だとしても、君は立派な娘だ。この目で見た」

ミランダは答えなかった。顔に浮かんだ微笑みは、〝あなたは半分もわかってない〟と諭《さと》しているようだった。「かつて抱いていた愛は、自然消滅してしまった。残っているのは、ただの気休めな偽物の愛。本物の愛と簡単に取りちがえてしまう。加齢や、病気、あるいは認知症の始まりなんかでね。父の面倒を見たり、心配したり、離れているときに足りていないものはないか確かめるためにしょっちゅう電話したり――そういうことをしているうちに、私が与えられるものはすべて尽きてしまった。これを愛とは呼ばないでしょう。誰も。父だって」

そこで、以前にもしたように、急に話を終わらせた。「女子にはコーヒーが必要だわ！」にわかにペースを上げた。「近くにいいお店があるの」

カフェに向かいながら、私はちょっと橋の向こうに立ち寄らないかと聞いた。「連れていきたいところがあるんだ」

ミランダは理由も場所も尋ねず、ただあとに続いた。「ほんとうに時間があるの？　荷物を置いて、手を洗って、メモを見直したりしなきゃいけないんでしょう」その声にははっきりと忍び笑いがふくまれていた。

「時間はある。さっきは大げさに言っていたのかもしれない」

「あら！　あなたは嘘つきだってわかってたわ」

私たちは笑った。出し抜けにミランダは言った。「あのね、父は重病なの。最悪なのは、父もわかってるってこと。それについて話したがらないけどね。その話題を持ち出すのが怖いのか、ただ私を怖がらせないようにしてるのか、いまだにわからない。お互い、相手を守るためだって言い張ってるけど、ふたりとも話す方法が見つからなくて、手遅れになるまで現実と直面するのを引き延ばしたいんだと思う。だから、明るくふるまうようにして、ジョークを言うの。『ケーキを持ってきたか?』『ケーキを持ってきたわ』『もっとワインをもらえるか?』『ええ、でもあと一滴だけよ、パパ』そのうち、父は呼吸ができなくなる。ガンで死ななくても、肺炎で死ぬわ。もちろんモルヒネを摂取してるから、言うまでもなくほかの問題も起こる。私のきょうだいが誰も引っ越してこないなら、私が移ってこなきゃならないかもしれない。みんなで交代でやろうって言ってるけど、そのときが来たら、どんな言い訳が出てくるか」

途中で少し遠まわりをして、ホテルに寄った。私はフロントに荷物を預けてくると言った。テレビを見ていたフロント係が、ベルボーイに部屋まで運ばせておくと言った。そのあいだ、ミランダはロビーには入らなかったが、ホテル内の小さなチャペルをのぞいていた。私が外に出たときには、ミランダは石畳の道路から外れた丸石に興味を引かれたように、靴の爪先でいじっていた。

「二分あれば、君に見せたい場所に着く」彼女のいらだちを感じ、私は言った。彼女の父親についてなにか言葉をかけたかった。または、せめていくつか慰めの言葉を言って、その話を終わらせたかった。しかし、月並みな言葉しか思い浮かばず、彼女が話を打ち切ったことにほっとしていた。

「行く価値があるんでしょうね」ミランダは言った。

「私にとっては」

数分もせずに、通りの角に立つ建物に着いた。私は建物の前で足を止め、無言でたたずんだ。

「言わないで――ヴィジリアね！」

ミランダは覚えていた。

「どこ？」と尋ねる。

「上だ。三階の大きな窓がある部屋」

「幸せな思い出？」

「そうでもない。ここに住んでいただけだ」

「それで？」

「ローマに来るたびにいつもあのホテルに泊まっているとしたら、それはこの建物のすぐ近くだからだ」私はそう言いながら三階の窓を指した。明らかに何十年も掃除されていないし、取り換えられてもいない。「ここをぶらつくのが好きなんだ。そうすると、いまでも三階に住んでいて、古代ギリシャ語を読んだり、学生のレポートの採点をしたりしている気がする。この建物で料理を覚えた。ここでボタンの縫いつけ方も覚えた。自分でヨーグルトやパンを作れるようになった。易経《えききょう》を学んだ。初めてペットを飼った。下の階に住んでいた女性が猫を手放したがっていたんだ。その猫は私になついてくれた。三階に住んでいた若い男がうらやましいよ。彼はここにあまり満足していなかったがね。夜、暗くなってからここに戻ってきてアパートを見るのが好きだ。だが、昔住んでいた部屋の窓に明かりがつくと、胸が張り裂けそうになる」

「どうして？」

「心のどこかでは、時計の針を巻き戻したいという気持ちを捨てきれていないのだろう。あるいは、自分が前に進んだことを――実際に前に進んだのであればだが――受け入れていないのだろう。私がほんとうに望んでいるのは、かつての自分とふたたびつながることだけかもしれない。当時はその自分を見失い、別の場所に移るなりあっさりと背を向けてしまった。あのころの自分になりたいわけではないが、もう一度彼に会いたい。一分ほどでいい。どんな人間か知りたい。三階の若い男は、まだ妻と出会っても別れてもいないし、いつか父親になるとはまだ思ってもいない。そういうことをなにも知らない。心のどこかでは、彼に最新情報を伝え、私がまだ生きていることを知らせたいと思っている。私が変わっていないこと、いまここで外に立っていること――」

「――私と一緒にね」ミランダが口をはさんだ。「上に行って、挨拶《あいさつ》したらどうかしら。彼に会いたくてたまらないわ」

彼女がジョークを次の段階に進めているのか、奇妙なほど真剣なのか、私にはわからなかった。

「ぜひドアを開けて、踊り場で待っている君を見たかっただろうね」私は言った。

「部屋の中に入れてくれた？」ミランダは聞いた。

「答えは知っているだろう！」

ミランダは私が言葉を続けるのを待った。おそらく、私が意味を明らかにするのを。だが、私は黙っていた。

「やっぱりね」

「君は中に入ったかい？」やがて私は聞いた。

ミランダはしばし考えた。

「いいえ」と答える。

「なぜ？」

「年を取ったあなたのほうが好きだから」

突然、ふたりのあいだに沈黙が落ちる。

「いい答えでしょう？」ミランダは私の腕を小突いた。そのしぐさは、ふざけていても、私たちのあいだには真剣で信頼できる友情があるということを容易に意味しているようだった。

「私は君よりずっと年上だ、ミランダ」私は言った。

「年齢は年齢よ。クールでしょう？」ミランダは私の言葉がほとんど終わらないうちに答えた。

「クールだ」私は微笑んだ。こんなふうにこの言葉を使ったことはなかった。

「それで、建物の中に入ったり、上に行ったりしたことはある？」ミランダは話題を変えようとしていた。

やはりな、と私は思った。

「いや、一度もない」

「どうして？」

「わからない」

「そんなにひどくミス・マルグッタに傷つけられたの？」

「そうじゃない。この建物は彼女とはほとんど関係ない。だが、ほかの女の子たちがここに来た」

「彼女たちが好きだった？」

「かなり好きだった。ある日のことを覚えている。私は風邪をひいて、授業や講義をすべて休みにした。ここでの生活で最も幸せな一日だったよ。熱が出ていて、家には食べ物がなかった。私の教えている女子学生が、私が病気だと聞いて、オレンジを三つ持ってきてくれた。しばらく部屋にいて、最終的に私といちゃついて、帰っていった。しばらくしてから、別の女の子がチキンスープを持ってきた。さらに三人目がやってきて、ブランデーを使ったホットトディを作ってくれた。三人で飲むにはブランデーが多すぎたがね。私は誰よりも幸せな発熱した男だと思った。その後、ふたりのうちのひとりと、しばらく一緒に暮らした」

「でもいまは、私があなたとここに立ってる。気づいてた？」

彼女の声は珍しく苦しげだったが、理由はわからなかった。ふたりで列車に乗っていたときからしているように、私は過去の打ち明け話をしていると思っていた。私は明るくくすくすと笑ったが、少しわざとらしく聞こえたにちがいない。

「なにがそんなにおかしいの？」

「おかしくはない。ただ、私がここに住んでいたとき、君は生まれてもいなかった」

私もミランダも、その話題が出た理由を問わなかった。

ミランダはバッグから小さなカメラを取り出した。「誰かに私たちの写真を撮ってもらいましょう。そうすれば、私が存在してたこと、はかない思い出にならないってことがわかるわ。三つのオレンジを持ってきた、いまでは名前も名字もミドルネームもどうしても思い出せない女の子とはちがってね」

この狂乱は女性特有の虚栄心によるものだろうか？　彼女はそういうタイプではない。

ミランダは店から出てきたアメリカ人観光客のカップルを呼び止め、ブロンドの女性にカメラを渡し、建物の前で自分たちの写真を撮ってくれと頼んだ。「そうじゃないわ」ミランダは私に言った。「腕をまわして。反対側の手を貸して。死にはしないわ」

ミランダはおまけにもう一枚撮ってくれと女性に頼んだ。

女性がさらに数枚撮ってから、ミランダは礼を言い、カメラを受け取った。「すぐに写真を送るわ。ミランダのことを忘れないで。約束してくれる？」

私は約束した。

「ミランダは忘れられることをそんなに気にするのかい？」

「まだわかってないのね？　最後に私の年齢の女と一緒にいたのっていつ？　そんなにブスじゃなくて、いまではもうはっきりしているはずのことを必死に伝えようとしてる女と」

彼女がこういうことを言い出すのではと、うすうす感じていた。ではなぜギクッとして、自分の勘ちがいだと思いたがっているのだろう?

はっきり言ってくれ、ミランダ、もしくは、もう一度言ってくれ。

もうはっきりしてるでしょう?

では、もう一度言ってくれ。

私たちが口にした言葉はかなり曖昧で、相手がなにを言いたいのか、自分がなにを言いたいのか、わからなかった。それでも、理由は定かではないが、ふたりともすぐに感じ取っていた。はっきり口に出していないからこそ、私たちは相手の言葉の裏に隠された意味を正確に理解していると。

その瞬間、私は素晴らしいことを思いついた。携帯電話を取り出し、これから二、三時間空いているかとミランダに聞いた。

「別に用事はないわ」ミランダは答えた。「だけど、あなたはやることがあるんじゃないの?メモを見直して、ハンガーに服をかけて、言うまでもなく、手を洗いたいんでしょう?」

説明している時間はなく、私はすぐにローマの著名な考古学者の友人に電話をかけた。彼が電話に出ると、私は言った。「頼みがあるんだ。今日」

「私はとても元気だよ。聞いてくれてありがとう」彼はいつものユーモアで返した。「それで、なにをすればいいんだい?」

「ヴィラ・アルバーニを見学したい。ふたり分の許可を取ってくれないか」

彼はしばしためらった。「彼女は美人か?」と聞いた。

「とても」

「ヴィラ・アルバーニの中に入ったことはないわ」ミランダが言った。「誰も入れてもらえないのよ」

「いまにわかる」それから、友人からの折り返しの電話を待ちながら言った。「十八世紀にアルバーニ枢機卿が別荘《ヴィラ》を建て、考古学者で美術史家のヨハン・ヨアヒム・ウィンケルマンの協力で膨大なローマ彫刻を収集した。それらを君に見せたい」

「どうして?」

「そうだな、君は私に魚とクルミを食べさせてくれたし、彫像が好きだろう。美しい浅浮き彫りを見せてあげよう。人生でこれ以上の作品を目にすることはないはずだ。ハドリアヌス帝の愛人、アンティノウスをかたどったものだ。それから、私のお気に入りの彫像も見せよう——トカゲを殺すアポロンの像だ。プラクシテレスの作だと考えられている。おそらく史上最高の彫刻家だ」

「それで、私のコーヒーは?」

「時間はたっぷりある」

電話が鳴った。一時間以内にヴィラに行けるか? 管理人が早く帰りたがっているので、一時間も見学できないだろう。「金曜日だからな」と友人は説明した。

私たちは橋のそばで待機していたタクシーを見つけ、数秒後には急いでヴィラへ向かっていた。タクシーの中で、ミランダが私のほうを向いた。「どうしてこんなことをしたいと思ったの？」

「君の言いなりになっているのがうれしいという気持ちを示したいんだ」

「あなたは不満をもらしてるのに？」

「不満をもらしてるのに」

ミランダはなにも言わず、つかの間外を見てから、また私のほうに向き直った。

「驚きだわ」

「なぜ？」

「あなたが衝動的に次から次に飛び移るタイプだとは思わなかった」

「なぜ？」

「とても思慮深くて、落ち着いていて、穏やかな感じだから」

「つまらないという意味だな」

「全然ちがうわ。人はあなたを信用して、心を開きたくなる。それはあなたと一緒にいるときの自分が好きだからじゃないかしら――いまこうしてタクシーの中にいるみたいに」

私はミランダの手を握り、それから放した。

二十分もせずに到着した。管理人は私たちが来ることを知らされていて、小さな門の外で待っていた。敵意にあふれたような横柄な態度で、腕組みをしている。やがて私に気づくと、最初は不信感に満ちていた態度が控えめな好意に変わった。私たちはヴィラに入り、二階に上がり、連なった部屋を通り抜け、アポロン像の前に立った。「〝トカゲ殺し《サウロクトノス》〟と呼ばれている。ギャラリーを歩いて、時間があったらエトルリアのフレスコ画を見よう」

ミランダは像を見つめながら、前にこの彫像の複製を見たことがあるけれど、これとはちがっていたと言った。

残りを駆け足で見てから、アンティノウスのレリーフに着いた。ミランダはその美しさにこれ以上ないくらい感動していた。「すてき」

「私はなんて言った？」

「ソノ・センツァ・パローレ」ミランダは言った。いまは言葉が出ない、と。

私も同じだった。ミランダは私に腕をまわし、しばらく作品を見つめてから、一度だけ私の背中を撫でた。それから私たちはその場を離れた。

少ししてから、私はミランダのほうを向き、小さな猫背の男の胸像を指して、耳もとでささやいた。写真撮影は禁止されているけれど、私が管理人の注意をそらせば、その小さなカメラでこっそり何枚か撮れると。以前この管理人から母親が病気だと打ち明けられたことを思い出し、私は彼を脇に連れていって、お母さんの手術はどうだったかと尋ねた。繊細《デリカテッツァ》な質問なので、一応ミランダに聞かれないようにささやき声で話した。彼は私の心遣いに感謝し、残念ながら亡くなりました《プルトロッポ・エラ・マンカータ》と説明した。私はお悔やみを述べながら、もう少し彼を引きとめて、ミランダに背中を向けているように、私の母も亡くなったと話した。「母親はひとりしか与えられない」と彼は言った。私たちはうなずき、哀悼の意を示した。

最後にもう一度サウロクトノスを見に戻りながら、私は同じ彫像がルーブル美術館とバチカン美術館にもあるが、ここと クリーブランド美術館にある像だけがブロンズだと説明した。「だけど、これは等身大ではありません」と管理人が言った。「クリーブランドのほうが美しいと聞いています」

「そのとおりだ」私は言った。

それから管理人は、イタリア式庭園を通って、彫像がたくさんある別のギャラリーに行くのがいいと勧めた。庭を歩いていく途中で、私たちは向きを変え、大きなネオクラシック建築の建物のファサードと荘厳な拱廊《きょうろう》を眺めた。かつては当世一美しいといわれていた。

「エトルリアのフレスコ画を見る時間はなさそうですね」管理人が言った。「けれど、その代わりに《イン・コンペンソ》、シニョリーナはここの彫像の写真を数枚撮りたいかも」といたずらっぽく気取った笑みを浮かべて続けた。「写真を撮るのが好きなんでしょう」私たちは互いに微笑んだ。その後、彼は庭を通って私たちを出口の門まで連れていき、ローマで最も古いという七本のマツを指した。それからボタンを押し、電動式の門が開くと、歩道に立っていた年配の紳士が私たちを見つめ、我慢できずに管理人に言った。「私の家族は七世代にわたってローマに住んでいるが、一度もこのヴィラに入れてもらったことがない」管理人はまた横柄な目つきになり、入場は禁じられて《ヴィエタート》いると紳士に言った。私たちの後ろで門が閉まった。

タクシーを呼び止める前に、ミランダが門の近くで私の写真をもう一枚撮りたいと言った。

「なぜ?」私は尋ねた。

「理由はないわ」

それから、私がむっつりした顔をしているのを見て、「そのしかめ面、やめてくれない？」と言った。だが、私が微笑むと、こう反応した。「ハリウッド風の偽物の笑顔もやめて――お願い！」

ミランダは写真を数枚撮った。けれど、満足してなかった。「どうしてしかめ面をしたの？」

理由はわからない、と私は言った。しかしほんとうはわかっていた。

「今朝は私が不機嫌だって非難したくせに！」

私たちは笑った。

ミランダは私のコメントを期待しているわけではないようだった。私も彼女に説明を強いたりしなかった。だが、ミランダが写真をパチパチと撮り続けるうちに、心が痛む考えが忍び寄ってきた。いつかこれもヴィジリアになり、〝しかめ面をやめて〟という名前をつけられることになるだろう。いまみたいにミランダが私を肘で突くたびに、温かさと軽妙さと親密さがあった。まるで人生に押し入ってくる人間のようだ。父親のリビングでしたのと同じ。すぐにクッションを叩いてふくらませ、窓を勢いよく開け、少し傾いて壁にかかっている二枚の古い絵画をまっすぐに直す。だが、かなり長いあいだ使われずに置かれていた花瓶に彼女が花を生けたあとで、気づかされる。彼女の存在を軽く考えようと必死になっているかもしれないけれど、一週間以上、一日以上、一時間以上の関係を求める勇気など自分にはないと。なんだか、いかにも現実的に考える人間になってしまいそうではないか、と私は思った。あと少しで。

もう手遅れか？

私は手遅れか？

「考え事はやめて」ミランダが言う。

私は手を伸ばし、彼女の手を握った。

彼女の行きつけのしゃれて混雑した〈カフェ・トリルッサ〉で、ぐらつく小さな四角いテーブルを見つけ、向かい合って座った。ミランダの後ろでは、屋外用ヒーターが最大出力でついていた。熱いのがうれしいとミランダは言い、つい数時間前は父親のテラスで食事をするくらい暖かかったのに不思議だと続けた。いまは温かい飲み物が欲しい。ウエイターが来ると、ミランダはダブルアメリカーノを二杯注文した。

私は〝アメリカーノとはなんだ？〟と聞きそうになったが、思いとどまり、聞かないことにした。しばらくして、聞かなかった理由に気がついた。

「アメリカーノは、シングルショットのエスプレッソにお湯を足したもの。ダブルアメリカーノは、ダブルショットのエスプレッソにお湯を足したものよ」

ミランダは笑みをこらえながらテーブルを見つめた。

「なぜ私がアメリカーノを知らなかったとわかった？」

「ただわかったの」

「ただわかった」私は繰り返した。

それがうれしかった。ミランダも同じだろう。

「君のお父さんが知らないだろうから、私も知らないと思ったのか？」

「ハズレ！」ミランダはすぐに私が質問した理由を察して言った。「まったくちがうわ、ミスター。もう言ったでしょう」

「それで、なぜだ？」

不意にミランダの顔から嘲笑が消えた。

「あなたのことはわかる、サミ。だからよ。こうしてあなたを見てると、ずっと昔から知ってた気がする。それからもうひとつ。ふたりのことなのに、私だけがしゃべってる」

この話はどこに向かっている？

「あなたを知るのをやめたくない。そういうことよ」

私はまたミランダを見つめた。結局どういうことなのか、まだ確信がなかった。**希望を抱かせないでくれ、ミランダ、やめてくれ。**彼女とこの話を持ち出したくもなかった。それも希望を抱くことになるから。

ウエイターが私たちのコーヒーを持ってきた。

「アメリカーノは」ミランダがさっきと同じおどけた口調で言った。「エスプレッソを飲みたいけどアメリカンコーヒーが好きな人のための飲み物よ。あるいは、エスプレッソを長く飲んでいたい人のため――」

「さっき君が言っていた話に戻ろう」私は会話をさえぎった。

「私、なにを言ってた？」ミランダはからかって言った。「ずっと前からあなたを知ってたってこと？　それとも、あなたを知るのをやめたくないってこと？　どっちも同じよ」

いつこんなことになったのだろう？　列車の中か、タクシーの中か、彼女の父親のアパートか、キッチンか、リビングか、ヴィラ・アルバーニの外か、ミス・マルグッタの話をしたときか、私の昔の家を通ったときか？　なぜずっと彼女に振りまわされている気がするのだろう？　彼女はそんなことをしていないと、心の中ではわかっているのに。

ミランダは私の気持ちに気づいているにちがいない。最初から、六歳児でもわかったはずだ。だが、彼女はいつ気づいた？　予測がつかない数分前？　そのときに私が現実を勘ちがいしていたら、ふたりの関係はみるみるうちにしおれていただろう。ふと、また考えがよぎった。何年も前、ここから三ブロックも離れていない建物で、私はビザンツ帝国の古典注釈の本を読み、イスラム教以前のコンスタンティノープルの世界に没頭していたが、彼女の父親の生殖腺からはのちにミランダとなる精子細胞はまだ放出されてもいなかった。私は彼女を見つめた。ミランダは無理やり遠慮がちな微笑みを向けた。その笑顔は、アメリカーノについてなんでも知っている、快活で強情で意志の固い娘とはそぐわない。〝どうした？〟と聞くこともできただろう。けれど、私は我慢した。ふたりともなにも言わず、気まずい間があったあとで、ミランダはかすかに頭を横に振っただけだった。自分自身に同意できず、自分は気持ちを打ち明けるほど愚かではないというくだらない考えを退けるかのように。列車に乗り込んで私の斜め向かいの席に座った瞬間にもそんなふうにしていた。いま、ミランダは自分のコーヒーカップを見下ろしている。彼女の沈黙に私は不安になった。

その後、私たちは見つめ合っていたが、どちらもしゃべらなかった。私がまた言葉を発したら、魔法が解けるとわかっていた。だから私たちは座ったまま、無言で見つめ、無言で見つめていた。彼女も魔法を解きたくないかのように。私は尋ねたかった。〝君は私の人生でなにをしているんだ？　それに、これほど若く美しい人間がほんとうに存在するのか？　映画や雑誌以外でも実在するのか？〟

ふと、古代ギリシャ語の動詞〝□ψίζω《オプシーゾ》〟が頭をよぎった。彼女に言わないようにこらえたが、我慢できなかった。〝オプシーゾ〟とは、祝宴にとても遅れて到着すること、あるいは、ラストオーダーの直前、あるいは、無駄にした過去の重みを背負いながら今日を大いに楽しむことだと、私は説明した。

「要点は？」

「なにもない」

「たしかに」

ミランダは肘で私を小突いた。〝その話はやめて！〟という意味だ。それから、別のテーブルにひとりで座っている女性を指した。「ずっとあなたを見てるわ」私は信じなかったが、その考えは気に入った。別の客はクロスワードパズルに頭を悩ませている。「行き詰まってるのね」ミランダは言った。「ヒントをあげようかしら。今朝、私も駅で解いたの。ところで、さっきの女性がまたあなたを見たわ。あなたの右、四時の方向」

「なぜ私はそういうことに気づかないのだろう？」

「現在形の人間じゃないからかしら。例えば、これは現在形」ミランダは身を寄せて私の唇にキスをした。濃厚なキスではないが、しばらく重ね合わせたまま、舌で私の唇に触れた。

「いい香りがするわ」


やれやれ、いまの私は十四歳だ。

その後、私はオスマン帝国のトルコ人による悲惨なコンスタンティノープル侵攻について聴衆に説明しながら、さっきまでのことを思い返していた。トラステヴェレの細い通りを通り抜けながら、ミランダが私の手を握っていた。人混みで私を見失うのを恐れているかのようだったが、いまにも手を離して去っていくのではと不安になっていたのは私だった。また、〈カフェ・トリルッサ〉の外に出たときに、私がとうとう彼女をしっかりと抱きしめると、ミランダは私の腕に身をうずめてきた。私の抱擁に抵抗して押し返そうするかのように、私の胸に両方のこぶしを置いていたが、それが彼女の私に身を任せるやり方なのだと気づき、私は自分の気持ちに従って彼女にキスをした。あれほど長く女性にキスをしたことはなかったし、あれほど情熱を込めたこともなかった。そう伝えようとしたとき、ミランダがさらりと言った。「抱いていて。ただ抱いていて、サミ。そしてキスして」

なんという女性だ。

いまでは、フォティオスによる目録の中の書籍の多くが遺憾にも消失してしまった話を長々と語りながら、最後に私たちの会話の最高の部分を思い返していた。「ひとつわかっている」と私はミランダに言った。「なに？」「私と一緒にいてくれ。海の近くに家がある」ふたりで話しているときにそのことを思いつき、なにも考えずに口にしていた。こんなことを言ったのは生まれて初めてだった。けれど、私の言葉より、ミランダの返事のほうが衝撃的で、拍子抜けだった。

「友だちからはそんなのバカげてるって言われそう。ミランダは正気を失ったって思われるわ」

「わかっている。だが、そうしたいかい？」

「ええ」

ふと、そこで初めてミランダは考え直したようだった。「どのくらい？」私はまた、一度も口にしたことがないセリフ、あらゆる言葉を意味するセリフを口にした。「君が望むかぎり。君が生きているかぎり」私たちは笑った。ふたりで笑ったのは、どちらも相手が真剣だとは思っていなかったから。私が笑ったのは、自分は真剣だとわかっていたから。

それから、私は話の筋を見失うことなく、人類が永遠に失ってしまった本について聴衆に語り続けながら、想像していた。ミランダの紅潮した顔、裸になって広げた膝、私を導く手。さっき私が握ったのと同じ手。じきに、毎日正午の数分前にティレニア海で泳いで潮の味がするようになる手。

「こうしましょう」ガリバルディ通りに入ってから、ミランダは言った。「私は聴衆にまぎれて後方のどこか見えないところに座って、ただ待ってるわ。みんな、講演やあなたのほかの著書について話したり質問したりしたいはずだから。そのあとで、ふたりでこっそり抜け出して、おいしいワインを出す店でディナーをする。今夜はとてもおいしいワインが飲みたいの。ディナーのあとは、私が知ってるバーで最後に一杯やりながら、あなたはこれまでの恋人全員について、すでに私に話したこともすべて話して、私はあなたが私について知りたいことをすべて話す。それから、私があなたをホテルまで送るか、あなたが私を父の家まで送る。いま言っておくわね。私、初めての相手とするときは下手なの」

たいていの人が事前に話したりしないことを白状するとは感心だった。

「初めてのときに下手じゃない人がいるか？」

「どうしてわかる？」

その言葉にふたりで笑った。

「なぜ下手なんだ？」私は尋ねた。

「相手に慣れるのに少し時間がかかるの。気おくれしちゃうのかもしれないけど、あなたには緊張しない――そのこと自体にすごく緊張してる。緊張したくない」

「ミランダ」私たちはサン・ピエトロ・イン・モントリオ教会の小聖堂《テンピエット》のそばで立ち止まった。ブラマンテの代表作であるそのテンピエットをふたりで見つめながら、私は彼女を抱きしめた。「これは現実なのか?」

「わからない。でも、いま教えて。証拠は必要ない。あなたにも必要ない。だけど、サプライズはいや。傷つきたくない」

「クールだ」思わず私はそう言っていた。その言葉にふたりで笑った。

「じゃあ、私たちは大丈夫ね」

講堂に着くと、私を間に合わせの控室に案内したいという学長に割り込まれた。私たちは急いで離れた。ミランダは講演が終わったら外で待っていると合図した。

私が薄いレザーフォルダーに書類をしまった直後にそれは起きた。講演が終わってから、私は演壇に上がってきた主催者と握手を交わした。さらに、別の教授や熱心な専門家、同僚、学生たちとも握手をした。だが、私は性急な態度を見せていた。私が帰りたがっているのを感じ取った年上の同僚が、人混みから連れ出してくれたが、ドアのところで私を引きとめ、これから出す予定のアルキビアデスとシチリア遠征に関する本のゲラを読んでくれないかと頼んできた。私たちの研究内容は思いのほか近いのだと、彼は言った。「我々の興味の対象がいかに似通っているか、君はわかっていない」と彼は続けた。編集者に紹介してもらえるか? もちろん、と私は答えた。彼から解放されるやいなや、今度は年配の女性につかまり、私の本を全部読んでいると言われた。私たちの距離と会話の長さを考えると、しゃべりながら唾を飛ばす彼女の癖はひどいものだった。

ようやく講堂を出ることができ、私はミランダが待っているはずの場所に行った。ところが、そこに彼女はいなかった。

私は急いでメイン階段を下りたが、ロビーにもミランダの姿はなかった。そこでまた階段で二階に上がり、講堂をぐるりと囲むコンコースを歩きまわった。誰もいない。ふたりとも、携帯電話の番号を交換することを考えなかった。いったいなぜだ？　私は講堂の重い金属製のドアを開けた。ドアのそばではまだ数人の学生がおしゃべりをしていたが、皆明らかに帰るところで、すでにふたりの用務員が通路に落ちているからっぽの紙コップやゴミを拾っていた。ドアの横には、大きなキーチェーンを身につけた用務員がいて、いまにもしびれを切らしそうな様子で待っていた。学部長もふくめて全員が出ていってくれれば、部下たちが自分の仕事に取りかかれるのだ。

私はコンコースに戻り、誰も見ていないのを確かめてから、女子トイレのドアまで開けて、ミランダの名前を呼んだ。返事はない。地下のトイレに行ったのだろうか？　だが、地下は真っ暗だった。

建物の外に出ると、角のカフェの外にたむろしている集団の黒い輪郭が目にとまった。ミランダはカフェの中にいるにちがいない。けれどいなかった。あのうるさい同僚と、唾を飛ばしながらぺらぺらしゃべりかけてきた、めかしこんだ女性を思いきり責めたてたかった。ミランダには、長くても十分以内には外に出ると言ってあった。完全に計算を誤ってしまったか？　それとも、サインを求める人たちにノーと言えない私の責任か？

大きなキーチェーンを身につけたさっきの用務員のリーダーが足を引きずりながら建物か

ら出てきて、出口のひとつに鍵をかけるのが見えた。彼に尋ねたかった。若い女性が彼女の──私のことをなんと言えばいい？──父親を捜していなかったかと。

ミランダの父親の家に行ってみるべきか？

そのとき、ようやく気がついた。なぜもっと早く思い至らなかった？　ミランダは姿を消したのだ。気が変わって、逃げた。前兆も警告もなしに相手を捨てるのだと告白していたではないか。はい、おしまい！　彼女の言葉だ。

なにもかもがファンタジーだったのだ。自分で作り上げたファンタジー。列車、魚、ランチ、ブラマンテのテンピエット、若い飛行機のパイロット、クレバスに落下し、娘が自分たちより年上になってから発見されたスイスの両親、ビザンツ帝国の終焉《しゅうえん》を予測してベネチアに逃げ、いまではいくつかのギリシャ語がベネチア語にまぎれ込んだ理由を誰も思い出せなくなっているが、何世代にもわたってギリシャ語を伝えたギリシャ人たち──そのどれも、すべて現実ではないのだ。**私はなんという愚か者なんだ！**

言葉が舌の先まで飛んできて、自分の口からこぼれるのが聞こえた。私は笑いたくなった。その言葉を繰り返した。愚か者。二度目は少し暗く、三度目はもっと暗く。〝なにを考えていたの？〟明日、息子に会ったときにそう言われるのが聞こえそうだった。ミランダという名の女性と列車で知り合い、父親の家に連れていってもらい、人生から永遠に失われたと思っていたものがほしくなったという話をしたときに。

外はだいぶ暗く、気がつくと私はジャニコロの丘のふもとの唯一知っている道を進んでおり、やがて昔の家を通りすぎた。それが私の方向感覚をリセットし、地球に連れ戻して、自分が誰であるかを思い出させてくれるとでもいうように。昔住んでいた建物は、思っていた以上に早く年を取り、時間にもたれかかって立っている。私と同じように。つまらないヴィジリアと同じように。また笑いたくなった。長年生きても、なにひとつ学んでいないのだな。彼女が現れて、〝来たわ、あなたの好きにして〟と言ってくれるのをまだ期待している。愚か者。ミランダは逃げたに決まっている。

二年後、またローマに呼ばれたら、この場所を通りながら、自分がこうなりたいと願った人間を笑おう。ビーチの家で一緒に暮らすという人生を夢見たことを笑おう。〝いまはヴィジリアだけあればいい〟一瞬、彼女にそう言うつもりだった。〝すべてを捨てる覚悟はできている。君が望むなら、どこでも、いつでも、どのくらいでもかまわない。気にしない〟

こうして、今夜、私は喪失を味わった。

怒りすら覚えなかった。彼女にも、自分自身にも。代わりに憤りを感じていた。彼女が嘘をついたことでも、私をもてあそんだことでも、彼女がつかの間だけ自らのファンタジーをふくらませて私のファンタジーをかきたて、なおかつそれを打ち砕いたことでもなく、気が変わったことに対する憤りだ——けれど彼女を責められるか？　私が憤っているのは、彼女に信頼を与えたのに、信頼を返してもらえないからだった。彼女はそれを粉々に砕き、私を信用することも、私のことをもう一度考えもせずに放り捨てたのだ。私は列車に乗っていた今朝の自分を取り戻したかった。そしてすべてを消し去りたかった——なにも起こらなかったことにしたかった。愚か者。もちろん、なにも起こらなかったのだ。

私はさらに考えた。こういうことのあとでは、私たちは明かりを消し、ドアの鍵をかけ、ブラインドを下ろし、二度と希望を抱かないようになる。この生涯では二度と。

橋を渡る必要はなかった。ミランダの父親のアパートの最上階を見上げ、明かりがすべて消えていることを確かめるだけでよかった。家にはいない。やはりな。

私が来るとわかっていて、わざと帰ってきていないのだ。そういうわけで、私は歩いてホテルに戻った。中に入る前に、結局のところ、もともとの計画はそれほど悪くないと気がついた。軽く食事をして、映画を見て、一杯やって、ベッドに入る――そして、息子に会ってからローマを去る。それから、今回のことは忘れる。

だがしかし！　こんなことになってしまったのは悲しい。

ホテルのフロント係に、朝七時半に起こしてほしいと伝えようとしたとき、ミランダの姿が目にとまった。ホテルのロビーの向こうの長い廊下に何台も並んだコーヒーテーブルのひとつに座って、雑誌をぱらぱらとめくっていた。「やっぱりあなたは逃げることにしたんだって、一瞬思ったの。だから、待ってた。もう二度と目を離さないわ」

しゃべる代わりに、私はただミランダを抱きしめた。

「てっきり……」

「バカ！」ミランダは言った。それから口調をやわらげた。「でも、私を見つけた」

私はフロント係にレザーフォルダーを預け、ミランダと外に出た。

「ディナーをするって約束したでしょう」

「ディナーをしよう」

「こっちで講演をしたあと、いつもはどこに行くの？」

私は店の名前を伝えた。ミランダはその場所を知っていた。店では静かなコーナー席に通された。ワインの種類は豊富で、最高ではなかったものの、なんとかボトルを一本空けた。その後、ふたりでまた私の昔の家を通った。上を見ると、三階の明かりがついていた。「胸が痛む？」ミランダが尋ねる。「いいや」「どうして？」私は〝喜ぶことを言ってほしいんだろう？〟という視線を向け、微笑んだ。

ミランダは大きなカメラを取り出し、建物を、明かりがついている私の部屋の窓を、素早く撮った。「彼はあそこでなにをしてると思う？」

「さあ、わからないな」だが、私はこう考えていた。三階の若い男は待っている。いまでも待っている。君がまだ生まれてもいないと、何年も前に知っているはずがないのに。冬の夜、三階の部屋で料理をして、ときどきキッチンの窓の外を見ながら、私は待っていた。けれど、ドアをノックするのはいつもほかの誰かだった。セミナーで、タバコに火をつけながら――何年かすれば君も吸うようになる――君がドアを開けるのを待っていた。混雑した映画館で、友人たちと一緒にいるバーで、あらゆるところで、私は待っていた。だが、君を見つけられなかった。君は現れなかった。いくつものパーティーで、私は君と出会うのを期待し続け、ときどき出会えたと思うが、君ではない。当時の君は二歳で、私たちが二杯目の酒を注文しているとき、君の両親は君が寝る前に二度目の絵本を読んであげている。そしていつも、相変わらず、時間は刻々と過ぎていく。結局、私は待つのをやめた。もはや君の存在を信じられず、君が私の人生に迷い込んでくると信じるのをやめたから。それ以外のあらゆることが私の人生で起こる――ミス・マルグッタ、結婚、イタリア、息子、仕事、著書――が、君は現れない。私は待つのをやめ、君なしで生きるようになる。

「ここで暮らしていた何年かのあいだ、あなたはなにを懸命に求めていたの？」

「私を完全に知る人。つまり、君の中の私だ」

「中に入りましょう」ミランダは言った。

一瞬、三階に上がるという意味だと思い、自分たちが現在の住人に迷惑をかけているひどい光景が浮かんだ。「やめよう」

「ロビーの中ってことよ」

ミランダは私の返事を待たずに大きなガラスのドアを開けた。

ロビーのにおいは昔のままだと私はミランダに言った。三十年近く経っていても、猫のトイレ砂と、カビと、朽ちかけた木のパネルのにおいが混じっている。

「ロビーは決して年を取らないのよ。知らなかった？　そこに立って」ミランダはそう言って、ロビーにいる私の写真を撮った。彼女が私をカメラにおさめるために後退するにつれて、私は彼女に引き寄せられていく気がした。

「動いたわね」

ことがある」

「ミランダ」やがて私は言った。「こういうのは私にとって初めてなんだ。ものすごく怖い

「今度はなに？」

「私は列車に乗り遅れていたかもしれない。そして、自分が生まれてからずっと死んでいたのだということを知ることもなかったかもしれない」

「怖がってるだけよ」

「だが、なにを？」

「明日、この関係が吹き飛ぶこと。そうさせる必要はないわ」

今回、私はとてもよく知っているにおいがする昔のロビーに立ちながら、彼女にこう伝えたかった。ここに戻ってくるなんてとても不思議だ。それまでの何年かは、人生の錆《さび》のような取るに足らない小さな喜びの中間地帯でしかなかったという気がする。〝その錆をこすり落として、ここからまた始めたい、すべてを君とやり直したい〟

私はその言葉を口にせず、その場に立っていた。

「なに？」ミランダが聞いた。

私は首を横に振った。代わりにゲーテの言葉を引用した。「いままで、私の人生のすべては単なるプロローグ、単なる遅延、単なる気晴らし、単なる時間の無駄だった。君と知り合うまでは」

ミランダはゆっくりとカメラを下ろし、私はさらに引き寄せられていく。ミランダは私が

キスをするつもりだとわかっていて、壁に背中をぶつけるようにもたれかかった。「キスして、ただキスして」私は両手で彼女の頬を包み、口を近づけていき、彼女の唇にやさしくキスをした。そのあと、魚の屋台で商人に話しかけながら身をかがめているのを見て、彼女の顔に、首に、肩にキスをしたくなったときから、ランチのときから、彼女が皿を水洗いするのを見たときから、ずっと抑えつけようとしてきた情熱と欲望をキスに込めた。何年も前にまさにこのロビーでキスをした女の子のことを思い出すと思っていたが、思い出したのは、そこに漂っているカビだらけのマットの不滅の悪臭だった。ロビーは決して年を取らない。

〝私たちもだ〟と私は思った。〝いや、私たちは年を取る。けれど成長しない〟

「こんな感じだってわかってたわ」ミランダが言う。

「どんな感じ？」

「わからない」しばらくしてから、「もう一度」とミランダは言った。私の反応があまり早くなかったため、ミランダは私を引き寄せ、ためらうことなくキスをした。彼女は口を大きく開けていて、私はぼうっとなってしまった。ミランダは両手で私の顔の両側を押さえつけており、やがて、まったく予想外のことに、片方の手で私の硬くなりかけているところを包んだ。「彼が私を好きになるってわかってた」

私が以前暮らしていた建物を出てから、決して眠らないように思える露店が集まっている大通りを歩いていった。路地はにぎやかで、私は浮かれている群衆が好きだった。客であふれ返るレストランやエノテカ（主に地元のワインを中心に扱う店）も。どこも赤外線ヒートランプがついている。

「夜のこういう路地って大好き」ミランダが言う。「ここで育ったの」

私は両腕で彼女を抱きしめ、ふたたびキスをした。彼女の人生を知るのがうれしかった。すべてを知りたいと私は彼女に言った。

「私もよ」ミランダは言った。そして少ししてから、「でも、あなたが知りたくないこともあるかも――私についてね」と言い足した。その口調は現在の喜びと興奮で弱まっていた。彼女はなにを言っているのだろう？「話すべきじゃないけど、いままで誰にもしたことがない話をしておかなきゃいけない。これまでありのままの私を、というより、いまの私になった私を求めてくれる人には会ったことがなかった。あなたにはすぐに知ってもらいたい。いま打ち明けておかないと、たとえ相手があなたでも、隠しておかなきゃならなくなる。この秘密を打ち明けてしまえば、隠し事はなにもない。そういう秘密ってない？耐えがたいくらい重くて、壊れない壁になってる秘密。愛し合う前に、私の壁を崩しておきたいの」

「もちろん秘密はある。誰だってそうだ」私は言った。「私たちは皆、月のようなものだ。地球にいくつかの面を見せているだけで、完全な球体としての姿は見えない。私たちの大半は、完全な球体としての自分を理解してくれる人に出会うことはない。私は人々に、彼らが理解できるだろうと思う断片を見せている。ほかの人には別の薄片を見せる。だが、私にはつねに秘めている暗い面がある」

「その暗い面を知りたいわ。いま話して。あなたが先よ。それがどんな話であれ、私のほうがはるかにひどいから」

話をするとき、あたりが暗くてよかったかもしれない。サンタ・マリア・イン・トラステヴェレ聖堂のほうへ歩いていきながら、私はミス・マルグッタの話をした。「ロンドンのみすぼらしい安ホテルが、最初で最後だった。オーナーに部屋に案内してもらってすぐに、私たちは服を脱いだ。夕方前だった。私たちは抱き合い、キスし、また抱き合った。なかなか興奮できずにいたが、無理やり続けた。欲望が消えかけているのだとしても、それは一瞬のことで、またすぐに戻ってくるはずだと思っていた。だが、そうはならなかった。私は若く、精力旺盛だったから、彼女と同じくらい困惑した。彼女はいろいろ試してくれたが、なにかちがう気がした。私も試したが、彼女を欲情させられなかった。なにかがおかしかった。なにがおかしいのだろうかと話し合ったが、ふたりとも原因がわからなかった。夕方には服を着て、魂をなくした人間のようにブルームズベリーの通りをさまよい歩いた。ふたりとも、自分たちは空腹で、食事をする場所を探しているというふりをしていた。けれど、私たちは食事をするのではなく、酒をたくさん飲んだ。部屋に戻ったとき、私たちの状態はなにも変わっていなかった。結局はできたが、欲望ではなく互いの粘りによるセックスだった。きわめつきは、エクスタシーと思える瞬間に、私は当時つき合っていた女性の名前で彼女を呼んでしまった。二日後、ローマのそれぞれの家に戻ったとき、彼女もほっとしたにちがいない。彼女はそれはそれは懸命に私と友人でいようとしたが、私は冷酷に彼女を避けた。彼女をひどく失望させたことを受け入れられなかったからかもしれない。もしくは、彼女と、のちに彼女の夫になる男との友情を汚してしまったとわかっていたからかもしれない。何年か経って、彼女が重い病気にかかり、明らかに死にかけていたとき、何度か連絡があったが、私は彼女を避け、一度も返事をしなかった。そのことは絶対に忘れられないだろう」

ミランダは耳を傾けていたが、なにも言わなかった。

「ジェラートを食べようか？」私は聞いた。

「いいわね」

私たちはアイスクリームショップに入った。ミランダはグレープフルーツ味を、私はピスタチオ味を注文した。ミランダは明らかにさっきの話について質問したがっていたが、私は彼女の話を聞きたかった。「君の番だ」私は言った。

「聞いたあとで私を憎まないって約束してくれる？」

「絶対に君を憎んだりしない」

アイスクリームショップを出ながら、楽しいとミランダは言った。今日の出来事、私たちの出会い、講演、ディナー、酒、父親、そしていまはこれ。「十五歳のときだったわ」ミランダは語りはじめた。「ある日の午後、二歳上の兄が友人を連れてきて、寝室でテレビを見てた。典型的なお邪魔虫の妹だった私は、ふたりのところに行って、一緒にベッドに座った。ひとりでリビングにいたくないときに、よくそうしてたの。何事もなくテレビを見てたら、兄が私の肩に腕をまわしてきた。だけどそのあとで、友だちの男子も同じことをした。しだいに兄の手が肩を離れてシャツの下に入ってきた。兄は、その段階では下心なしに触っているだけで、私がなにか言えば終わりになるはずだと思ったのか、完全に悪ふざけで胸を触ってきた。私たちがしているのは異常なことでも下品なことでもないと強調するためかもしれない。私は抵抗しなかったし、兄たちもやめなかった。やがて友人がズボンのチャックを下ろした。そのときはまだエッチな悪ふざけでしかなかった。だけど、友人に出し抜かれたくないと思ったのか、兄も同じことをした。私は、こういうのは普通だというふりをして、さらに一歩踏み込んで、ふたりに隣で横になってと頼んだ。そしてテレビを見ながら、三人で身をからませた。兄を信用してたし、兄が最後の一線を越えさせはしないという安心感もあった。でも、私は友人が私のジーンズを脱がしても気にしなかった。友人はためらうことなく、すぐに私の上に乗ってきたけど、数秒で終わったわ。だけど、決して忘れられないのはここからよ。すごくバカげたゲームに思えたから、私は兄にあなたの番だと言ったの。ためらっている兄をからかって恥をかかせもした。そのとき——初めて——気づいたの。兄の友人とのことは単なる策略だったと。私は兄が欲しかった。ただヤルんじゃなくて、抱いてほしかった。私たちにとって最も自然なことだったはずよ。それこそが愛の営みと言えるかもしれない。友人までもが兄をそそのかしたわ。『したくない。妹なんだぞ』——兄の言葉は絶対に忘れられないわ。兄は立ち上がって、ジーンズをはいて、またベッドに横になって、テレビを見続けた。それ以来、兄は絶対に部屋で私とふたりきりにならない。来客があって、同じソファに座らなければならないときは、兄は必ず端に座る。このことを兄と話したことはない。今日に至るまで、挨拶のキスや別れのハグをするときなんかに、あのときのことが私たちのあいだに立ちはだかっていて、それでできるかぎりいつも互いを避けてる。兄が決して自分のことも私のことも許してないってわかってる。だけど、私も兄を許してない。私は自分のすべてを兄に捧げるつもりだった。兄を崇拝してたから」

「ショックだった？　むかついた？」

「いいや」

ミランダはアイスの残りを捨てた。「コーンは嫌い」

それから、ホテルに向かいながら、ミランダは話題を変えた。「あなたとは今夜かぎりの関係じゃないわ」

「私もそう思っている」

「言ってみただけよ」ミランダは言った。「電話をかけなきゃ。あなたはいいの？」

私は首を横に振った。「彼になんて言うんだ？」

「誰？　父？　とっくに寝てるわ」

「ボーイフレンドさ！」

「さあね。どうでもいいわ。ほんとうに電話をかける相手はいないの？」

私はミランダを見つめた。「長いあいだ、誰もいない」

「念のために聞いただけよ」

「ホテルに行こう」

ミランダは三十秒もかからずに電話を終えた。「性急だし、いいかげんだな」私は意見を述べた。

「彼のセックスと同じよ。驚きじゃないって言ってたわ。当然よ。そういうこと。『反論はなし』って言ってやったわ」

〝反論はなし〟か、いいな。いつか私にも〝反論はなし〟を使うだろう。

ホテルの部屋に入るなり、狭い机のそばのバゲージラックにダッフルバッグが置いてあるのが目にとまった。部屋には椅子が一脚しかない。今朝のとても早い時間に荷物をまとめたのだが、急にそれがまったく別の人生に思えた。その後、バッグはミランダの父親の家にあるソファの近くに置かれていた。ホテルにチェックイン後、ベルボーイが午後のどこかの時点で運んで、ここに置いていったにちがいない。さっと見まわすと、部屋はとても狭く感じられた。いつもこの部屋を頼むのだが。私はミランダに謝り、ローマに来るときはいつもバルコニーのあるこの部屋に泊まりたいのだと言った。「文字どおり、バルコニーは部屋の七倍の広さだ。そこから見るローマの眺めは素晴らしい」私はよろい戸を開け、バルコニーに出た。ミランダがあとに続く。外は身を切るような寒さだったが、彼女の父親の家からの眺めと同じく、見事な景色が広がっていた。ローマにあるすべての教会のドームが明々と輝いているのが視野に入ってきた。だが、やはり部屋は私の記憶にあるよりも狭く感じられた。大きなベッドのまわりを歩くスペースもほとんどない。部屋には十分な明かりもなかった。とはいえ、私はなにも気にならなかった。このままでいい。横目でミランダを見やる。彼女も気にしていないようだ。

彼女を抱きしめたい。ふと、奇妙な考えを思いついた。まだ服は脱がない。映画でよく見るように、彼女の服をはぎ取ったりもしない。

「裸になった君を見たい。ただ見たいんだ。Tシャツと、シャツと、ジーンズと、下着と、ハイキングブーツを脱いでくれ」

「ハイキングブーツと靴下も？」ミランダはからかって言った。だが、言われたとおり、躊躇なく服を脱ぎはじめた。全裸になり、少なくとも二十年前から使われているにちがいない擦り切れたカーペットの上に裸足《はだし》で立った。

「気に入った？」ミランダは聞いた。

部屋は中庭に面しており、ホテルのすべての部屋から丸見えなので、私はほかの客たちに見られてしまうのではと心配になった。だが、見せればいい、と思った。ミランダも気にしていなかった。うなじに両手を置いて、乳房を見せびらかすポーズをとっている。大きくはないけれど、張りがある。

「次はあなたの番よ」

私はためらった。

「恥はいらない。秘密はいらない。今夜はすべてをさらけ出すの。シャワーも、歯磨きも、マウスウォッシュも、デオドラントも、なにもしない。私はいちばん重大な秘密をあなたに話して、あなたも私に話した。これが終わったころには、私たちのあいだに、あるいは私たちと世界のあいだに、深い楔《くさび》はないはずよ。一緒になった私たちを世界に知ってもらいたい。

そうでなきゃ、意味がないし、いますぐ父の家に戻るわ」

「お父さんの家に戻らないでくれ」

「父の家に戻らないわ」ミランダは言い、私たちは微笑み、それから声をあげて笑った。私が左の手首を差し出すと、ミランダはカフスボタンを外しはじめた。そうしてくれと口にしてはいないが、ミランダは察してくれた。ほかの男にもそうしたことがあるのだろう。かまわない。

全裸になると、私はミランダに近づき、初めて彼女の肌を、全身を感じた。

これこそ、私がずっと望んでいたものだ。これと、君。それから、私がためらっているのを見て、ミランダは私の右手を取り、自分の脚のあいだに入れた。「あなたのものよ。言ったでしょう、私たちのあいだにどんな影も落としたくない。中途半端はいや。なにも約束はしないけど、最後まであなたにつき合うわ。あなたも同じようにすると言って。いま言って。手をどかさないで。最後までつき合う覚悟がないなら――」

「――お父さんの家に戻る、だろう。わかってる、わかってる」

こんなふうに話すと興奮した。

「それじゃ、その灯台をちょうだい」ミランダは言った。

その呼び名は気に入った。

私はバゲージラックからダッフルバッグをどかし、そこに腰を下ろした。私が座るなり、ミランダが来て私の膝にまたがり、ゆっくりと挿入させた。「よくなった？」きつく抱き合いながら、ミランダが聞いた。「あなたが知りたいこと、なんでも教えるわ。なんでも。だけど、動かないで」そう言いながら私を締めつけ、私はよりいっそう彼女を抱き寄せた。ミランダは私をじらしている。私の頭を押さえ、コーヒーショップでのようにまっすぐ私を見つめながら、やがて言った。「一応言っておくけど、人生で誰かとこんなに親密になったことはないわ。あなたは？」

「一度もない」

「嘘つき」ミランダはふたたび私を締めつけた。

「もう一度やったら」私は言った。「君の話に集中できなくなる」

「なんのこと？　これ？」

「警告したぞ」

「挨拶してるだけよ」

だが、私たちは我慢できなくなり、本格的に愛を交わしはじめ、そのうちベッドのほうが楽だと気がついた。「これが私のすべて。これが私という人間のすべてよ」ミランダは言った。

その後、愛の営みを続けながら、私は彼女の顔を愛撫し、微笑みかけた。「持ちこたえているぞ」私は言った。「私も」ミランダは微笑み、自分自身に触れてから、濡れた手を私の顔、頬、額に撫でつけた。「私のにおいをつけたい」そして私の唇に、舌に、まぶたに触れ、私は彼女の口に濃厚なキスをした。ふたりともその合図を理解していた。太古の昔から、人間が別の人間に与える贈り物であると。

「いつ君が創られたのだろう？」休んでいるとき、私は言った。以前の人生がどんなものだったかわからないと言うつもりだった。そこでまたゲーテを引用した。

「ショーを楽しんでもらえたかしら」少ししてから、ミランダは外を見て、よろい戸が開いたままなのに気づくと、窓に向かって話しかけた。私は肩をすくめた。私も彼女も気にしていなかった。

私は動こうとした。

「まだ行かないで。まだふたりでこうしていたいわ」ミランダは左側を見た。街灯が部屋に赤と緑の光を投げかけていることに、ふたりとも気づいていなかった。「まるで犯罪映画《フィルム・ノワール》だな」

私は言った。

「ええ、ただし、ハリウッド映画みたいにはしたくない。我に返った教授が後悔を抱きながら、捨て去ったはずの人生におとなしく戻って、列車で出会った名もなき女性との出来事は、心臓が一拍鼓動するあいだに消えてしまう浅く小さな震えだった、みたいな」

「ありえない！」

しかし、ミランダは動転している様子で、目には涙があふれている気がした。「私が持っているすべてはあなたのものよ。あまり多くないけど」ミランダは言った。私は手のひらで彼女の顔から涙をぬぐった。

「君が持っているものはどれも、私が手に入れたことがないものばかりだ。これ以上なにを望む？　こう聞くべきか。なぜ君の望みが私なんだ？　君はもっとずっといい人生を送れるのに。例えば、子どもを産むとか」

「あら、そんなの考えるまでもないわ。たしかに子どもはほしい。でも産むなら、ほかの誰かの子じゃなく、あなたの子がいい――たとえ、この週末が終わってから、あるいはビーチハウスでの生活が終わってから、あるいはもっといろいろあったあとで、お互いに二度と会えなくなってもね。ヴィラ・アルバーニの外ではっきりわかった気がする――いえ、もっと前かも」

「いつ？」

「あなたが私にキスをしかけて、思いとどまった直後」

「私が思いとどまった？」

「あきれた！」

子どもについての考えが押し寄せてきた。「私も君の子がほしい。いまほしい」そこで言葉を切った。「だが、そんなことはするべきではない」

「そんなことですって！」

「君が差し出してくれるものをすべてもらうなんて、十分自分勝手だ」

「じゃあ、クレイジーなことができる？」ミランダは聞いた。「私はできる」

「クレイジーとはどういう意味だ？」

「退屈でつまらないその日暮らしの別の人生でできなかったすべてを、この人生でやってみる？　それを私と一緒にしたい？　これから？」

「ああ。だけど、君はほんとうにすべてを捨てられるのか――お父さんや仕事を？」私は聞いた。決断を先延ばしにする言い訳を探しているような口調になっていると、すでに気づいていた。

「カメラが二台あるわ。私に必要なのはそれだけよ。あとはどこでも買える」

ミランダは私に眠いかと聞いた。「眠くない」

「ちょっと散歩する？」

「喜んで」

「人気《ひとけ》のないジュリア通りは夢の国なのよ。突き当たりの右手にワインバーがあるわ」

「シャワーは？」私は聞いた。

「だめよ！」

私たちは素早く服を着た。ミランダは列車で着ていたものを身につけた。私はチノパンを持ってきており、喜んでそれをはいた。

ホテルを出ると、通りにはほとんど人がいなかった。

「人通りのない、こういう幻想的なローマって大好き」

「なにか思い出がある？」

「そういうわけじゃないわ。あなたは？」

「いいや。あってほしいとも思わない」

私たちは手をつないでいた。

「新しい人生をどうしたい？」

私はなんと言えばいいかわからなかった。「君と一緒にいたい。知り合いが私たちの関係を認めてくれないなら、彼らと縁を切ろう。君が読んだ本をすべて読んで、君が大好きな音楽を聴いて、君が知っている場所に戻って、君の目で世界を見て、君が大切にしていることをすべて学んで、君と人生を始めたい。君がタイに行くときは、私も一緒に行く。私が講義や講演をするときは、君は今日みたいに最後列にいる――二度と姿を消さないでくれ」

「世界はあなたと私しだいってことね。残りの人生、繭《まゆ》の中で過ごす？ そんなに愚かになれるかしら？」

「ここから目覚めたときになにが起きるかということか？ わからない。けれど、自分自身について変えたいことがたくさんある」

「例えば？」ミランダは聞いた。

以前からずっと、彼女が持っているようなレザージャケットがほしかった。以前からずっと、日曜に教会に行ってからゴルフコースに向かう途中でネクタイを外したように見えない服がほしかった。自分の名前をニックネームに変えたい。頭髪を剃ったり、片方の耳にピアスをつけたりしたら、ミランダはどう思うだろうか。なにより、歴史について執筆するのをやめたい――小説なんかいいかもしれない。

「なんでも！」

「ここから目覚めないようにしましょう」

私たちはジュリア通りを歩いていた。ミランダの言うとおりだった。通りには人気がなく、その完全な静寂と、夜の石畳《サンピエトリーニ》の光沢と、ローマにほのかなオレンジ色の明かりを投げかけている一、二本の街灯が私はとても気に入った。かつて息子が、夜のローマについて話してくれた。こんなふうに見るのは初めてだった。

「それで、いつ知ったの――私のことを？」ミランダが聞いた。

「もう言っただろう」

「じゃあ、もう一度言って」

「列車で。すぐに君に気がついた。だけど、見ていたくなかった。あの不機嫌さは偽物だったんだな。君は？」

「同じく列車よ。『人生を知ってる男がいる』と思って、話をやめたくなかった」

「こうなるとは知るよしもなかった」

「まだあそこが濡れたままあなたとこの通りを歩くことになるなんて、知るよしもなかった」

「君の言葉ときたら。体じゅうに君のにおいがついている」

ミランダは私の首に顔を近づけて舐めた。「あなたのおかげで、ありのままの自分を愛せる」さらに考え込んでから、「あなたのせいで自分を嫌いになる日が来なければいいと思うわ。もう一度教えて。いつ私たちのことを知ったか」

「魚を売っている屋台でも」私は話を続けた。「君がほしい魚を指しながら、前かがみになったときに、君の首、頬、耳がちらりと見えた。気がつくと私は、君の胸骨から上のむき出しになっている肌をあますところなく愛撫したいと思っていた。君が裸で私を抱く光景さえ思い浮かべていた。それから、その考えを追い払った——『考えたところでどうにもならない』と私は思った」

「それで、どんなニックネームで呼ばれたいの？」

「サミではない」私は言った。それから彼女に伝えた。そんなふうに呼ばれたのは、九歳か十歳のとき以来だ。ただし、年老いた親戚や遠い親戚はずっとその呼び名を使っていた。まだ生きている人もいる。彼らに手紙を書くとき、その名前でサインをする。そうでなければ、私だとわかってもらえないから。

ホテルに戻ってから、その夜の記憶が怒涛《どとう》のようによみがえってきた。これはまだ現実ではない——どんなものとも比べられない。現実でないのは、こういう熱狂は決して続かないとよくわかっていて不安だから——現実ではないのは、まわりのすべてが、人生、友人たち、親戚、仕事、自分自身が、どれも等しく弱く感じられるから。

私たちは寄り添いながら横たわっていた。「ひとつの体」ミランダが言う。「食事をするときや、トイレに行くときは別だ」と私は続けた。「だめよ!」ミランダはからかって言った。私たちは片方の腿を相手の腿のあいだに入れてからまり合っていて、私はしばらく目を閉じた。これまでの人生でとても多くの女性と経験したのとはまったくちがうと気づきはじめた。私たちの体そのものが、私たちの要求に応じて、どんなことにでも適応しそうだった。人生を思い返してみたとき、最も当惑したのは、ここまでの道のりだった。他人と初めて夜を過ごすと、心のドアをほんの少しだけ開けておいたあとで、鍵をかけてしまう。ミランダは正しい。相手を知れば知るほど、自分たちのあいだのドアを閉めるようになる――逆ではない。「私が怖いのは」私は目を閉じたまま話しはじめた。「怖いのは?」ミランダが尋ねる。私が言おうとしていることをすでに嘲っているようだ。「私たちが――」私は言いかけたが、すぐにミランダがさえぎった。「やめて、言わないで」と叫び、唐突に私の抱擁から身をほどき、乱暴に私の口に手のひらを叩きつけた。最初、私はわからなかったが、しばらくして、彼女の素早さを楽しむと同時に、口の中に血の味を感じた。「ほんとうに、ほんとうにごめんなさい。あなたを傷つけたり、怒らせたりするつもりはなかったの」ミランダは叫んだ。「怒っているわけじゃない」「じゃあ、なに?」私は、口の中が切れて血が出ていて、それで幼稚園のときにクラスメイトと喧嘩をしたことを思い出したのだと話した。あのとき口の中で奇妙な味がして、初めてそれが血の味だと知ったのだと。「君のおかげで、この味が好きだ」私の意識は幼少期にまでさかのぼっていた。そこではっと気がついた。私はとても長いあいだ、ひとりではないと思っていたときでさえ、ひとりぼっちだった――血のように現実的な味は、無の味より、無益で不毛なとても長い年月の味より、はるかにいい。「じゃあ、私をぶって」出し抜けにミランダが言った。「正気かい？」「殴り返してほしいの」「なに？そうすればおあいこになるから？」「いいえ、あなたに顔を叩いてほしいから」「なんのために？」「いいから叩いてよ、お願い。そんなにたくさん質問するのはやめて。いままで誰かを叩いたことないの？」「ああ」私は言った。ハエを傷つけたことも、ましてや人を傷つけたことなどないのを謝るような口調だった。「じゃあ、やって！」そのひとことと同時に、ミランダは手のひらで自分の頬を猛烈に叩いた。「こうやるの。さあ、やって！」私は彼女のまねをして、彼女の顔をやさしく叩いた。「強く。もっと、もっと強く。手のひらと、手の甲で」そこでもう一度叩いた。ミランダは驚いたが、すぐに反対側の頬を向け、こっちも叩くようにと示し、私はそうした。「ええ、でもいま、私たちは三百年一緒に暮らしてきたみたいに親しい。これもあなたの言いそうな言葉でしょう。あなたが気に入らなくてもね。あなたはこの味が好き。私も好きよ。それじゃキスして」ミランダは私にキスをし、私は彼女にキスをした。「痛かった？」「気にするな。興奮したかい？」「ええ」「よかった」「私の灯台」ミランダはあえぎながら言い、私の下半身に手を伸ばし、しっかりとあそこを握った。「きちんと服を着て、人前でおしゃれをしているときでも、これが私たちよ。あなたは私の中にいる。精液もすべて」

「自分をごまかさないで。これはハネムーンのセックスじゃない」彼女が私を連れていきたがったエノテカまで行って座ったときに、ミランダはそう言っていた。私たちは角のテーブルに着き、赤ワインを二杯注文した。それと、ヤギのチーズをひと皿。チーズを食べてから、ハムやサラミの盛り合わせを頼み、さらにワインを二杯注文した。「ふたりでずっとこうしていたいわ」

「十二時間前は、赤の他人同士だった。私はうとうとしていた男で、君は小型犬を連れた女性だった」

私は店を見まわした。ここに来たのは初めてだった。

「なにか教えて。なんでもいいから」ミランダが言う。

「君の目を通してローマを見るのが好きだ。明日の夜、また君と一緒にここに戻ってきたい」

「私も」とミランダ。

私たちはどちらもそれ以上しゃべらなかった。ほかの客と同様、閉店間際まで残っていた。

この時期のホテルにはほとんど客がおらず、翌朝、レストランでは白いジャケットを着たスタッフたちが夢中で談笑したりジョークを言い合ったりしており、悪趣味な音楽が大きな音で流れていた。

「バックグラウンドミュージックって嫌いだし、あの人たちのおしゃべりも嫌い」ミランダが店員たちを指して言った。そして、たまたま近くにいたウエイターに躊躇なく振り向き、声を落とすように注意してほしいと頼んだ。ウエイターはクレームに驚いていたが、返事も謝罪もしなかった。ただ縮こまって、大きな声でくすくす笑っているもうひとりのウエイターとふたりのウエイトレスのところまで戻っていった。すぐに彼らは静かになった。

「このホテルが嫌いになってきた」私は言った。「だが、ローマに来るときはいつもここに泊まる。あのバルコニーがついた部屋があるからだ。暖かい日に、パラソルの下に座って読書をするのが好きだ。夕方には、私の部屋のバルコニーか、三階以上のもっと広いテラスで、友人たちと酒を飲む。そこはまさに天国だ」

朝食のあと、私たちは橋を渡り、アヴェンティーノの丘に向かおうとしたが、考えを変え、ルンゴテヴェレの通りに沿って戻った。土曜の早朝なので、ローマはとても静かだ。「以前はここに映画館があった」「何年も前に閉館したわ」「この辺のどこかに骨董店《こっとうてん》があった。昔、小さなバックギャモンのセットを買った。シリア製で、真珠層の象眼細工がモザイク風に施されていた。友人がそれを借りていって、壊したか、なくしてしまった——二度と見ていない」ミランダが私の手を握り、ふたりでカンポ・デ・フィオーリ広場のそばをぶらついた。近くでは、魚売りが準備に追われている。ワインショップはまだ開いていない。昨日ここに来て魚を買ってから何年も経っている気がした。

「ローマで一週間過ごすわ」ミランダの父親がドアを開けてくれたとき、ミランダは彼に言った。父親のために三週間分の食料を買っていた。

「それはいい！」父親は喜びを隠しきれず、口ごもりながら言った。「一週間、ふたりでなにをするつもりだ？」

「さあね。食べて、写真を撮って、いろいろ見学して、一緒にいる」

「散歩も」私はつけ加えた。私たちが恋人であることに父親は明らかに気づいていたが、ショックを受けてはいなかった。少なくとも、ショックではないふりをしていた。顔にこう書いてある。〝昨日、君たちは列車に乗り合わせた他人で、ほとんど触れ合ってもいなかった……それがいまや、君はわしの娘と寝ている。素晴らしい！　娘は決して変わらないだろう〟

「どこに泊まる？」父親はミランダに聞いた。

「彼のとこ。ここから歩いて五分だから、思ってた以上に私に会えるわよ」

「これは悪いニュースか？」

「すてきなニュースよ。でも、犬を預かってもらえる？」

「だが、仕事はどうする？」

「必要なのはカメラだけよ。それに、極東には飽きたの。ローマや北イタリアを彼の目を通して発見できるかもしれない。昨日、ヴィラ・アルバーニを見学したの。いままで一度も入ったことがなかった」

「ナポリ国立考古学博物館にも彼女を連れていきたい。双子の兄弟がディルケーを雄牛に縛りつけている像は、プロのカメラで撮ってもらうべきだ」

「いつナポリに行くの？」

「君が望むなら、明日」私は言った。

「また列車に乗るのね。完璧」ミランダは心から大喜びしているようだ。

ミランダが部屋を出ると、父親が私を近くに呼び寄せた。「あの子はひと筋縄ではいかないぞ。衝動的で、頭の中ではつねに暴風雨が吹き荒れている。だが、最ももろい陶磁器よりも壊れやすい。あの子によくしてやってくれ。そして辛抱してくれ」

それに対して言うことはなかった。私は父親を見つめ、それから微笑み、彼の手に手を重ねた。彼を安心させ、ぬくもりと沈黙と友情を分かち合うための行為だった。横柄だと思われなければいいのだが。

ランチは静かで、ほぼ朝食の延長だった。ミランダが大きなオムレツを作ることになり、どんなオムレツがいいかと父親に聞いた。「プレーンを」父親は言った。「少しスパイスを入れてみる？」ミランダが尋ねる。父親はスパイスが好きだった。「それと、今回はパサパサしたオムレツは勘弁してくれ。ジェナリーナが作るオムレツはまずいんだ」

暖かくなっていたので、私たちはまたテラスでランチをした。「クルミは？」食後に父親が言った。

ミランダは中に戻り、クルミが入った大きなボウルを持ってきた。それから書斎に入り、捜していた本を見つけ、二十分読んであげると言った。

私はシャトーブリアンを読んだことがなかったが、彼女の朗読を聞きながら、これが残りの人生でしたいことだと心に決めた。毎日、ランチのすぐあとで、いまみたいにコーヒーを飲みながら、彼女が忙しくなくてそうしたいと思っているときに、この偉大なフランス人の散文を二十分読んでもらえたら、最高だろう。

私たちはコーヒーを飲み終わった。父親は私たちをドアまで見送らなかった。テラスに残り、テーブルに着いて、私たちが出ていくのを眺めていた。

「お父さんにとって、私たちの関係は受け入れがたいだろう」ミランダがドアを閉めると、私は言った。

「むしろ最悪よ。それに、このドアを閉めるのはいつだってつらいわ」

サン・コジマート広場へ向かいながら、ミランダは暗くなりつつある空を見上げた。「すぐに雨が降りそう。ホテルに戻りましょう」

ホテルに戻るには早すぎたので、大きな家庭用品店にふらりと入った。「おそろいのマグカップを買いましょう。あなたのイニシャルが入ってるのと、私のイニシャルが入ってるのを」

ミランダは、私に大きなMが書かれたマグカップを、自分には大きなSが書かれたマグカップを買うと言い張り、それらを購入した。しかし、満足しなかった。「タトゥーはどう？　私の体に永遠にあなたを刻みたい。透かしのように。小さな灯台の柄がいいわ。あなたは？」

私はしばし考えた。

「イチジク」

「じゃあ、タトゥーをしていい？　お店を知ってるわ」ミランダは言った。

私は彼女を見つめた。私はなぜ躊躇すらしていないのだろう？

「体のどこに彫る？」私は尋ねた。

「横よ……あそこの」

「右？　左？」

「右」

「右か」

ミランダは少しのあいだ黙り込んだ。

「あなたにとって早く進みすぎてる？」

「それがうれしい。タトゥーは痛いかい？」

「さあ。したことないの。ピアスもしたことない。わかってるのは、私たちの体が二度と同じではなくなるってこと」

「座って、お互いにタトゥーをするのを見よう」私は言った。「いつか、私が神のもとに召されて、裸になれと言われて、すべてをさらけ出したとき、イチモツの右にあるイチジクのタトゥーを見て、神はなんとおっしゃると思う？『教授、男根の横にあるのは何だ？』『タトゥーです』と私は言う。『イチジクのタトゥーか？』『そうです』『して、九カ月かけて作り上げた肉体に傷をつけた理由は？』『情熱ゆえです』『ほう、それで？』と神は言う。『すべてを変えたかったということを示すために、まずは体に印を刻みたかったのです。人生でこのときだけは、一片の後悔も覚えないとわかっていました。また、私なりにこの気持ちを体に刻みたかったのかもしれません。そうしなければ、抱いたときと同じように簡単に消えてしまうのではないかと、ずっと不安だったのです。だから、記憶にとどめておくために彼女のシンボルを刻みました。彼女の名前を魂に刻めるのなら、いまやってください。神よ——神と呼んでもよろしいでしょうか？——私はすべてをあきらめ、刑を受け入れた人間のように人生を送り、平凡でつまらない運命からあとずさっているも同然でした。あたかも人生が常温よりもはるかに寒い拡張された待合室であるかのように生きていました。そこに突然、急に美しい転換が訪れ——大げさな言い方ですが、主よ、あなたなら理解してくださるはずです——それまでの暗く、音のない、泥だらけで、狭く寂しい小道だった人生が、大きなマンションにふくれ上がったのです。開けた草原に面し、ビーチの景色を眺められ、大きな部屋には大きく開け放たれた窓がある。窓は決してガタついたりせず、海風が吹き込んできても揺れたりバタンと閉まったりしない。あなたが最初のマッチに火をつけ、光は素晴らしいと考えた日から、この家は決して暗くならない』」

「あなたってコメディアンなのね！　それから神さまはどうするの？」

「もちろん、神は私を受け入れる。『入りたまえ、善人よ』と神は言う。けれど私は尋ねる。『すみません、神さま、いまの私に天国などなんの意味があるでしょう？』

『天国は天国だ。それ以上はよくならない。ここで暮らすために人々がなにを手放してきたか知っているのか？　別の道を見てみたいか？　見せてあげよう。いや、そなたを連れていって見せてやろう。例の箇所に無意味なタトゥーをしたそなたは、あっさりと串刺しにされて焼かれるにちがいない。だが、そなたは不満そうだな。なぜだ？』『主よ、なぜかですって？　私はここにいるのに、彼女は向こうにいるからです』『なんだと？　我が王国でいちゃつき、どんちゃん騒ぎをするために、彼女にも死んでほしいのか？』『死んでほしくはありません』『彼女がほかの相手を見つけるだろうと考えて、嫉妬しているのか？　きっとほかの相手を見つけるはずだぞ』『それも気にしません』『ではなんだ、我が善人よ？』『あと一時間だけ、永遠とも言える何兆億時間のうちのたった一時間だけ、彼女と一緒にいたいのです。無限に続く時間の中ではほんの一瞬にすぎません。あなたにはなんの迷惑もかかりません。エノテカで過ごした金曜の夜に戻りたいだけです。恋人同士やとても親しい友人だけが残っている店で、テーブルの上で手をつなぎ、ワインとチーズを出し続けてもらう。ただ彼女に伝えるチャンスがほしいだけです。私たちのあいだに起きたことは、もし二十四時間続いたとしたら、何光年も待つ価値はあったと。それは進化が始まる前にも起こっていたことであり、私たちの塵《ちり》がもはや塵ですらなくなったあとにも起こる。千兆年後のある日、どこか遠くの星座の別の惑星で、サミとミランダがふたたび起こるでしょう。彼らには幸せになってほしい。けれどいまは、善良な主よ、私が望むのは一時間だけです』『だが、わからないか？』神は言う。『なにをです？』『そなたにはすでに時間を与えた。一時間だけではない、二十四時間与えた。どれだけ大変だったかわかるか？　そなたの年齢で臓器をふたたび働かせようとしても通常はうまくいかないのだ。それも一度ではなく、二度も』『いいえ。三度でした、善良なる主よ、三度です』神は数秒黙り込む。『それに、いま一時間与えたら、一日にしてほしがるだろう。そして一日を与えたら、一年にしてほしがる。そなたのような人間は知っている』

いま、神が私にさらなる時間を与えてくれた気がする。正式なものではなく、私が君以外の人間に話したとしても、神は否定するだろう。ビーチの家が気に入るはずだ。毎日、田舎で長い散歩をして、泳いで、果物を食べる。たくさんの果物を。古い映画を見て、音楽を聴く。小さな客間でピアノを弾いて、ベートーベンのソナタの美しいフレーズを何度も繰り返し聴かせてあげよう。第一楽章で急に嵐がおさまり、聞こえるのはゆっくりと、とてもゆっくりとポロンポロンと響く音だけになる。それから音が途切れ、ふたたび嵐が起こる。私たちはギリシャ神話のミュラとキニュラスになりそうだな。ただし、このキニュラスは娘が自分と寝ても殺そうとはしないし、ミュラは父親のベッドから逃げて木に変わったりしない。ほんとうに運がよければ、九カ月後、君はミュラのようにアドニスを産むだろう」

「『私は我が愛する人のもの、我が愛する者は私のもの』(旧約聖書「雅歌」六章三節)それで、この恋物語はいつまで続くの?」

「知る必要があるか? 期限はない」

その日、タトゥーアーティストは予約が詰まっていた。そのため、私たちはタトゥーをするのをあきらめた。代わりにぶらぶらと歩き、やがてホテルに戻ることに決めた。部屋で、私は聞いた。「君は信じられないほど美しい。私の好きなところを教えてくれ……なにかあるかい?」「わからない。あなたの体を開いて、中に入り込んで、内側から縫い合わせられるなら、そうするわ。あなたの静かな夢を包み込んで、あなたに私の夢を見させる。まだ私になっていない肋骨になって、喜んでしがみつく。そして、あなたが言ったように、私じゃなくてあなたの目で世界を見て、あなたが私の考えを口にするのを聞いて、それをあなたの考えだと思うわ」ミランダはベッドに腰を下ろし、私のベルトを外しはじめた。「こういうことをするのって久しぶりだわ」それからファスナーを下ろし、自分の服を脱いで、私の目をじっと見つめた。そのまなざしは、地球上に愛が存在していなかったとしても、この小さく安っぽい、いわゆるブティックホテルの、人々が自由にのぞける窓がいくつもある、狭い通りに面した寝室で生まれたと言っていた。「キスして」ミランダは言った。この人生で、これほど生々しく、獰猛《どうもう》で、粗野で、痛烈な瞬間を急に見つけられるとは、自分がどれだけ幸運かを思い知らされた。長いキスのあとで、ミランダは挑戦的な態度で私を見つめた。「もうわかったでしょう」彼女は言った。「私を信じる?」としばらくしてから聞いた。「私は君にすべてを与えた。私が与えていないものがあれば、それは無意味なものだ。大したものではない。聞きたいのだが、これから一週間、ほかになにを与えればいい? 君はそれを望むのか?」

「じゃあ、あまり与えないで。半分だけ、あるいは四分の一だけ、あるいは八分の一だけもらうわ。続けましょうか?」しばらくしてから、「いままでの人生には戻れない。あなたにも戻ってほしくないわ、サミ。父の家での唯一の楽しい思い出は、あなたがいるときの思い出よ。あの瞬間に戻りたい。私があなたの襟を直してるときに、あなたが手を握ってくれた。

私はずっと考えてたわ。『この人は私が好き。絶対に好き。だったら、どうしてキスしないの？』あなたが葛藤するのを眺めているうちに、あなたはとうとう私の額に触れた。私が子どもであるかのように。そのとき思ったの。『私のことを若すぎると思ってるんだわ』って」

「いいや、私が年上すぎる——そう思ったんだ」

「あなたってほんとにバカね」

ミランダは立ち上がり、それぞれのマグカップの包装紙を外した。「すてき」

「私には家があって、君にはそのマグカップがある。残りはささいなことだ。毎日、ランチはいつも同じ質素な食事をする。四等分に切ったトマトに、カントリーブレッド。パンを焼くのは大好きだ。それから、バジル、フレッシュオリーブオイル、君が魚を煮ないときはイワシの缶詰、庭で採れたナス。デザートは、夏の終わりには新鮮なイチジク、秋には柿、冬にはベリー。ほかにも、木になるものならなんでも——桃、プラム、アプリコット。さっき話した、ベートーベンのソナタの短いピアニッシモの部分を弾いてあげたくてたまらない。そんなふうに過ごそう。君が私に飽きるまで。その前に子どもができたら、私の時間が尽きるまで一緒にいよう。そのあとのことはわかるだろう。私はなにひとつ後悔しないし、君も後悔しない。私と同じように、君もわかるはずだ。君が私に与えてくれた時間がどんなものであろうと、私の全生涯は、子ども時代から、学生時代、大学、教授や作家としての年月、ほかのあらゆる出来事に至るまで、すべて君につながっていたのだと。私はそれだけで満足だ」

「どうして？」

「君のおかげで、愛するようになった。この人生を。私は地球の大ファンではなかったし、人生と呼ばれているものを重視してもいなかった。だが、正午近くにふたりでバルコニーに全裸で座って日光浴をして、海を眺めながら、ランチに塩とオイルでトマトを食べ、冷えた白ワインを飲むことを考えると、背筋に震えが走る」

ふと、ある考えが頭をよぎった。「私が三十歳だったら、これはもっと心をそそられる出来事だったのだろうか？」

「あなたが三十歳だったら、なにも起こらなかったわ」

「私の質問に答えていない」

「あなたが私の年だったら、私は幸せだというふりをするわ。私の仕事も、あなたの仕事も、私たちの人生も愛してるというふりをするけど、いままで出会った全員に対してそうしてきたように、あくまで偽りの関係よ。偽りじゃないものを見つけるのが苦手なの――これは私にとって難しくて、恐ろしいことなの。私はいつも、ほんとうの自分じゃなくて、自分がなるべき人物像に合わせて態度を作ってる。自分が知らずに望んでいたことじゃなくて、手に入れるべきものに合わせて。ただの夢だと思うようにしてきた人生じゃなくて、目の前の人生に合わせて。あなたは私にとって酸素なの。私はずっとメタンガスで生きてきた」

私たちはベッドカバーの上に横たわった。たぶん一度も洗濯されていないとミランダは言った。「これまで何人が、いまの私たちみたいに裸で汗にまみれてここに横たわったのかしら？」

私たちはその話題を笑ってごまかした。そしてなにも言わず、列車で出会ってから初めてシャワーを浴び、服を着てエリオに会いに行った。

エリオはホテルのエントランスのそばに立っていた。私たちはハグをし、私が体を離したあとで、エリオは私の隣に立っている人物がたまたま私と同時にホテルから出てきた他人ではないと気がついた。ミランダはすぐに手を差し出し、ふたりは握手をした。「ミランダよ」彼女は言った。「エリオだ」彼は答えた。ふたりは互いに微笑んだ。「あなたのことはたくさん聞いてるわ」ミランダは言った。「彼ったら、あなたの話ばかりするの」エリオは笑った。「大げさに言ってるのさ。話すことなんてほとんどないんだから」石畳の中庭を出ながら、エリオは〝彼女は誰？〟とひそかに問いかける目を向けてきた。ミランダはそれに気づき、すぐに言った。「昨日、列車でナンパされて、彼と寝てる相手よ」エリオは笑い声をあげたが、少しばかり気まずそうだった。それからミランダは言い足した。「昨日あなたがテルミニ駅で彼を待ってたら、私はここでこんな話はしてなかったわ」ミランダはさっとカメラを取り出し、私たちに門の近くに立ってくれと言った。「撮りたいの」

「写真家なんだ」私はほとんど謝るように説明した。

「それで、どうする？」息子が聞いた。どうすればいいかわからず、少し戸惑っている。

ミランダがすぐに状況を判断した。「あなたたちはヴィジリアをするんでしょう。邪魔はしたくないわ」彼女は〝ヴィジリア〟という言葉を強調して、すでに父と息子の共通用語を知っていると伝えた。「でも、ついていっていいでしょう。絶対にひとこともしゃべらないって誓うから」

「だけど、僕たちを笑わないって約束して」エリオが言う。「僕らは滑稽だから」

私たちの歩き方のせいで――一緒に歩いているけれど、一緒ではない――私たちのあいだにかすかなぎこちなさが感じられた。私は、ミランダの存在によって私の人生におけるエリオの立場が変わったり衰えたりしたと彼に思わせないように気をつけつつ、ミランダと歩調を合わせようとした。しかし、さらに数歩進んだところで、気がつくと息子のほうに近づいていて、ほとんどミランダを放置している状態になっていた。また、エリオがミランダの存在を疎んでいるのでないか、個人的に大事な話をしたかったのではないかとも心配だった。おそらく、エリオはまだ彼女に会う心の準備ができていないはずだ。それもこんなに急に。私の不安を感じたのか、エリオは巧みに私たちの前を歩きはじめた。わざとそうしているのだ。彼女を尊重しているのだろう。いつもはすぐ横に並んで歩く。三人のあいだに緊張感が漂っていたとしても、エリオの行動のおかげでやわらぎ、私たちの仲間意識も回復し、三人で橋を渡っていった。

私たちはプロテスタント墓地まで歩いていこうと話していたが、天気は曇りで、すでに時間も遅くなっていた。墓地に行くなら、騒々しい土曜の午後ではなく、晴れていて静かな平日の朝がふさわしいと私は言った。私たちはジュリア通りの散歩を繰り返すことに決め、全員が知っているカフェへ向かった。

途中でエリオに、昨夜はなにを演奏したのかと尋ねた。リュブリャナのオーケストラと一緒に、モーツァルトの『ピアノ協奏曲 変ホ長調』と『二短調』を演奏したと、エリオは教えてくれた。コンサートの前夜は徹夜で練習しなければならず、当日も朝から練習していた。だけど、演奏はとてもうまくいった。日曜の午後にまた別のコンサートがあるので、ナポリに行かなければならない。

「それで、今日はどのヴィジリアから始めるの？」ミランダが聞いた。「それとも、サプライズなの？」

私はまたしても、ヴィジリアは第三者を交えずにふたりだけでするべきかと不安になった。そこで、雰囲気を明るくすべく、私はズルをしてすでにミランダと一回ヴィジリアをしてしまったとエリオに言った。私が若いときに教師をしていたころに暮らしていた、ローマ・リベラ通りの三階建てのアパート。

「オレンジの子？」エリオは聞いた。

その言葉に三人で笑った。

「マルグッタ通りに別のヴィジリアがなかった？」とミランダ。

「ああ、だが、今日はよそう」

「実は、いま向かってるカフェも一種のヴィジリアなんだ」エリオが言う。

「誰のヴィジリア？　あなた、それともサミ？」ミランダが聞く。

「ええと、どうだろうか」私は言った。「エリオのヴィジリアから始まり、その後、彼とここに戻ってきたことで、私のヴィジリアにもなった。最終的にはふたりのヴィジリアだ。つまり、私たちはお互いの思い出を上書きして生きているとも言える。それゆえ、ここに来ることがより意味を持つようになる。それは特別なものであり、私の中の教授でさえ言葉で表すことができない。そしていまでは、ミランダ、君もそのヴィジリアに加わっている」

「ほら、彼のこういうところを愛してるの」ミランダはエリオのほうを向いて言った。「彼の思考はあらゆるものをゆがめる。まるで人生が無意味な紙切れでできていて、彼がそれを折りはじめたとたんに小さなオリガミの作品になるみたい。あなたもそうなのかしら？」

「息子だからね」エリオは照れくさそうにうなずいた。

〈カフェ・サンテウスターキオ〉はとても混んでいて、空いているテーブルを見つけられず、カウンターでコーヒーを飲むことにした。エリオが、何年もこの店に通っているけれど一度も座れたことがないと言った。観光客が何時間もすべてのテーブルを占拠して、地図やガイドブックを読んでいるのだ。エリオは自分がおごると言い張った。レジで注文や支払いを待っている大勢の客のあいだをエリオがすべり抜けていくあいだに、ミランダが私ににじり寄って聞いてきた。「私のことショックだったと思う？」

「それはない」

「私が割り込んできて、気にしてるかしら？」

「まさか。離婚してから、誰か見つけろとうるさく言っていた」

「それで、誰か見つけた？」

「そう思う。彼女は私と一緒にいると言ってくれた」

「誰が一緒にいてくれるって？」エリオが聞いてきた。レシートを持って、エスプレッソマシンの後ろにいる男の注意をどうにか引こうとしている。

「彼女だ」

「これからどういうことになるか、彼女に話したの？」

「いいや。すぐにショックを受けることになるだろうな」

数秒後、カウンターの私たちの前に三つのカップが置かれた。

「三年前、女の子とふたりきりでヴィジリアをしようと思ってここに来たんだ。だけど、最悪だった」エリオが言う。

「どうして？」ミランダが尋ねる。

エリオは話しはじめた。彼はカフェで彼女の存在を意味のあるものとして経験しようとした。特に、この場所にはすでに彼の人生におけるほかの出来事の痕跡が残っていたから。けれど彼女と口論になった。彼女はここで出されるようなコーヒーに特別なところはなにもないと言い続け、エリオは重要なのはコーヒーじゃなくて、ここでコーヒーを飲むことだと言い返した。ふたりの意見の相違はヴィジリアを台無しにしただけでなく、そのせいでエリオは彼女が嫌いになった。ふたりはできるかぎり急いでコーヒーを飲み、店を出て別々の方向に歩いていき、二度と会わなかった。

「でも、それより何年か前に僕はここで初めて漠然と感じたんだ。アーティストに交じってアーティストとして生きる人生がどんなものかって。だから父がローマに来るときはいつも、ふたりでここに来る」

「アーティストとしての人生は期待どおりだった？」ミランダが聞く。

「僕は迷信深いからね、口にする言葉には気をつけないと」エリオは答えた。「だけど、とても心安らかなものだったよ――ピアニストとしての人生はね。あとは、まあ、話すのはやめよう」

「しかし、あとのことを私は知りたい」私は言い、まるでミランダの父親みたいだと思った。そのとき、会話が個人的な方向に進んでいることに気づいたミランダが、トイレに立った。

「あとはね、父さん」エリオが話を続けた。「最近はさっぱりわからないんだ。でも、初めてここに来たとき、僕は十七歳で、ほかの人たちと一緒だった。彼らはたくさん本を読んで、詩を愛して、映画に深くかかわっていて、クラシック音楽について知り尽くしてた。僕も仲間に入れてもらって、学生時代はバケーションのたびにローマに来て、彼らと過ごして、ただ学んだ」

私はなにも言わなかったが、エリオは私の目の表情に気がついた。

「だけど、彼らとの友情以上に、いまの僕があるのは、ほかでもない父さんのおかげだ。僕も父さんも秘密はなかった。父さんは僕のことを知っていて、僕は父さんのことを知ってる。それに関しては、僕は地球上で最も幸運な息子だと思う。父さんは僕に愛し方を教えてくれた──本や、音楽、美しい考え、人々、楽しみ、自分自身までもを愛する方法を。それ以上に、人生は一度きりだと教えてくれた。時間はつねに僕らに不利なように進んでいくと。僕は若いけど、それくらいはわかってる。ただ、ときどきそのレッスンを忘れちゃうだけなんだ」

「なぜ私にそんなことを話す?」私は聞いた。

「いまなら父さんが見えるから──父親としてじゃなく、恋をしてる男として。こんな父さんは見たことがない。とてもうれしいし、うらやましいくらいだ。急にとても若返った。愛にちがいない」

そのときまで気づいていなかったとしても、いまでは自分がこの世でいちばん幸運な父親だと私は悟っていた。まわりでは人々がうろついており、カウンターに割り込もうとする人もいる。それなのに、誰ひとりとして私たちの親密な時間の妨げにはなっていなかった。私たちはローマ随一の騒々しいカフェで、静かに談話している。

「愛は簡単だ」私は言った。「大切なのは、愛と信頼を抱く勇気だ。すべての人がその両方を持っているわけではない。だが、おまえは気づいていないかもしれないが、私がおまえに教えた以上に、私はおまえから教わった! 例えば、こういうヴィジリアは、おまえの足跡をたどりたいという私の願望にすぎないのかもしれない。おまえとなにもかもを分かち合いたい。つねにおまえに私の人生にいてほしいのと同じように、おまえの人生の中にいたい。私はおまえに、時が止まったところに目印をつけろと教えたが、そういう瞬間は、愛する人の中で響かなければあまり意味がない。そうでなければ、おまえの中にとどまって、人生を通してずっと悪影響を与えるか、運がよければ——そんな人間はほとんどいないが——芸術と呼ばれるものに転化できる。おまえの場合は音楽だ。しかし、なにより、私はずっとおまえの勇気がうらやましかった。音楽への愛を信じ、そしてのちにオリヴァーへの愛を信じていたことが」

そのときミランダが戻ってきて、私に腕をまわした。

「私はそういう信頼を抱いたことがなかった。恋人たちにも、それから、おまえが信じるかわからないが、仕事にも」私は話を続けた。「けれど、昨日この若い女性が私をランチに招待してくれた瞬間に、自分でもほとんど気づかないうちに見つけていた。私はずっと『いや、けっこうだ、いや、できない、だめだ、だめだ』と断り続けていたが——彼女は私の言葉を信じず、私がまた殻の中に引きこもるのを許さなかった」

私は話ができてうれしかった。「おまえが言ったように、私たちには秘密はなかった。これからも決して秘密を持つことがなければいいと思う」

それぞれのコーヒーを素早く飲み干してから、私たちは〈サンテウスターキオ〉を出てパーチェ通りへと向かった。

「次はどこ？」ミランダが尋ねる。

「ベルシアーナ通りかな」私は推測した。私とエリオはいつも最後にベルシアーナ通りを歩いて書店に向かう。エリオはそれを〝もしも愛ならば〟と呼んでいる。十年前に出版された詩集の思い出にちなんで。

「いや、今日はベルシアーナ通りじゃない。これまで連れていったことがないところに連れていきたいんだ」

「では、最近のことか？」私は聞いた。最新の恋愛について話してもらいたかった。

「最近じゃない。だけど、目印がついてる瞬間だよ。あのとき、少しのあいだ、自分の手で人生をつかんでいた。その後、僕はすっかり変わった。ときどき、僕の人生はここで止まっていて、ここからでしか再スタートできないんじゃないかって思う」

エリオはもの思いにふけっているようだった。「ミランダが聞きたいかわからないし、父さんも聞きたくないかもしれない。でも、僕らはもうけっこう本音で語り合ってるから、いまさらやめられない。だから、連れていかせて。歩いて二分だ」

パーチェ通りに着いたとき、このエリアにある私のお気に入りの教会に向かっているのだろうと思った。ところが、教会が目に入るなり、エリオは右に曲がり、サンタ・マリア・デッラリマ通りに入った。そして数歩進んだところで、昨日私がミランダとしたように、とても古い街灯が壁に組み込まれている曲がり角で立ち止まった。「この話をするのは二回目だけど、父さん、ある晩、僕はべろべろに酔っ払って、パスクイーノ像のそばで吐いてしまった。人生でこれ以上ないくらい頭がぼうっとしてたけど、酔ってこの壁に寄りかかって、オリヴァーに支えられながら、これが僕の人生だと思った。それ以前のほかの人との関係はすべて、僕に起きることの下書きでも、下絵の陰影でもなかったと。そして十年後のいま、この古い街灯の下からこの壁を見ると、彼と一緒にここに戻ってる。誓ってなにも変わっていない。三十年、四十年、五十年経っても、同じように感じるだろう。人生で多くの女性に会って、それより多くの男性と出会ってきたけど、僕が知る誰よりも、この壁に透かしのように刻まれている記憶に、僕は心を動かされる。ここに来ると、ひとりでも、ほかの人、例えば父さんと一緒でも、僕はいつも彼と一緒にいる。この壁を一時間見つめていたら、一時間彼と一緒にいることになる。この壁に話しかけたら、しゃべり返してくれる」

「なんて？」ミランダが聞いた。エリオと壁の話にすっかり夢中になっている。

「なんて言ってくれるか？　簡単さ。『僕を捜して、僕を見つけて』」

「あなたはなんて言うの？」

「同じことを言う。『僕を捜して、僕を見つけて』そして僕たちは幸せになる。そういうこと」

「おまえはもう少しプライドを捨てて、もう少し勇気を出すべきかもしれない。プライドとは、私たちが恐怖につけるニックネームだ。昔のおまえはなにも恐れていなかった。なにがあった？」

「僕の勇気を勘ちがいしてるよ」エリオは言った。「僕には、彼に電話をかけたり、手紙を書いたり、ましてや訪ねたりする勇気なんてなかった。ひとりでいるときに、暗闇の中で彼の名前をささやくことしかできない。だけど、そのあとで自分を笑う。ほかの誰かといるときに絶対に彼の名前をささやかないようにと祈る」

ミランダと私は黙り込んだ。ミランダはエリオに近づき、頬にキスをした。なにも言うことはなかった。

「私は一度だけちがう相手の名前をささやいてしまったことがあるが、そのことは一生の汚点だろう」私はそう言いながら、ミランダのほうを向いた。彼女はすぐに理解した。

「彼の場合は……話してもいいの？」ミランダは私に聞いた。

私はうなずいた。

「彼の場合は、女性を抱いてるときにほかの女性の名前をささやいたのよ」ミランダは言った。「私たちって、へんてこな家族の一員なのね！」

それ以上言うことはなかった。

数分後、私たちは〈セルジェット〉でワインを飲むことにした。

到着するとちょうどエノテカが開店するところで、テーブルはがら空きだったので、昨夜と同じテーブルに座った。「ねえ、私もヴィジリア熱に取りつかれちゃった」ミランダが言った。いくつかの明かりがついているだけで、店内が薄暗いのがよかった。おかげで、実際より遅い時間に思える。バーカウンターの男性スタッフがすぐに私たちに気づき、昨夜と同じ赤ワインかと聞いてきた。私はエリオに、バルバレスコでいいかと聞いた。エリオはうなずいたが、ふと、彼は今夜友人と車でナポリに戻るのだと私たちは思い出した。私に会いにはるばるローマまで来てくれたのだ。

「どんな友人だ？」私は尋ねた。

「車を持ってる友だち」エリオは答えた。そっけない目つきで頭を左右に振り、私が完全にまちがった解釈をしていると伝えてきた。

ワインが運ばれてきたあと、ウエイターがカウンターに戻って、つまみを持ってきた。

「サービスです」と彼は言った。

「昨夜、たっぷりチップをやったからだろう。閉店直前まで残っていたんだ。おそらく私たちが最後だったはずだ」

私たちは互いの幸せに乾杯した。

「もしかしたら、明日、ナポリ国立考古学博物館に行ったあとで、おまえのコンサートに行くかもしれない――ほんとうにナポリに行けたらだが」

「ぜひ来てよ。チケット売り場にふたり分のチケットを預けておく」それからエリオはセーターを着て立ち上がった。「ひとつ言わせて。何年も前に父さんに言われたことだけど、今度は僕が言う番だ。ふたりがうらやましいよ。台無しにしないで」

私は世界で最も大切なふたりの人間と一緒にいる。

私たちは別れのキスをした。それから私はまた座り、ミランダと向き合った。「私はとてつもなく幸せだ」

「私も。死ぬまでずっとこうしていましょう」

「そうしよう」

「来週ビーチに行って、天気が持っていたら、まずなにをしたい？」

「駅でタクシーを拾って、家に帰って、水着を着て、岩場を下りていって、君と水に飛び込みたい」

「水着はフィレンツェに置いてきちゃった」

「家にたくさんある。いっそのこと、裸で泳ごう」

「十一月に？」

「十一月でも、水はまだ温かい」

第二部
カデンツァ

「赤くなっている」彼は言った。

「いや、なってない」

彼はテーブル越しに、おもしろがっているような、疑わしげなまなざしを向けてきた。

「ほんとうに？」

僕は数秒考えてから、降参した。「赤くなってるんだろうね」

僕はまだ若く、これほど簡単に悟られてしまうのが気に入らなかった。特に、自分の二倍ほどの年齢の相手とのあいだに気まずい沈黙が流れているときは。けれど、僕はもう立派な大人なので、心をさらけ出したくないと思っていることが赤面で伝わっていてもかまわなかった。それから僕は彼を見つめた。

「あなたも赤くなってる」僕は言った。

「知っている」

これが約二時間後のことだ。

セーヌ川右岸の聖U教会の室内楽コンサートの休憩時間に、僕は彼と出会った。十一月初旬の日曜で、寒くはなく、かといって暖かくもなかった。あまりに早く訪れ、これから何カ月も続く長い冬の到来を予言する、例年どおりの曇った秋。聴衆はすでに教会の中の席に座っていて、多くは手袋をはめたままで、コートを脱いでいない人もいた。しかし、寒さにもかかわらず、どこか温かい雰囲気があり、人々は明らかに音楽を期待して静かに座席のあいだを進んでいく。僕はこの教会の中に入るのは初めてで、いちばん後ろの席に座った。もし演奏が好みではなく、まわりに迷惑をかけずに出ていきたくなった場合にそなえて。

僕がここに来たのは、これが〝フロリアン・カルテット〟の最後の演奏になるかもしれないという好奇心からだった。いちばん若いメンバーは七十代後半だったはずだ。彼らは定期的に教会で演奏しているが、僕はいままで一度も生演奏を聴いたことがなく、廃盤になった希少なレコードとインターネット上にアップされている数少ない演奏でしか知らなかった。先ほどハイドンの『四重奏曲』を演奏し終えたところで、休憩のあとでベートーベンの『嬰《えい》ハ短調』を演奏することになっている。教会にいるほかの人たちとちがって——この日曜に集まったのはわずか四十人ほどだった——僕は新参者で、チケットは入り口近くの小さなテーブルに着いている修道女のひとりから買った。ほとんどの人たちはインターネットサイトで購入しており、領収書としてメール画面を印刷してきた大きな紙を持って教会に入っていった。年老いた猫背の修道女が律儀にひとりひとりのフルネームを古い緑色の万年筆で書き写しているため、領収書は折り畳まずに持っていなければならないようだった。修道女は少なくとも八十歳で、何年もこの作業をしてきたにちがいない。いつも同じペンを使って、いつも手を震わせて古風な文字で記入しているのだろう。領収書の小さなバーコードナンバーからは、教会が新しい教区民たちに向けて進歩的な印象を与えたがっているのが感じられるが、老齢の修道女は苦労しながら名前を書き写しては、一枚ずつスタンプを押していた。そのゆっくりとしたペースに誰もなにも言わず、まだ領収書に押印してもらっていない人たちの何人かは寛大な笑みを交わしていた。

休憩中、僕はホットシードルを買うために入り口近くの列に並んだ。例の修道女が几帳面におたまでプラスチックカップに注いでいる。おたまにいっぱい入れてしまうと、なかなか持ち上げることができない。ホットシードルの大きな鍋の横には掲示板が置かれ、『一ユーロ』と書かれた紙が張ってあるが、皆それより多く寄付している。僕はホットシードルが好きなわけではないが、ほかの人たちは好きらしいので、僕も列に並んでみた。自分の番が来たときに、ボウルの中に五ユーロを入れると、修道女からやたらと感謝された。老齢の修道女は切れ者だった。僕がこの教会に初めて来たことをわかっていて、ハイドンはよかったかと聞いてきた。僕は熱のこもった口調で「はい」と答えた。

彼は行列の僕の前に並んでいて、僕がホットシードルの代金を払ったあとで、さりげなく振り返って聞いてきた。「君はすごく若いのに、なぜフロリアン・カルテットに興味を持っているんだい？　彼らはとても年寄りだ」そこでふと唐突な質問だったと気づいたらしく、こう続けた。「セカンドバイオリンは――八十代のはずだ。ほかのメンバーもそれほど変わらない」

彼は長身で、細見で、優雅な顔立ちで、ふさふさしたグレーヘアが青いブレザーの襟にかかっている。

「チェリストに興味があったんだ。それに、年内にツアーをしてから解散するんじゃないかという噂を聞いて、もう二度と演奏を聴く機会はないかもしれないと思った。だから、ここにいるんだ」

「君の年齢では、もっと楽しいことがあるんじゃないのかい？」

「僕の年齢？」僕は驚きと鋭い皮肉を込めて聞いた。

しばらく僕たちのあいだに気まずい沈黙が漂い、彼は肩をすくめた。口に出さずに謝罪しているつもりなのだろう。それから、振り返って二カ所ある出入り口のほうへ歩きだそうとした。そこでは人々がタバコを吸っていて、おしゃべりをしたり足を伸ばしたりしている人たちもいる。「教会の中にいると、いつも足が冷える」そう言いながら彼は僕に背中を向け、ドアへと向かった。さりげなく会話を終わらせるセリフ。

ふと、自分の口調が不愛想だったかもしれないと気づき、僕は聞いた。「フロリアンのファン？」

「そうでもない。室内楽のファンでもない。だけど、彼らのことはよく知っている。父がクラシック音楽を好きで、この教会での彼らのコンサートに補助金を出していたんだ。いまは私が同じことをしている。正直、ジャズのほうが好きだけどね。でも、ここに来ている。子どものころ、日曜の夜は父にくっついていた。いまでも数週間ごとに来て、音楽を聴いている。少しのあいだ父と一緒にいると想像しているのもしれない――けど、そんな理由で彼らの演奏を聴くなんて、くだらないと思われそうだ」

お父さんはなにか楽器を演奏していたのかと僕は尋ねた。

ピアノだ。

「家では絶対に弾かなかった。だけど週末、家族で田舎に滞在しているとき、父は夜遅くに家の一階にあるピアノを弾いていた。二階の私の寝室までピアノの音が聞こえてくる。まるで、ホームレスの子どもがこっそりと弾いていて、誰かが床板をきしませて歩く足音が聞えた瞬間にやめてしまうのではないかという気がした。父はピアノを弾いていることを絶対に話さなかったし、母もその話を持ち出さなかった。朝になって、ピアノがひとりでに音を奏でていたと言うのがいちばんいいと、私は学んだ。父はプロのピアニストとして仕事を続けたいと願っていたんだと思う。私にクラシック音楽を愛するようになってほしいと願っていたようにね。父は他人に意見を押しつけるタイプじゃなかったし、ましてや赤の他人に話しかけたりしなかった——息子とは大ちがいだ。君も気づいていると思うけど」そう言って彼はくすくすと笑った。「父は気を使いすぎるから、日曜に一緒にコンサートに行こうと私を誘えなかった。それでたぶんあきらめてひとりで行くつもりでいたんだろう。だけど、母が夜に父をひとりで外出させたくなかったから、一緒に行ってくれと私に頼んできた。そのうちにそれが習慣になった。コンサートのあとで、父はペストリーを買ってくれた。ふたりで近くの店に入って休んだりもしたし、私が少し大きくなると、コンサートが終わってから夕飯を食べに行った。だけど、ピアニストだったときのことを父はひとことも話さなかった。それに、あのころの私はまったく別のことで頭がいっぱいだった。日曜の夜に出かけるというのは、宿題をぎりぎりで終わらせるということだ。父とここに来ると、もっと早くに終わらせられた宿題を徹夜でやらなければならなくなる。でも、音楽も好きだったけど、それ以上に父と一緒にいられるのがうれしかった。見てのとおり、私はまだ習慣に縛られている。

しゃべりすぎてしまったかな」

「あなたは弾くの？」僕は尋ね、彼のおしゃべりを気にしていないことを伝えた。

「あまり。私は父と同じ道を進んだ。父は弁護士だった。父の父も弁護士だった。私も弁護士になった。父も私も、弁護士にはなりたくなかった。だけど……これが人生さ！」彼はもの悲しげに微笑んだ。彼が微笑んでから肩をすくめるのはこれが二度目だった。急に魅力的な大きな笑みを浮かべるので、不意を突かれてしまう。だが、皮肉っぽく〝人生〟という言葉を強調したわりに、あまり陽気さはなかった。「それで、君はなんの楽器を演奏するんだい？」彼は急に僕のほうを向いて聞いた。僕は会話を終わらせたくなかった。驚いたことに、彼もそう思っているのが感じられた。

「ピアノ」僕は答えた。

「仕事？　それとも趣味？」

「仕事。だといいけど」

彼はしばし考えているようだった。

「あきらめるな、若者よ。あきらめるな」

そう言いながら、彼は僕の肩に抜け目なく親しげにやさしく腕をまわした。理由はわからないけれど、僕は手を伸ばし、肩に置かれた手に触れた。そのあまりに自然なやりとりに、僕は彼を見つめ、ふたりで微笑んだ。すでに彼の手が離れていてもおかしくなかったはずだけれど、少しだけ長くとどまっていた。彼は背中を向けたが、そこでもう一度僕のほうを見た。僕は突然、彼に飛びついて、ジャケットの下のウエスト上部に両腕をまわしたいという衝動に駆られた。この流れに彼もなにかを感じたらしく、彼の言葉のあとに続いた気まずい沈黙の中、彼は僕を見つめ続け、僕もまったく臆することなく彼を見つめ返した。やがて、すべてのサインを読みちがえていたのかもしれないとはっと気づき、目をそらしたいと思いはじめた。それでも、長々と見つめられているのがうれしかった。自分がハンサムで、魅力的で、やわらかくかわいらしいもののように感じられる。この場にとどまって、逃げたくない。ただ彼の胸に身をうずめたい。完全にやさしくて誠実なものを約束している彼のまなざしが好きだった。

　だがそのとき、僕たちの微笑みをあわてて正当化するためか、彼は言った。「君は音楽のためにここに来て、私は父のために来ている。父は三十年ほど前に亡くなったけど、ここはなにも変わっていない」くすくすと笑う。「いつものシードル、いつものにおい、いつもの年老いた修道女たち、いつもの重苦しい十一月の夜。十一月は好きかい？」

「ときどき。でも、いつもじゃない」

「私もだ。教会も好きじゃないけど、こんなふうに夜に来るのは好きかもしれない……それで、まあ、ここにいる《ム・ヴォワシ》」話のネタが尽きて、手探りで会話を続けようとしているのだとわかった。そして沈黙。ふたたび、温かく魅惑的な笑顔。そこには良識と皮肉とごく少量の悲しみが交じっていて、このやさしくて、おそらく幸せではない男には、明るさがないということを思い出させた。

四重奏者が重い足取りでのろのろと戻ってくるのを見て、ベートーベンの時間だと気づき、彼は僕にどこに座っているのかと聞いてきた。なぜ聞かれたのかわからなかったけれど、僕はバックパックとジャケットを置いておいた最後列の角の席を指した。

「賢い選択だ」彼は僕がその席を選んだ理由を理解していた。「だけど、こっそり帰らないでくれ」と言い足した。急いで出ていく前にカルテットにもう一度チャンスを与えてくれと言っているのだろう。けれど、僕はハイドンを聴いたあとですでに考えを変えており、コンサートが終わる前に出ていくつもりはなかった。しかし、はっきりさせておくために、単刀直入に聞いた。「僕に待っていてほしいの？」僕の声の抑揚はまちがっていたかもしれない。歩行器でどうにか歩くお年寄りに、ドアを開けて押さえておきましょうかと尋ねているような気がした。だから僕はまた言った。「外で待ってる」

彼はなにも言わず、ただうなずいた。だが、それはイエスと断言するうなずきではなかった。いつもは言われた言葉を信じないようにしている人間の、悲しみと戸惑いと切なさがにじんだうなずきだった。

「ああ、そうだね、待っていてくれ」やがて彼は言った。「私はミシェルだ」僕は自分の名前を伝えた。そして握手を交わした。

第一楽章の終わりに彼は出ていくにちがいないと思っていたが、三十分後、僕たちは約束どおり教会のステップで再会した。ただし、彼は僕との約束を忘れてしまったのではないかという気がした。ミシェルはカップルと話しており、これから三人でどこかに行くように見える。しかし、僕に気づくと、すぐにミシェルは向きを変えて急いで会話を終わらせ、カップルと別れの握手を交わした。ミシェルは僕を紹介しなかったことを謝った。僕は首にスカーフを巻くのに集中することで、彼の謝罪を受け流した。気がつくと僕は驚いているふりをしようとしていた。彼が待っていたことに、あるいは、僕らの約束を覚えていたことに。それとも、ミシェルはただ僕らが別々の道を行く前にもう一度さよならを言うために待っていただけだろうか？

ところがミシェルは、橋の向こうのそれほど遠くないところにある小さなビストロで軽く食事をしようと提案した。僕は近くに折り畳み自転車をロックして止めてあると彼に伝えた。自転車を取りに行って、一緒に歩いていってもいい？　もちろん。いまは日曜の夜十時ごろで、通りにはほとんど人がいなかった。「私のおごりだ」ミシェルはそう言い加え、お金の心配はしなくていいということを伝えて僕を安心させた。僕は受け入れた。歩くのは好きだ。特に、コンサートのあいだに雨が降り、石畳が街灯の光を受けて輝いているときは。「ブラッサイの写真みたいだ」僕は言った。「ああ、そうだね」彼が続けた。「それで、ピアノを弾く以外はなにをしてるんだい？」

彼は〝それで〟という言葉で文章を始める癖があるようだ。つながりのない話題への唐突な転換、あるいは転換の欠如を取り繕うためかもしれない。より個人的なことに少し深く切り込む場合は特に。僕は音楽学校で教えていると言った。教えるのは好きか？　とても。それから僕は、週に一度、楽しむために高級ホテルのピアノバーで無料演奏もしていると言った。ミシェルはホテルの名前を尋ねなかった。如才ないな、と僕は思った。あるいは、そうすることで自分は詮索したり気にしたりする人間ではないと示しているのだろう。

橋に着いたとき、男女のブラジル人パフォーマーが目にとまった。まわりに集まっている大勢の群衆に向かって歌っている。男の声は高く、女の声はしゃがれている。一緒に歌うと美しい歌声になる。僕は足を止め、片方の手で自転車のハンドルを押さえながらしばらく立っていた。ミシェルも立ち止まり、一緒に自転車を支えようとするかのように、ハンドルの反対側をつかんだ。少し気まずさを感じているのが伝わってくる。若い歌手たちが歌い終わると、橋にいた全員が拍手喝采し、そのあいだにふたりの歌手はすぐに次のデュエットを始めた。二番目の歌も少し聴きたかったので僕はじっとしていたが、歌が終わり、彼らが歌いはじめてすぐに僕たちは歩き去ることにした。向こう岸に着いたときに、群衆の拍手が聞こえてきた。僕が振り返ると、それに気づいたミシェルも振り返った。男の歌手がギターを下ろし、女が帽子を手に持って群衆の中を進んでいく。いまの歌を知っているか、とミシェルが聞いた。ああ、と僕は答えた。あなたは？「たぶん、知っていると思う」だが、ほんとうは知らないのだろう。ほかでもない橋の上で演奏されるブラジル音楽を聴くのは得意分野ではないようだ。

「仕事から家に帰ってくる男の歌だよ。愛する人に、服を着て、外に出て、一緒に踊ろうと誘ってる。彼らの家がある通りには喜びがほとばしり、やがて街全体が喜びであふれる」

「いい歌だ」ミシェルは言った。彼にくつろいでほしいと思い、僕は数秒だけ彼の肩をつかんだ。

しかし、行きつけのビストロのドアを開けたとたん、ミシェルの緊張はすっかりほぐれた。彼が言ったとおり、たしかに小さな店だが、とても高級そうでもあった。気づくべきだった。彼の濃紺色のフォレスティエール・ジャケット、柄入りの流れるような大きなスカーフ、コルテの靴を見れば、一目瞭然だ。軽い食事というのは、三品のコースディナーのことだったのだ。ミシェルはシングルモルトを注文した。カリラがお気に入りだと彼は言った。君も飲むかと聞かれた。ああ、と僕は答えたが、シングルモルトがなんなのか見当もつかなかった。ミシェルはお見通しだったにちがいない。何度もこういう状況を目にしたことがあるのだろう。彼のマナーは好きだが、僕は不安になった。ミシェルはメニューを説明した。「ここは肉料理はあまり多くない。だけど、いいワインがそろっているし、ここの野菜料理が好きなんだ。魚もとてもおいしい」ミシェルはメニューを開けるやいなやパタンと閉じた。「いつも同じものを注文するからね。わざわざ見ない」そして、僕が食べたいものを決めるのを待った。僕は決められなかった。そこで、完全に衝動に駆られてこう言った。「代わりに注文して」そのアイデアが気に入った。ミシェルも気に入ったようだった。「お安いご用だ。君にも、私がいつも頼んでいるものを注文しよう」

ミシェルはウエイターを呼んで注文した。それから、ウイスキーを少し飲んだあとで、このレストランを彼に教えてくれた父親も、いつも決まって同じものを注文していたと言った。「父は糖尿病だったんだ」彼は説明した。「だから、私は糖尿病患者が食べてはいけないものを避けるようになった。砂糖、米、パスタ、パン。バターもあまりよくない」そう言いながら、小さなカンパーニュの端にバターを塗り、塩を振りかけ、くすくす笑いながら口に運んだ。「いつも父の足跡をたどっているわけではないけど、父の影を避けるのは難しい。私は矛盾だらけだ」

そして間。ミシェルは父の食事療法について話し続けたが、僕は彼の矛盾についてもっと聞きたかった。興味があったし、この男がどういう人間で、どんなふうに自分自身を見ているかがもっとわかったかもしれない。ミシェルは、心を開くか、食べ物と食事療法についての話を続けるかで迷っているみたいだった。一瞬、かすかな緊張感さえあり、ふたりとも自分たちがただ会話をしているだけで、簡単に世間話をやめられなくなると感じているかのようだった。気まずさを克服すべく、僕はふたりの大おじについて話した。一度も会ったことはないけれど、とても腕のいいパン職人として評判だった。ミラノに三軒のパン店を開いたが、戦時中に社会主義者として検挙された。「ビルケナウ強制収容所で亡くなった。僕が子どものころ、母がよく自分のおじたちのことを話してくれた。彼らも、あなたの父親と同じく、母の家族に長い影を落としてる」

「どんな影?」ミシェルは聞いた。僕が言いたいことをよくわかっていない。

「母は素晴らしいケーキを焼く」

ミシェルは腹の底から笑い声をあげた。ジョークをわかってもらえてよかった。「でも、僕は知ってる。決して消えない影もある」僕は言い足した。

「そうだな。父の影は決して離れない。私が弁護士業を継いだ二年後に父は亡くなった。当時、私は君と同じ年齢だった」

だが、そこでまた言葉を切り、しばし考え込んだ。いまの言葉と、僕の知らないうちに彼の心にのしかかっていたことのあいだに、予期せぬつながりがあったと気づいたかのように。

「それで、私が君の年齢のほぼ二倍だってわかっているよね」

僕が顔を赤らめたのはこのときだった。緊迫した気まずい瞬間だった。ひとつには、その話題は完全に時期尚早だし、僕らが慎重に避けている核心にあまりに近いと感じられたからだった。重要な部分はまだ明らかになってもおらず、少なくとももうしばらくはおもてに出すべきではなかった。しかし同時に、彼の言葉に対してなんと言えばいいかわからず、途方に暮れてしまった。そして、正しい言葉を探しているうちに顔が赤くなったことで、僕が困っているのがばれてしまったにちがいない。おそらく、ミシェルはこうやって話題を明るみに出し、僕になにか言ってもらって自分の不安をやわらげようとしているのだろう。僕は必死で沈黙を追い払おうとしたが、無理だった。とうとう「そんな年には見えない」と言った。はぐらかすための返事を。

「そういうことを言いたかったんじゃない」ミシェルは即座に言い返した。

「なにを言いたかったかはわかってる」そして、僕たちのあいだに誤解がないことを示すためにこう言った。「気にしていたら、こうしてあなたと座っていないだろう？」僕はまた赤面している？　そうでなければいいのだけど。急に僕らのあいだに沈黙が漂ってもミシェルは気を悪くしたりせず、またうなずいた。例のもの悲しげで思慮深いうなずき。それから、とても穏やかに頭を左右に振った。否定ではなく、ときに人生がただ楽しいことが信じられず、驚きで言葉を失っているようだった。「君に気まずい思いをさせるつもりじゃなかったんだ」

彼は謝っている。

あるいは、そうではないのかも。

今度は僕が首を横に振った。

「気まずくなんかない」僕は言った。それから、短い間のあとで、「今度はあなたが赤くなってる」と言った。

ミシェルは口をすぼめた。僕はテーブル越しに手を伸ばし、フレンドリーなしぐさでしばらく彼の手を握った。彼が不安にならなければいいのだけれど。ミシェルは手を引っ込めなかった。

「君は運命を信じていないだろう？」ミシェルは聞いた。

「どうかな」僕は言った。「ちゃんと考えたことはない」

僕が望んでいたような曖昧な会話ではなかった。彼が言わんとしていることはわかった。率直に話すのはかまわない。けれど、あまり露骨に話したくもなかった。おそらくミシェルは、少し話題にしづらいことを話したがる世代なのだろう。僕の世代は、明らかなことは口に出さない。言葉など必要とせず、視線だけ、あるいは性急なメールで、直接的にアプローチすることに慣れている。だが、真意を隠してだらだらと長引く会話は、僕を解放的な気分にさせた。

「じゃあ、運命じゃないとしたら、なぜ今夜あなたはコンサートに来たの？」

ミシェルは僕の質問について少し考えてから、目をそらして視線を落とし、まだ使っていないフォークでテーブルクロスをつついてしわを作りはじめた。浅い畝《うね》のようになって、パン皿のまわりで急にくねくねとしたカーブを描いている。ミシェルは頭に浮かんだ考えに没頭していて、もう僕の質問に集中していないのだとわかった。僕はかまわなかった。よく考えてみると、僕らの慎重なやりとりを忘れてもらいたかった。しかし、ミシェルは顔を上げ、僕の質問に対する答えはこの上なく簡単だと言った。

「なに？」僕は聞いた。きっと父親のことを持ち出すのだろう。

ところがミシェルはこう言った。「君さ」

「僕？」

ミシェルはうなずいた。「そう、君さ」

「でも、僕に会うなんて知らなかっただろう」

「それはささいなことだ。運命は未来に働きかけ、過去に働きかけ、脇道を行き来する。僕らが過去や未来という当てにならない概念で運命の目的を把握しようとしても、意味のないことだ」

僕は理解した。「僕にとってはとても深い言葉に聞こえる」また僕たちのあいだに沈黙が流れた。

「私の父は運命を信じていたんだ」ミシェルは話を続けた。なんて寛大な人だろう。僕が話題を避けたがっているのを悟って、巧みに父親についての会話に戻ったのだ。だが、僕はあまり聞いていなかった――ミシェルもそれに気づいていた。やがて話をやめた。おそらく、僕らのあいだで言葉にされていないことについてどうやって切り出そうかと、いまだに熟考しているのだろう。だから長々と僕に目を向け、それからそらしたのだ。だが、僕たちがテーブルを立って帰ろうとしたときに、ミシェルが次に発した言葉に、僕は度肝を抜かれた。「また会える？　会いたいな」

彼の質問にびっくりした。僕は弱々しく、けれどあまりに早口にぼそぼそと言った。「ああ、もちろん」即答だったので、あまり誠実そうには聞こえなかったにちがいない。僕はさよならよりもっと大胆なものを期待していた。

「君が会いたいならだよ」ミシェルはつけ加えた。

僕は彼を見つめた。「会いたいってわかってるだろう」

ミシェルは例の特徴的なうなずきを見せた。納得していない。けれど気を悪くしてもいない。

「じゃあ、次の日曜、同じ時間に、同じ教会で」

僕はあえてそれ以上のことはつけ足さなかった。**それじゃ、今夜はこれでおしまいってことか。**

僕らはレストランから最後に出た客だった。ウエイターたちがうろついていたことから、僕らが外に出た瞬間に店を閉めたがっていたのは明白だった。

歩道で僕らは衝動的に抱き合った。けれどそれは一時的なぎこちないハグで、コンサートの休憩中に出会ったときに彼の腕の中で見つけられると期待していた長い抱擁とちがって、遠慮がちだった。ミシェルはすでに腕の力をゆるめかけていた。またしても僕は、彼に飛びついて腕をまわしたいという衝動に駆られたが、思いとどまり、混乱の中で結局キスをした。頬にではなく、そんなつもりはなかったのだが、両方の耳の下にキスをしていた。これはまちがいなくシングルモルトのせいだ。ミシェルも気づいていたにちがいない。だが、僕は自分がしたことを気に入っていた。そこでふと考え直した。これは気まずい。店の窓にかかった薄いモスリンのカーテンが開いていて、その後ろから三人のウエイターがこちらをじっと見ているのに気づき、なおさら気まずくなった。彼らはミシェルのことをよく知っていて、これまで何度も似たような場面を目撃してきたのだろう。

ミシェルは僕が自転車をロックして止めたところまで送ってくれ、僕が鍵を外すのを眺め、小さな自転車のサイズについて少しおしゃべりを始めた。同じような自転車を買おうと考えたことがあるとさえ言った。しかしそのあとで、立ち去る前に、僕の頬にしばらく手のひらを当てていた――そのしぐさに僕はすっかりうろたえてしまい、感きわまって震えている気がした。不意打ちだった。ふたりでキスをしたい。**キスして。こんなにも目に見えて狼狽《ろうばい》している僕の気持ちを落ち着けるために。**

僕が見ていると、ミシェルは踵《きびす》を返して歩き去った。

やめて、歩き去らないで。それもそんなによそよそしく。もう一方の手のひらも頬に当てて顔を包んでもらいたかった。顔を包んで、僕を年下らしくさせて、唇に濃厚なキスをしてほしかった。まるで、さっきまで一緒にベッドにいたのに、僕に話しかけるのをやめて、あっさりと姿を消してしまったかのようだった。

その気持ちはひと晩じゅう消えず、僕は気まぐれに歩き続けた。夜はまだ始まったばかりで、別の場所に行ってもう一杯飲むこともできただろう。ミシェルを追いかけて、近くのカフェでなにかおごらせてくれと言うこともできた――こんなに早く別れずに、ただ一緒にいるためだけに。それでも、なにかが僕を思いとどまらせ、そのうち別の声が語りかけてきた。こんなことが起きるとは予想していなかった長く退屈な日曜の夜に、こういう展開になってしまったのが気に入らないわけではない。おそらくミシェルは、急いでことを進めて台無しにするよりは、完璧なうちにやめておくのがいいときもあると判断したのだ。

このすてきな十一月の夜、僕は自転車を押して歩いた。人通りのない輝く石畳、さっき僕らが話したブラッサイ風の光景、彼の耳の下にしたぎこちないキス、彼のほぼ半分の年齢だということ。そのすべてに気分が高揚し、とても幸せな気持ちになった。たぶんミシェルは僕以上に物事をよく理解していたのだ。そして、理解していたのなら、僕がやっと気づきはじめていることについて知っているのだろう。おそらく彼以上に、心の準備ができていないと。今夜はまだ無理だと。明日の夜も。来週でさえも。そのときようやく僕は気がついた。

ミシェルは来週の日曜のコンサートに来ないかもしれない。来たくないからではなく、次の日曜の夜、僕のほうが直前になって教会に行かない理由を見つけているだろうと、すでに感じているから。

二日後の夕方、マスタークラスでのベートーベンの『ソナタ ニ短調』の最終楽章についての授業を終えようとしているとき、突然ドアのところに彼が現れた。青いブレザーのポケットに両手を入れて立っている。エレガントな男にしてはどこかぎこちない様子だが、まったく気まずそうではなかった。六、七人の学生がホールから出ていきはじめ、彼はドアを支えていた。自分でドアを押さえることも礼を言うこともなくぞろぞろと出ていく学生たちを見ながら、大きな笑みを浮かべており、やがて情報をありがとうと言った。僕は顔を輝かせていたにちがいない。なんてすてきなサプライズだろう。

「じゃあ、気を悪くしていない？」

僕はかぶりを振った。聞くまでもないだろう。

「授業のあと、どうするつもりだった？」

「いつもはどこかでコーヒーかジュースを飲む」

「一緒に行っても？」

「い、い、い、一緒に行っても？」僕はまねた。

それから、いつも授業のあとで行くお気に入りのカフェに彼を連れていった。ときどき、同僚や学生も一緒に座って、この時間に歩道を走っていく人たちを眺める――時間ぎりぎりで用事を足す人、家に帰って外界とのあいだのドアを閉めるのを先延ばしにしようとする人、ただ人生の中である場所から別の場所へと急ぐだけの人。まわりのテーブルはすべて埋まっていた。どうしても理由はわからないのだが、僕は皆が一カ所に集まって、他人同士でほとんど肘を突き合わせているように見えるときが好きだった。「じゃあ、私が来て、ほんとうに気を悪くしてないんだね？」ミシェルがまた聞いた。僕は微笑んで首を横に振った。まだ驚きから立ち直っていないのだと彼に言った。

「それじゃ、いい驚きだった？」

「とてもいい驚きだよ」

「音楽学校で君が見つからなかったら」ミシェルは言った。「ピアノバーがある高級ホテルを全部まわるつもりだった。とても単純なことさ」

「時間がかかったかも」

「四十日間って決めていた。先にホテルをまわったあとで音楽学校を訪ねたかもしれない。でも、最初に音楽学校に来てみた」

「だけど、今度の日曜に会う予定じゃなかった？」

「会えるという確信があまりなかったからね」

それに対して僕は異議を唱えたり、彼の推測はまちがっていたはずだと反論したりしなかった。実際、次の日曜のコンサートの話題が出るとふたりとも沈黙してしまい、僕らは落ち着かなげに微笑んだ。「この前の日曜はとてもすてきだった」僕は言った。「私もだ」ミシェルは答えた。

「さっき君が一緒に弾いていたかわいらしいピアニストは誰だい？」彼は聞いた。

「タイから来た、とても才能のある三年生だ。ずば抜けた才能がある」

「ピアノを弾きながら見つめ合っていた様子からは、君たちのあいだにあるのは明らかに単なる教師と学生の親近感だけではないという気がした」

「ああ、彼女は僕に教わるためにはるばるここに来たんだ」彼がなにを言いたいかはわかっていた。僕は頭を左右に振り、彼の当てこすりを非難するふりをした。

「このあとの予定を聞いてもいいかな？」

大胆だな、と僕は思った。

「今夜のこと？　なにもない」

「君みたいな子には、友人や、パートナーや、特別な相手がいるんじゃないのかい？」

「僕みたいな子？」ほんとうに先週の日曜の会話を繰り返すつもりだろうか？

「若くて、活気に満ちていて、明らかに魅力的で、言うまでもなくとてもハンサムな子という意味だ」

「誰もいないよ」そう言ってから僕は目をそらした。

僕はほんとうに話をさえぎろうとしているのだろうか？　それとも、楽しんでいると思わせることなく、実際は楽しんでいるのか？

「ほめ言葉があまり好きじゃないんだね？」

僕は彼を見つめ、また首を横に振ったが、今回ユーモアはなかった。

「それで、誰もいないってことは、誰もいないの？」やがてミシェルは聞いた。

「ひとりも」

「ゆきずりの相手とか……？」

「ゆきずりの関係は持たない」

「一度も？」ミシェルは当惑したように聞いた。

「一度も」

けれど、自分の口調がこわばっているのがわかった。ミシェルは冗談めかして、手探りしながら、曖昧にたわむれようとしているが、僕は陰気で、むっつりして、なにより自己中心的な態度をとっている。

「だけど、特別な人はいただろう？」

「いたよ」

「どうして終わったんだい？」

「僕らは友人だった。その後恋人になって、それから彼女は去っていった。でも、いまでも友だちだ」

「彼氏がいたことは？」

「あるよ」

「どうして終わったんだい？」

「彼が結婚したんだ」

「ああ、偽装結婚か！」

「当時は僕もそう思った。だけど、ふたりが一緒になってもう何年も経つ。僕と関係を持つ前から、ふたりはつき合ってた」

最初、ミシェルはなにも言わなかったが、いまの話に疑問を抱いているようだった。「彼とはその後も友だちでいたのか？」

彼に尋ねてほしいかわからないが、尋ねてもらえてうれしかった。

「彼とは何年も話してないし、いまでも友だちかはわからないけど、僕はこれからもずっと友だちだと確信してる。彼はいつだってものすごくうまく僕の心を読む。彼は気づいてるんじゃないかな。僕は一度しか彼に手紙を出したことがないけど、それは彼が嫌いだからじゃなくて、心のどこかではまだ好きで、これからもずっと好きでいるからだって。同じように、僕には彼がいまでも僕を好きだとわかってる。だから、彼は手紙を返してこないし、書こうとも思わないだろう。そのことをわかってるだけで、僕は十分なんだ」

「彼は結婚したのに？」

「彼は結婚したのに」僕は繰り返した。「それに」曖昧さを払拭するかのように僕はつけ加えた。「彼はアメリカの大学で教えていて、僕はパリにいる——それで決まりだろう？　目には見えないけれど、つねにそこにある」

「なにも決まってなんかいない。たとえ彼が結婚しているとしても、なぜ追わなかった？
なぜそんなに簡単にあきらめた？」
ほとんど批判的な口調に気づかないわけがなかった。なぜ僕を非難するのだろう？　では、
僕に関心がないということか？
「それに、どのくらい前のことなんだ？」ミシェルは聞いた。
答えを聞いたら彼がすっかり困惑するとわかっていた。「十五年前」
急にミシェルは質問をやめて黙り込んだ。案の定、そんなに長い年月が経っているのに、
見えない存在となった相手に僕がまだ想いを寄せているとは、想像していなかったのだ。
「もう過去のことだ」僕はおわびのつもりで言った。
「どんなものも過去になることはない」だが、すぐにミシェルは聞いてきた。「まだ彼を想っているんだね？」
僕はうなずいた。そうだと言いたくなかった。
「彼が恋しい？」
「ひとりでいるときは――ときどき、そうだね。だけど、胸がいっぱいになることはないし、
悲しくもならない。彼のことを考えずに何週間も過ごせる。たまに、彼にいろいろ話したく
なるけど、その気持ちを追い払う。気持ちを追い払っているんだと自分に言い聞かせること
で、彼としゃべれなくても、少し喜びを得られる。彼は僕にすべてを教えてくれた。僕の父
は、ベッドの中でタブーはないと言ってた。恋人がそれを解き放ってくれると。彼は僕の初

めての相手だった」

ミシェルは僕の話を信じるというように微笑み、僕を安心させた。「彼のあとは何人とつき合った?」

「多くはない。誰とも長続きしなかった。男も女も」

「なぜ?」

「自分の気持ちに素直になったり、相手に夢中になったりすることがなかったからかな。つかの間の情熱のあとで、いつも自立した僕に戻ってしまう」

ミシェルはコーヒーを飲み終えた。

「人生のどこかの時点で、彼に電話をしたほうがいい。そのときは来る。つねにそうだ。だが、こんなことは言うべきじゃないのかもしれないな」

「どうして?」僕は聞いた。

「おいおい、わかっているだろう」

彼の言葉がうれしかったが、ふたりとも黙り込んでしまった。「自立した君か」やがてミシェルが言い、その瞬間に僕らのあいだに起きたことを明らかに消し去った。「君は難しい人間なんだね?」

「父もよくそう言ってた。僕はなにも決められなかったんだ。人生でなにをするか、どこに住むか、なにを勉強するか、誰を愛するか。音楽から離れるなって父は言ってた。遅かれ早かれ、ほかのものはやってくる。父は三十二歳でキャリアを築きはじめた——だから、父の時計に時間を合わせるなら、僕にはまだいくらか時間がある。あまり多くはないけどね。僕が赤ん坊だったころから、父と僕は並外れて親しかった。父は古典学者で、家で論文を書いていた。母は病院のセラピストだったから、父がオムツ替えやほかのことを担当してた。お手伝いさんもいたけど、僕はいつも父と一緒だった。父が僕に音楽を愛することを教えてくれた——運命のいたずらか、今日の午後あなたが入ってきたときに僕が教えてたのと同じ曲を教えてもらった。授業をしてるとき、いまでも父の声が聞こえる

「私の父も音楽を教えてくれた。ただ、私はできの悪い生徒だったがね」

この突然の偶然の一致がうれしかったけれど、あまり大げさに考えたくもなかった。ミシェルはなにも言わずに僕を見つめ続けている。だが、次に彼が口にした言葉に、僕はまた不意を突かれた。「君はとてもハンサムだ」完全に自発的な発言だったため、僕は彼の言葉に反応するのではなく、話題を変えようとした。ところが、気がつくともっと自発的なことをささやいていた。「あなたのせいで緊張する」

「なぜそんなことを言う？」

「わからない。あなたの目的がわからないせいかもしれない。あるいは、どこで僕にやめてほしいか、どこまで進んでほしいかがわからないせいかも」

「いまはもうわかりきっているはずだ。むしろ、緊張すべきなのは私のほうだ」

「どうして？」

「たぶん君にとって私は単なる一時的な気まぐれだから。もしくは、ゆきずりの相手として

は少し年がいっているから」

　それを聞いて僕は嘲笑った。

「ところで」――最後まで言う前に躊躇したが、言わなければならないという気がした――「僕は最初の一歩を踏み出すのが苦手なんだ」

　ミシェルはくすくすと笑った。「私のためにそう言っているのかい？」

「かもしれない」

「ええと、だけど、私が言っていたことに戻ろう。君は信じられないくらいハンサムだ。問題は、君がそれをわかっていて、他人に影響を与えていることに気づいているのか、それとも、気づいていないふりをしているのか――もしそうなら、そのせいで君を理解するのが難しくなっているだけじゃなく、私みたいな人間にとって危険な存在になっている」

　僕はただ力なくうなずいただけだった。彼に言われたことを勘ちがいしていると思わせたくなかった。だから、彼を見つめて微笑んだ。別の状況だったら、彼のまぶたに触れてから、その両方にキスをしていただろう。

　外が暗くなっていき、僕らがいるカフェや近くのカフェのライトがついた。明るく不安定な光がミシェルの顔を照らし、僕は初めて彼の唇、額、目を意識した。ハンサムなのは彼だ、と僕は思った。そう言うべきだったし、まさに完璧な瞬間だった。けれど、僕は黙っていた。彼の言葉を繰り返したくなかった。互いに対等になろうとするための不自然でわざとらしい試みのように聞こえただろう。でも、彼の目がとても好きだ。それに、彼はまだ僕を見つめている。

「君は私の息子に似ている」やがてミシェルは言った。

「外見が？」

「いいや、だけど、同じ年齢だ。息子もクラシック音楽が大好きなんだ。だから、よく日曜の夜のコンサートに連れていった。父がしょっちゅう私を連れていってくれたように」

「いまでも一緒に行くの？」

「いいや。息子はスウェーデンに住んでいる。たいていは」

「でも、仲はいい？」

「そうだといいんだが。私と妻が離婚したことで、息子との関係は壊れてしまった。といっても、彼女のせいで私と息子の関係が壊れたわけじゃない。だけど、当然ながら、息子は私について知ってしまった。そしておそらく、私を許さなかった。あるいは、私に背を向ける言い訳にしたのだろう。二十代前半のころからそうしたがっていたからね。理由はさっぱりわからないが」

「どうしてばれたの？」

「最初に気づいたのは妻だった。ある日の夕方、私がスロージャズを聴きながらちびちび酒を飲んでいるところに妻がやってきた。私はひとりだったが、私を、私の表情を見て、妻はすぐに私が恋をしていると悟った。典型的な女の勘ってやつさ！　妻はコーヒーテーブルのそばにハンドバッグを置いて、ソファの私の隣に腰を下ろした。私の酒まで取って、ひとくち飲んだ。『私が知っている女?』長い長い沈黙のあとで、妻は聞いた。彼女の言っている意味がはっきりとわかったし、否定しても無駄だった。『女じゃない』と私は答えた。『あら』と彼女は言った。いまでも覚えているよ。カーペットと家具に落ちた日光の最後の名残、ウイスキーのスモーキーな香り、私の隣に横たわっていた猫。いまでも、リビングで日光を見ると、あのときの会話を思い出す。『つまり、思っていた以上に悪いことだわ』妻は言った。『なぜ?』と私は尋ねた。『女が相手なら、まだ私にもチャンスはあるけど、あなたという人間が相手じゃ、私にできることはなにもない。あなたを変えることはできないもの』そうして、二十年近い結婚生活は終わりを迎えた。すぐに息子にも真実を知られるはずだったし、実際にそうなった」

「どうやって?」

「私が話したんだ。きっと理解してもらえるという幻想を抱いていた。だが、息子は理解してくれなかった」

「気の毒に」それしか言えなかった。

ミシェルは肩をすくめた。「人生が変わったことを後悔してはいない。だけど、息子を失ったことは後悔している。パリに来ても、電話をかけてこない。手紙もほとんど来ないし、私が電話しても出ない」

ミシェルは腕時計を見た。もう行く時間なのか?

「じゃあ、君の居場所を突き止めたのはまちがいじゃないんだね?」それを聞くのは三度目だった。僕の口からまちがいなんかじゃないと言ってもらうのがうれしいのだろう。僕もそう言うのを楽しんでいた。

「まちがいじゃない」

「それと、この前の晩のことで私に腹を立てなかった？」ミシェルは聞いた。

なににについて言っているのか、僕ははっきりとわかった。

「怒ってたかもしれない――ちょっとだけ」

ミシェルは微笑んだ。彼がカフェを出たがっているとわかったので、僕は彼に近づき、肩を触れ合わせた。するとミシェルは僕に腕をまわして抱き寄せた。肩に頭をもたせるようにとうながしているみたいだった。僕を安心させるためなのか、心を開いて年上の男にいじらしい言葉をかけた若い男にただ調子を合わせているだけか。たぶんこれは別れのハグへの序章なのだろう。別れは避けられないのかと不安になった僕は口走った。「今夜はなにも予定はない」

「ああ、知っている。さっき聞いた」

だがミシェルは、僕が緊張していること、あるいは、自分の口調がよそよそしいことに気づいたにちがいない。

「君はすてきだし――」最後まで言わなかった。

ミシェルが支払いをしようとしたが、僕は彼の手を止めた。そして、そのまま彼の手を見つめた。

「なにをしているんだ？」ミシェルはとがめるように聞いた。

「支払い」

「いや、私の手を見つめていた」

「見てない」僕は反論した。けれど、僕は彼の手を見つめていた。

「いわゆる年の差というものがあるだろう」ミシェルは言った。しばらくしてから、「気は変わらないんだね？」そして下唇を噛んだが、すぐにやめた。僕の返事を待っている。

彼に言う言葉がなにも思いつかなかったが、それでもなにかを、なんでもいいから言わなければという気がしたので、こう言った。「さよならは言わないで。いまはまだ」しかし、これではふたりの時間を引き延ばすためにもう少しカフェにいたいという要求だと思われかねないと気づき、もっと大胆な言葉を選ぶことにした。「今夜は僕を家に帰らせないで、ミシェル」そう言いながら赤面しているとわかっていた。僕はすでに、謝罪していまの言葉を取り消す方法を必死で探していたが、そのときミシェルが助け舟を出した。

「私もまったく同じことをどうにか言おうとしていたんだけど、またもや先を越されてしまった。ほんとうは」ミシェルは話を続けた。「こういうことはあまりしないんだ。というより、長いあいだしていない」

「こういうこと？」僕の声にはかすかな嘲りがこもっていた。

「こういうこと」

その直後に僕たちは店を出た。彼の家までは、自転車を押しながら歩くと二、三十分かかりそうだった。ミシェルがタクシーを拾おうと提案した。いや、いいと僕は答えた。歩くほうが好きだ。それに、自転車を畳むのは簡単ではないし、いつもタクシーの運転手に文句を言われる。「君の自転車がいい。君がそういう自転車を持っているのがいい」そこでミシェルは言葉を切った。「私はくだらないことを言っているね」僕らは三十センチも離れずに並んで歩き、ずっと手が軽く触れ合っていた。やがて僕は手を伸ばし、しばらく彼の手を握った。これで緊張がほぐれるだろう。だが、ミシェルは黙り込んでいた。石畳の通りをさらに数歩進んでから、僕は彼の手を放した。

「こういうのがすごく好きだ」僕は言った。

「こういうの？」ミシェルはからかうように言った。「ブラッサイ風の光景のこと？」

「いいや、僕とあなた。二日前の夜にこうするべきだったんだ」

ミシェルは歩道に視線を落として微笑んだ。ひょっとして、僕は急いでことを進めている？　今夜の徒歩はこの前の晩の再現みたいで、それがうれしかった。橋の上の群衆と歌、輝くスレートの石畳、あとでロックして柱につないでおく、バッグのくくりつけられた自転車、これと同じような自転車を買いたいというミシェルの口先だけのコメント。

出会ったときからずっと僕たちが同じように考えていたことに、驚きがおさまらなかったし、まるで僕らの夜に後光がさしているみたいだった。相手が同じ気持ちではないのではと不安になったり、互いに相手をまごつかせているように感じたりしたのは、それはただ、誰も僕らのように考えたり行動したりしないと信じ込むようになっていたからであり、だからこそ、僕は彼に対してとても遠慮がちで、自分自身のあらゆる衝動を疑っていたのだった。そして、僕らが簡単に自分たちの壁をいくらか壊せたとわかったとき、これ以上ないくらい幸せを感じた。日曜から思っていたことをとうとうはっきりと口にできたのが、ものすごくうれしかった。〝今夜は僕を家に帰らせないで〟また、日曜の夜にミシェルが僕の赤面を理解してくれ、僕は赤面したことを認めたくなり、それから彼が自分も赤面していると認めてくれたことも、ものすごくうれしかった。ふたりの人間が、まだ四時間も一緒に過ごしていないのに、もう互いにほとんど秘密がないなんてありえるだろうか？　僕の臆病な虚言が詰まった金庫の中には、どんなやましい秘密が隠れているのか。

「ゆきずりの関係のことで僕は嘘をついた」僕は言った。

「そうだと思ったよ」ミシェルは答えた。僕の告白から葛藤を見抜いているかのように。

やがて、パリによくある狭くて小さなエレベーターに乗り込んだ。僕らのあいだにスペースはなかった。「もう僕を抱きしめてくれる？」僕は聞いた。ミシェルはエレベーターの細いドアを後ろ手に閉め、自分の部屋がある階のボタンを押した。エンジンが大きくガチャンと音を立て、エレベーターが引き上げられていく。そのとき、ミシェルが僕を抱きしめ、さらに両手で僕の顔を包んで、唇に濃厚なキスをした。僕は目を閉じ、キスを返した。とても長いあいだ、これを待っていた。覚えているのは、とても古いエレベーターがきしみながらぐらぐらと上がっていく音だけだった。その音が決してやまず、エレベーターが決して止まらなければいいのにと、僕はずっと願っていた。

その後、ミシェルが部屋のドアを閉めると、今度は僕がキスをした。彼が僕にしてくれたように。彼のほうが背が高いとわかっていたし、彼のほうが力が強いという気がしていた。僕がなにも隠していないこと、隠すつもりもないことをわかってもらいたかった。

「私たちに必要なのは、いい酒だな」ミシェルが言った。「おいしいシングルモルトがある。君はシングルモルトが好きだろう？」

酒についての質問に、僕は完全に不意を突かれた。バックパックを下ろして、コートとセーターを脱いで、もう一度抱きしめてと言おうとしていたのだからなおさらだ。心臓が高鳴っているけれど、急に気まずくなった。こういうことには慣れているはずなのに。そんなにはぐらかさないでほしいと僕はずっと思っていた。しかし、僕はなにも言わず、時間をかけてバックパックを下ろしてアームチェアの上に置いた。

「コートを脱ぐ？」ミシェルは聞いた。

「もう少し着てる」僕は言った。

「いいバックパックだ」ミシェルは背中を向けながら言った。

「贈り物なんだ。友人からの」――彼の顔にためらいが見て取れた――「ただの友人だよ」

ミシェルはソファを指して座るようにと伝えてから、グラスを持ってくると言った。だから僕は腰を下ろした。理由はわからないけれど、急に寒くなったので、ミシェルが玄関に行っているあいだにまた立ち上がり、ラジエーターに寄りかかった。あまり暖かくなかったので、両腕も当てた。

「大丈夫かい？」

「ああ、寒いだけ」急に凍えそうな気がしていると言うつもりはなかった。

「じゃあ、窓を閉めよう」ミシェルは窓を閉めた。

「ウイスキーに氷を入れる？」

僕はかぶりを振った。

けれど、僕はラジエーターから離れず、両手と体の前面をくっつけていた。ミシェルはコーヒーテーブルにグラスを置き、背後から近づいてきて、僕の肩をマッサージしはじめた。首と肩甲骨をもまれるのは気持ちよかった。

「よくなった？」ミシェルは聞いた。

「もっと」僕は言った。それから、こう続けた。「言っただろう、緊張するんだ」

「私のせいで？」

僕は肩をすくめた。〝わからない。あなたのせいじゃなくて、夜のせいかもしれない。わからないけど、ただやめないで〟という意味だとミシェルは理解してくれるだろう。

彼の手は力強かった。頭の真下を押されて、背筋に震えが走ってこれ以上ないくらい興奮するたびに、少しずつ緊張がほぐれていった――それをわかってほしいという僕の望みどおり、彼はわかっていた。マッサージがすむと、ミシェルは僕に両腕をまわして背中に胸を押しつけ、両手で僕の腹を包んだ。もっと下を触られても気にしなかっただろうが、彼はそうしなかった。だが、彼の頭をよぎったのはわかっていた。千分の一秒のためらいが感じられたから。ミシェルは僕をやさしくソファへと引っ張っていった。

ところが、それからミシェルはウイスキーのボトルを手に取り、僕らのグラスに少し注いだ。そして急になにかを思い出して足早にキッチンに行き、ボウルをふたつ持って戻ってきた。ひとつにはナッツが、もうひとつには塩味のミニビスケットが入っている。ミシェルはソファの端に腰を下ろし、僕らはグラスを合わせて乾杯と言い、ひとくち目を飲んだ。ミシエルは僕がなにを考えているのか知りたがった。僕は自分が何を考えているのかわからなかった。だから、シングルモルトはまだなじみがないけれど、好きだと言った。ミシェルはナッツのボウルを差し出し、僕がいくつか取るのを見てから、自分は取らずにコーヒーテーブルの上に戻した。僕はふたくち目を飲んで、まだ寒いと言った。「紅茶をもらえる？」どんな紅茶がいい？　たくさんあるから、とミシェルは言った。紅茶ならなんでも、と僕は答えた。とにかく温かいものがほしい。キッチンに向かう途中でミシェルは僕の頬と首の横に触れた。僕は、体調が悪いときに母が熱を確かめてくれたことを思い出した。けれど、ミシェルが触れたのは熱を確かめるためではなく、僕は微笑んだ。数分もしないうちに、レンジのピーッという音に続いてすぐにミシェルが戻ってきて、僕は温かいマグカップを両手で包んだ。「だいぶ温まった」僕は笑いそうになりながら言った。紅茶でこんなに幸せな気分になるなんて。

ふたたびミシェルは立ち上がり、音楽をかけた。

僕はしばらく聴いていた。「ブラジルの歌？」

「当たり」ミシェルは悦に入っているようだった。昨日、CDを買ってきたのだと彼は言った。

僕の微笑みから、僕がその理由を推測しているとミシェルはわかっていた。

ポルトガル語はわかるかと、ミシェルは聞いた。

「少し。あなたは？」

「まるでわからない」

僕たちは笑った。ふたりとも緊張していた。

僕らは話をしたが、ほとんどが昔のパートナーについてだった。ミシェルの元恋人は建築家で、何年も前にモントリオールに引っ越してしまった。「君は？」とミシェルは聞いた。「偽装結婚をした男のことじゃないよ」では、僕の前から去って、僕の人生の道筋を変えた男のことを覚えていたのだ。僕はいちばん長続きした関係について話した。相手は同じ小学校に通っていた子で、卒業して十五年近く経ってからローマの外れのいかがわしいゲイバーで再会した。八歳のときに僕に恋をしていたのだと彼に告白され、僕は仰天した。僕は九歳のときにすっかり彼に心を奪われていたと伝えた。なぜ彼はそのことをなにも言わなかったのか？　なぜ僕は言わなかったのか？　なぜどちらも自分たちのことに気づいていなかったのか？　僕らはただ失った時間を取り戻したかった。ふたたびつながることができて自分たちがいかに幸運であるかが信じられなかったのだろう。

「どのくらいつき合っていたんだい？」

「二年も続かなかった」

「どうして別れたの?」

「以前は、昔ながらの平凡な家庭生活のせいで僕らの関係が壊れたと思ってた。だけど、それだけじゃなかった。彼は養子をもらいたがった。しかも、僕に子どもの父親になってもらいたがった。彼が望んでたのは家族だったんだ」

「君は望んでいなかった？」

「望んでいなかったのかどうかはわからない。わかってたのは、心の準備ができてなかったことだけ。僕は音楽にすっかり身を捧げてた。いまもね。でもほんとうのところは、またひとりで暮らすのが待ちきれなかったんだ」

　ミシェルはいぶかしげなまなざしを向けてきた。「ひょっとして、私への警告なのかな？」

「わからない」僕はきまり悪さを隠すために微笑んだ。彼の質問は完全に時期尚早だった。けれど、彼の立場だったら、僕も同じことを聞いていただろう。

「黙っているべきだったかな。だけど、私は今回のことを別の観点から見ている。年齢だ。一度ならず君の頭をよぎったはずだ」

「年齢はまったく気にならない」

「そうか？」

「日曜にそう言っただろう。人間っていうのはもの忘れが早いね」

「覚えてない」

「忘れてるんだよ」

「私は動揺していた」

「僕だって」

「レストランの外でおやすみを言ったときから、ずっと君のことを考えていた。君のことを考えながらベッドに入って、君のことを考えながら目覚めた。月曜はずっと夢見心地で、心の中で後悔していた。君が私の部屋で座っているなんて、信じられない」

ミシェルは話すのをやめ、僕を見つめて、ただこう言った。「君にキスしたい」

エレベーターに乗り込んでキスをしたときよりも、いまのほうが驚いた。そのせいで、僕たちがキスをするのはこれが初めてであり、手をつなぐこともできずに彼と家まで歩いてきたときの不安の影がまだ消えていないような気がした。ミシェルはグラスを置き、僕のほうにずれて、唇に軽く、ほとんど遠慮がちにキスをした。そのあいだ僕は、部屋で流れているブラジル人歌手のかすかな歌声の向こうから聞こえる、古いエレベーターが降りていく音に耳を傾けていた。さっきのキスのときと同じく、ぴったりなサウンドトラックだった。古いエレベーターが吹き抜けを昇降する音を聞きながらキスをするのは、田舎で雨が屋根にぱらぱらと降る音を聞きながらしているみたいだ。僕はその音が気に入り、終わってほしくなかったし、心地がよく、守られている気がして、安心できた。それは僕らの邪魔をすることなく、リビングのみならず外の世界にも発信されていて、いま起きているすべては僕の頭の中だけの出来事ではないと思い出させてくれた。ミシェルがほんとうに求めているのは、あせらずにゆっくり時間をかけることかもしれない。そして、どちらかにとって望んでいる以上にことが早く進みすぎた場合は、必要ならば身を引く。こういうのは僕には初めてのことだった。それからミシェルはもう一度キスをした。これも軽く。

「気分はよくなった？」ミシェルは聞いた。

「とっても。もう一度抱きしめて、お願い」抱きしめてもらって、彼に両腕をまわしたかった。顔に触れる彼のセーターの感触と、ウールの香りが好きだった。それと、脇のあたりのウールから香る、彼の体のものとしか思えないかすかなにおいも。

だから僕はポルトガル語で歌の歌詞をささやいた。

De que serve ter o mapa se o fim está traçado
De que serve a terra à vista se o barco está parado
De que serve ter a chave se a porta está aberta

「訳して」ミシェルは言った。

終わりがすでにわかっているなら、地図がなんの役に立つだろう?
船が止まっているなら、陸地が見つかってもなんの役に立つだろう?
ドアが大きく開けられているなら、鍵がなんの役に立つだろう?

いいねとミシェルは言い、その言葉を繰り返してくれと頼んできたので、僕はそうした。

ほどなくしてミシェルは言った。「横になろう」そして僕を寝室に連れていった。僕は自分でシャツのボタンを外そうとしたが、「だめだ」とミシェルが言った。「私にやらせて」彼より先に裸になりたかったけれど、どう言えばいいかわからなかった。だから、彼にシャツのボタンを外してもらい、彼の服には触れずにいた。ミシェルは気にしていないようだった。「あのね」――彼は言葉に詰まった――「とても特別な経験にしたいんだ」

僕たちは横になり、抱き合い、互いの口を求めた。だが、ふたりともまだ不安定で落ち着かない気がした。なにかが欠けている。僕たちに足りないのは情熱ではない。確信だ。ひょっとして、ペースが落ちてそのまま止まってしまったのだろうか？　彼を失望させてしまった？　ふたりとも考え直している？　ミシェルも僕と同じように感じているのだろう。こういうことは誰も隠し通せないし、気づかないはずがない。ミシェルは僕を見つめ、ただこう言った。「君を幸せにさせてくれ。ただ私に任せて。そうしたいんだ」

「なんでも好きなようにして。あなたはもう僕を幸せにしてる」

それを聞くと、ミシェルは待ちきれないようにまた僕にキスをして、僕のシャツのボタンをすべて外した。「シャツを脱がせてもいいかい？」なんて質問だろう。そう思いながら僕はうなずいた。それからミシェルはシャツを脱がせた。「君の肌が好きだ。胸も、肩も、においも。まだ寒いかい？」彼は聞いた。そのあいだずっと僕の胸をやさしく愛撫しながら。

「いいや」僕は言った。「もう寒くない」

するとミシェルはまたしても僕を驚かせた。「ふたりで熱いシャワーを浴びよう」

僕はすっかり困惑した目で彼を見つめていた。「いいよ。あなたがそうしたいなら」

僕らは立ち上がり、バスルームに移動した。僕の家のリビングよりも広い。

ガラスに囲まれた大きなシャワー室の床にボトルがいくつも並んでいて、僕は目を疑った。

「君と私と、二枚ずつ」ミシェルがそう言って、折り畳まれた四枚の濃紺色のタオルを取り出した。服を脱ぎ、すでに触れ合いながら、この状況にユーモアを取り入れるべく、朝には朝食が出されるのかと僕は聞いた。「もちろんさ」とミシェルは答えた。「ホテルのお客さまにはもれなく無料の朝食がついています」僕たちは裸になり、あそこを硬くしたまま、またキスをした。

「目を閉じて、私を信じて」ミシェルが言う。「君を幸せにしたい」彼がなにを企んでいるのかわからなかったけれど、僕は言われたとおりにした。彼が布をつかむ音が聞こえ、すぐにシャワージェルの香りに気づいた。カモミールの香りで、僕は実家を思い出し、イタリアで過ごした夏のあのころに戻っていた。自分の家ではないのに、自分の家にいるような気がする。ミシェルは僕の体を洗いはじめ、僕はその感覚に身を任せた。「目を開けないで」ミシェルが警告し、石鹸《せっけん》をつけた手のひらでやさしく僕の顔を包んだ。髪を洗ってもいいかと聞かれたので、僕はもちろんいいと答えた。髪にシャンプーをすり込まれたが、ミシェルが自分の体を洗う音が聞こえ、それからようやく彼の指が何度も僕の頭をごしごしとこするのが感じられた。「こっそり目を開けちゃだめだよ」ミシェルが言う。その声から彼が微笑んでいるのがわかった。僕たちがシャワー室でしていることを笑っているようだ。

シャワーのあと、僕はまだ目を閉じたままで、ミシェルがガラスのドアを開け、ゆっくりと僕を外に連れ出してから、僕の体を拭くと言い張った。髪も背中も脇も拭いたあとで、僕を寝室に連れていき、ベッドに横になってくれと言った。自分が裸で、見つめられているとわかっているのがうれしかった。こんなふうに甘やかされているのもうれしかった。ミシェルがローションを塗りはじめたときもうれしかった。手のひらに出して僕の体をくまなく触れるたびに、最高の気分になった。両親に体を洗われて、拭いてもらっている幼児になったみたいで、また僕はとても幼いころに戻っていた。父がよく僕を腕に抱いてシャワーを浴びていた。一歳くらいだったはずだ——なぜいまこういう思い出がよみがえってくるのだろう？　これまで箱に閉じ込められて遮断されてきた空気や光、音、夏の花やハーブの香りが、なぜ急に解放されたのだろう？　なぜ自分自身から引き離されている気がするのだろう？まるで自分が囚人で、たまたま看守がほかでもない自分自身だったかのように。それに、いままで肌に塗られたことのないこの製品はなんだろう？　僕は彼になにを望んでいるのか？見返りに彼になにを与えるつもりなのか？　僕が緊張していると言ったから、最初の一歩を踏み出すのが苦手だと警告したから、彼はこういうことをしてくれているのだろうか？　僕はミシェルの好きなようにさせた。それがとても気に入っていたから。自分がとても魅力的だと感じられ、それによってますます彼がほしくなった。教会で彼を見て、彼の胸に抱きつかないように我慢したときよりも、彼を求めていた。ミシェルがなにをするつもりなのかわかっていると思っていたが、彼が次にしたことは、またもや僕を仰天させた。ようやく目を開けて彼の目を見つめてくれと言われたとき、僕は完全に彼のものになっていた。ミシェルは僕に何度もキスをし、僕はなにかを言ったり考えたりする必要はなかった。ただ身を任せるだけでよかった。彼は僕をわかっているようだった。僕の体のことも、それが求めていることも、僕よりもよくわかっているようだった。教会で僕に話しかけ、僕が彼の手に触れた瞬間に、わかっていたのだろう。教会の外で待っていてくれと言って、それからディナーに誘ったときに。あの夜、先に進むのを思いとどまって、唐突におやすみを言ったときに、僕が簡単に赤くなるのを見て、僕の反応を見るために少しだけ事態を押し進めたときに、僕のことをすべてわかっていたはずだ。僕がとても長いあいだ魂を失っていたこと。けれどいま、魂はずっとあったのだと気づきかけていること。彼なしでは、どこを捜せばいいか、どうやって見つければいいかわからなかったのだと――〝魂を失っていた、魂を失っていた〟そう言いたかった。そのとき、自分がその言葉をつぶやいているのが聞こえた。〝この何年ものあいだ、魂を失っていた〟「よせ」ミシェルが言った。僕が泣きだすのではと心配しているかのように。「私のせいで苦しんでいるなんて言わないでくれ」僕はうなずいた。「いいや、口に出して言ってくれ。『あなたは僕を苦しめていない』と。本心から言ってくれ」「あなたは僕を苦しめていない」僕は言った。「もう一度言ってくれ。何度も言ってくれ」僕は本心から「あなたは僕を苦しめていない」と言った。「あなたは僕を苦しめていない、あなたは僕を苦しめていない、苦しめていない、苦しめていない」ふと、彼に頼まれた以上にその言葉を口にしていると気がついた。彼は僕にすべてを忘れさせようともしてくれたのだ――

今夜、僕が持ってきたすべてを。思考、音楽、夢、名前、恋人たち、疑念、自転車。ほかのすべては、リビングのジャケットとバックパックの上に捨てられているか、エレベーターに乗る前に階下の道路標識にロックした自転車にくくりつけたバッグの中に詰め込んである。いま、僕らが愛し合っているときに、またしてもエレベーターが明らかにそれとわかるきしみを立てていた。居住者がボタンを押してエレベーターを下に呼んだのだ。じきに中に乗り込み、細いドアをカチッと閉め、ぐらぐら揺れながらいずれかの階に上がっていくのだろう。どの階でもかまわない。頭が混乱しているとしたら、それは、自分の判断力は鈍っていないと考えようとするたびに失敗しているからだった。ただ必死に現実の断片にしがみついていて、それがすべり落ちていくのを感じているだけだと、よくわかっていた。そして、そのたびに恍惚《こうこつ》となった。僕の身に起きていることを彼が見てくれているのがうれしかった。この世で最も寛大なことをしてもらいながら、僕の顔からそのことをわかってもらいたかった。それには待たなければならない。まだ待たなければならない。僕は彼に言われたとおり、あなたは僕を苦しめていない、苦しめていないと繰り返していた。やがて、気がつくと、待たないでと彼に懇願していた。それが礼儀だから。僕の代わりに決めてもらいたかった。いまでは、彼の体は、僕自身の体が知っている以上に僕の体を知っているから。

それまで互いの裸を見たことがなかったふたりの男がまさに親密な時間を過ごしていたときに、ほんのつかの間だけ気まずさが生じた。それはシャワーを浴びているときのことで、僕は石鹸が入らないように目を閉じていて、ミシェルは僕のあそこを握っていた。「どう尋ねればいいかわからないけど」ミシェルは言った。「でも――」そしてまた口ごもった。

「なに？」いま、彼のせいで僕が緊張してしまい、目を開けることもできなかった。

「君はユダヤ人？」やがてミシェルは聞いた。

「本気で聞いてるのか？」僕はほとんど笑いながら答えた。「わからない？」

「明白なことを除いて、ほかの事実に基づいて推測しようとしていたんだ」

「明白なことから、かなりはっきりわかるだろう。いままで何人のユダヤ人やムスリムの裸を見た？」

「ひとりも見たことがない」ミシェルは答えた。「君が初めてだ」

突然の率直さに僕はますます興奮し、彼の体を自分の体に押しつけた。


「ファビオラだ」通用口がバタンと閉まる音ではっと目覚めると、すぐにミシェルが説明した。「彼女はいつもドアを開けてそのまま手を離すから、風でバタンと閉まるんだ」腕時計を見ると、すでに朝の八時を過ぎていた。十一時に授業がある。けれど、とてもけだるかった。しかし、ミシェルはすでに僕を抱いていた腕を離して体を起こし、足でスリッパを捜していようだった。

「ベッドに戻って」僕は言った。

「なんだ、もっとしたいのかい？」ミシェルは驚いたふりをして聞いた。僕は彼に背後から両腕で抱きしめてもらって、首に息がかかるのを感じるのが好きだった。遠慮はしない。昨夜、愛し合った直後に一瞬のためらいがあり、僕は服を着て帰ったほうがよさそうだと思った。「ベッドから出る気かい？」ミシェルが聞いた。

「バスルームだよ」僕は言った。

僕は嘘をついていた。

「でも、帰らない？」

「帰らない」だが、これも嘘だった。

僕は帰るつもりだったが、それは習慣だった。セックスのあとはいつも帰るのだと説明するつもりでいた。自分がそうしたい場合もあるし、あるいは、相手が僕に出ていってもらいたがっていると感じる場合もあった。僕自身、ゆきずりの相手には事後に出ていってほしいとほとんどいつも思う。〝早く靴下を拾って、ポケットに入れるなら入れて、出ていって〟礼儀正しい技さえも身につけていた。例えば、急いで帰るのを先延ばしにするふり。ときには、相手が僕に一杯の水や軽い食事を断られて残念なふりをする。一方で僕は彼の世界から、彼の持ち物から、彼の髪やシーツやタオルの香りから、逃げ出そうとしている。けれど今回のこの状況は少し奇妙で、僕はなにも言わなかった。ベッドから出たくなかったが、ミシェルの驚いた表情をどう解釈すればいいか、ましてやどう信じればいいかわからなかった。それでも、昨日彼のアパートに向かいながら、互いの手が近くにあるけれどなかなか触れないのを楽しんでいたときから気づいていたように、僕らの関係を決定づけるセックスだったというわけでもなかった。

昨夜、愛し合ったあとで、ミシェルは外で軽く食事をしようと言った。「おなかがぺこぺこだ」「僕も」僕は同意した。「だけど、急がないと」ふたりとも、真夜中を過ぎていることに気づいていなかった。「ヤッていたように見えるかな?」「ああ」僕は言った。「ほかの人たちに気づかれるかもしれない」「気づいてほしい」「私も」

僕らは、夜遅くまで開いている、小さいけれど騒々しい店で夕飯を食べた。ウエイターたちはミシェルを知っていて、何人かの常連客も彼を知っていた。ほんの十数分前に僕らが何をしていたかばれていると思うと、僕たちは興奮した。

「もう一度ハグして」その朝、僕は言った。

「ハグだけ?」

いつの間にか、僕は彼のウエストに両足をしっかりとまわしていた。

「お願いがあるんだけどいいかな?」ミシェルが言った。彼の顔は僕の顔から二センチほどしか離れていない。彼は片方の手を僕の額に当てて、目にかかる髪を払った。

彼がなにを考えているのかわからなかった――ひょっとしたら、僕たちの体にかかわることだろうか? それとも、少し気まずいけれど行為のことか、避妊具のことだろうか?

「今夜は忙しい?」

その質問に僕は笑いそうになった。「完全にフリーだよ」

「じゃあ、私たちの小さなビストロで食事はどう?」

「何時?」

「九時?」

僕はうなずいた。

店の正確な場所は忘れていた。ミシェルが通りの名前を教えてくれた。それからミシェルは、あまりうぬぼれた口調にならないように気をつけながら、ときどき空いている席を取っておいてもらえるのだと言った。「ランチやディナーによくクライアントを連れていくんだ」

「それ以外の人を連れていったことは?」

ミシェルは微笑んだ。

「ないよ」

客が来ていることをミシェルがメイドに伝えていたらしく――たぶん僕がシャワーを浴びているときだろう――ダイニングルームに案内されると、ふたり分の朝食が用意されていた。コーヒーとたくさんのおいしそうな食べ物。パン、チーズ、手作りらしいジャム。マルメロのジャムとイチジクのジャムが好きだとミシェルは言った。たいていの人はベリーやマーマレードを好む。「でも、好きなのを食べて」

ミシェルは急いでオフィスに行かなければならなかった。「それじゃ、九時?」

僕たちは一緒に部屋を出た。僕は自転車で家に帰って着替えてから音楽学校に行くと言った。そのあとで同僚とランチをする予定になっている。一日のスケジュールについてなぜこんなに多くの情報を伝えているのだろうか。ミシェルは耳を傾け、僕が自転車のロックを外すのを見て、また自転車の構造をほめ、次は畳んで部屋に持ってくるようにと言った。そしてその場に立ったまま、最初のときとはちがって、僕が走り去るのを眺めていた。

だが、まだ家に帰るには早すぎた。だから僕はいくつもの通りを自転車で走り、橋を渡った。どこかに向かっているわけではなかったが、とにかくベーカリーを見つけて立ち寄りたかった。座って、もう一杯コーヒーを飲み、彼のことを考える。朝のあれこれで昨夜の気持ちや記憶を薄れさせたくなかった。最後にはふたりで荒々しくキスをして、僕は静寂と、古いエレベーターがギシギシと昇降するときの心安らぐ音を楽しんでいた。その音を聞くたびに、エレベーターを最後に使ったのはもう僕たちではないのだと実感した。

いつもは、夜に起こったことを忘れるか、追い払う。難しいことではない。せいぜい一、二時間しか続かないのだから。ときには、まったくなにも起こっていなかったような気がすることもあるし、思い出せないのがうれしかった。

このとてもさわやかな朝、腰を下ろして、仕事に向かう人々を眺めるのが楽しかった。延長されたクリスマスを過ごしている気分だ。セックスはありふれたものだったけれど、ミシェルがあらゆることに気を使ってくれたのがうれしかった。タオルを渡してくれたことから、僕の体を、快感をいつくしみ、すべてに気を配ってくれたことまで。つねに如才なく、やさしく、自分のほぼ半分の年齢の若い体に敬意を払っているようだった。僕が目をつぶっているときは、僕の手を、それから手首をさすったり愛撫したりしながら、ほぼ信頼だけを求めていた。ベッドの上にやさしく僕の手首を押さえつけて、ただすっていた。この世で最高にやさしいジェスチャー。なぜこれまで誰もああやって僕の手首をつかんで、あんなふうにうわべはとてもささいだけれど繊細な愛撫で、あれほどの喜びをもたらしてくれなかったのだろう？　もし彼が忘れていたら、前にしてくれたように手首をさすってくれと頼もう。

読んでいた新聞を置いたとき、無意識に立てていたフリースのジャケットの襟が顔に触れ、今朝ふたたび愛し合ったときの髭を剃っていないミシェルの頬を思い出した。ジャケットに彼のにおいをつけたかった。どんなアフターシェーブローションを使っているのだろう？　とてもかすかな香りだけれど、知りたかった。明日の朝は、彼と頬をすり合わせるようにしよう。

ふと、父がクリスマスに数週間パリに滞在すると言っていたことを思い出した。そのころまで僕はまだミシェルとつき合っているだろうか。ミシェルに父を会わせたかった。父のことをどう思うだろうか。父とミランダは、今回は息子を連れてくると約束してくれた――また弟に会えるぞ、と父は言った。行きつけのカフェに彼らを連れていこう。ミシェルがまだ僕の人生に存在していたら、僕はミランダと一緒に、父とミシェルが自分たちのどちらが若いか確かめるのを傍観していよう。

その日は軽くぼうっとした状態で過ごした。今日担当する学生は三人で、十五分前に講義の準備をした。ランチのときは、今夜のディナーのことをずっと考えていた。シングルモルト、ナッツと塩味のビスケット、ミシェルがまた僕と自分に二枚ずつタオルを渡す瞬間。今夜ミシェルは親切にもてなしてくれるのか、それとも僕が知らない人間に変わっているのだろうか？　一張羅のシャツにきれいにアイロンをかけてあっただろうかと思い、確認すると、ちゃんとかけてあった。ネクタイをつけたいと思ったけれど、つけないことにした。髪をとかしたが、彼の手で額から払ってもらうのが待ちきれなかった。それから、店に向かう途中で、地元の靴店に駆け込み、靴を磨いてもらった。

〝僕は幸せだよ〟ミシェルにそう言おう。〝僕は幸せだよ〟三度目の夜にそういうことを言うのは避けるべきだとわかっていたが、気にしなかった。言いたい。

その夜、レストランに着いたとき、ミシェルの姿が見当たらず、彼の名字を知らないことに気づいてとてつもなく恥ずかしくなった。僕はすっかり動揺していた。ミシェルに、あるいはムッシュ・ミシエルに会いに来たなんて言えない。だが、まちがいなく恥をかくことを口にする前に、ウエイターのひとりが僕に気づき、すぐに三日前の夜と同じテーブルへと案内してくれた。ふと、ミシェルは否定したものの、店に連れてきた若い男は僕が初めてではないのだろうと気がついた。以前にも、若い男が少し気まずそうにレストランに入ってきたことがあり、従業員はまたミシェルの別の連れだと見抜くのに慣れているにちがいない。僕は少しムッとしたけれど、恨みを抱いたり、その気持ちをつのらせたりしまいと決めた。僕の勝手な想像だろう。実際、そうだったのかもしれない。ドアから五歩も離れていないテーブルに案内されると、そこにミシェルがいた。すでに座って、アペリティフを飲んでいる。僕は混乱していて、彼がずっとこちらを見つめていたことに気づいていなかったのだ。

僕らはハグをした。それから、どうしても我慢できず、僕は彼に言った。「今年いちばん素晴らしい一日を過ごした」

「なぜ？」ミシェルは聞いた。

「理由はまだわかってない」僕は言った。「でも昨夜のことに関係してるかもしれない」

「私にとっては、昨夜と、それと今朝だ」ミシェルは微笑んだ。彼が今朝の二度目の軽く性急な行為を喜んでいたということを臆さずに伝えてくれたのがうれしかった。彼のムード、彼の微笑みがうれしかった。すべてがうれしかった。つかの間の沈黙が流れ、僕は抑えきれずに言った。「あなたは素晴らしい。ずっと言おうと思ってたんだ。あなたはほんとうに素晴らしい！」

ナプキンを開いてすぐに僕は気がついた。食欲がなくなっていた。「全然おなかがすいてない」

「いまは君こそが素晴らしい」

「どうして？」

「私もおなかがすいていないんだけど、それを言うつもりはなかった。家に帰ろう。スナックでもつまもう。シングルモルトは？」

「シングルモルトか。ナッツと、塩味のやつも？」

「もちろん、ナッツと塩味のやつも」

ミシェルは給仕長のほうを向いて言った。「シェフに謝っておいてくれ。気が変わった。

また明日《ア・ドゥマン》」

ミシェルの家に着いたとき、僕たちは酒もスナックのことも忘れた。服を床に脱ぎ捨て、シャワーは省いて、まっすぐベッドに入った。

その週の木曜、僕たちは九時にまた同じレストランで会った。

金曜はランチ。

それからディナーも。

土曜日の朝食のあとで、ミシェルが田舎にドライブに行くのでぜひ一緒に行こうと言った――〝予定がないなら〟と、用心深く、いつもの謙遜した調子でつけ加えた。その皮肉っぽく陽気な声からは、僕には彼と会う以外にも生活があるということを完全に受け入れる心構えができているのだとうかがえた。なぜ、どこで、いつ、誰と、なんてことは絶対に聞いたりしないと。けれど、そう言いながらも、おそらくミシェルは最後まで言いきってしまってもいいと感じたのだろう。「僕らがつき合って一週間目の記念日のコンサートに間に合うように、日曜の夕方に帰ってこられる」なぜミシェルは少し不安そうになっているのだろうか。週末を一緒に過ごそうという招待のせいか、すでに僕らには祝うべき記念日があることを認めたせいか。状況を整理するためにミシェルはいつもの遠慮がちな態度で、すぐにこう続けた。一緒に行きたいなら、僕のアパートまで送って、僕が暖かい服を数枚準備するあいだ車で待っているから――夜は寒くなるのだ――それから出発しよう。

「どこに?」僕は聞いた。その言葉で早くも〝もちろん行く〟と伝えていた。

「街から一時間ほど離れたところに家がある」

僕はシンデレラになった気分だとジョークを言った。

「どうして？」

「いつ時計が真夜中を告げる？　いつハネムーンが終わる？」僕は聞いた。

「終わるときに終わる」

「賞味期限はある？」

「製造業者はまだ期限を決めていない。つまり、私たちしだいだ。それに、この関係は簡単には終わらない」ミシェルは言った。

「みんなにそう言ってるわけじゃないよね？」

「言っているさ。前に言ったこともある。だけど、君と私の関係はとても特別だ。私にとってはまったくなじみがない。できるなら、この週末にそれを君に証明させてほしい」

「よくある話だね」僕は言った。ふたりで笑った。

「皮肉なことに、私はそれを証明してみせるかもしれない――そうなったら、私たちはどうなる？」ミシェルは僕を見つめた。「それが――君が知りたいのなら言うが――少なからず怖い」

詳しく説明してくれと言うこともできたけれど、またしても、僕らのどちらも望んでいない領域に入り込んでしまいそうな気がした。

一時間以上経ってから、僕らは彼の家に着いた。小説の『回想のブライズヘッド』や『ハワーズ・エンド』に出てくるような屋敷ではなかった。「幼いころはここで育った」ミシェルが言う。「広くて、古くて、いつだって寒い。自転車でさえ古くておんぼろで、君のとはまるでちがう。森の向こうに湖がある。私が好きな場所だ。いつもそこでリフレッシュする。あとで案内しよう。それと、古いスタインウェイのピアノがある」

「すごい。でも、調律してある？」

ミシェルは少し恥ずかしそうな顔をした。「私が調律しておいた」

「だけど、いつ？」

「昨日」

「別に理由はないんだろうね」

「理由はない」

僕たちは微笑んだ。こういう突然のまばゆいばかりの親密な瞬間に、僕は叫びたくなる。〝もう何年も誰かとこういう感じになっていない〟と。

僕はミシェルの肩に腕をまわした。「じゃあ、僕が来るってわかってたんだね」

「わかってはいなかった。期待していた」

ミシェルは家の中を案内してから、僕を広い客間に連れていった。

僕たちは中には入らず、ドアのところに立っていた。ベラスケスの絵の中で、ふたりの君主を描いている画家を眺めている人物のように。大きなペルシャ絨毯のまわりの板張りの床は時間の経過を感じさせず、金色に輝いており、何年ものバフがけのおかげであるのは明白だった。ワックス剤のにおいもしそうだ。「いつも思い出す」ミシェルが言う。「毎年、学校が始まる秋にここに来て週末を過ごすと、とても寂しくなったものだ。雨がやみそうにない日曜のようだった。朝の九時に降りはじめて、冬が来るまでやまない雨。私たちは四時にはパリに戻った。車の中では、気力がなくなって黙り込んでいた。両親は互いを嫌っていたが、決して口にはしなかった。唯一喜びをもたらしたのは——喜びというよりも安堵か——日曜の夕方、街のアパートのドアの鍵を開けて、ライトをひとつずつつけていくときだった。そのうちに、いつものコンサートの時間に合わせて人生がペースを上げていき、そのときになって私の全世界が目覚める。それまでは、学業や、ディナーや、母親や、静寂と孤独や、なにより悪いのは、永遠の少年時代のせいで、なにも感じられなくなっていた。この家での子ども時代や思春期を誰かに送ってもらいたいとは思わない。ここでの人生は、診療所の待合室にいるけれど自分の番が決して来ないような感じだった」

ミシェルは僕が微笑んでいるのに気がついた。「私がここでしたのは、宿題とマスターベーションだけだった。この屋敷の中で、私が宿題をしなかった部屋はないと思う」

「それとマスターベーションも」

その言葉にふたりで笑った。

ダイニングルームで、僕たちはシンプルな、質素とも言えるランチを食べた。僕の推測では、ミシェルはいつも土曜の昼前に車でここに来て、日曜の午後には帰るのだろう。「習慣だよ」とミシェルは説明した。

L字形の家は広く、ファサードは十八世紀後半のパッラーディオ様式だった。とても地味で、質素で、目新しさのないシンメトリーはつまらなくもあり、おそらくそのせいで控えめだけれど心地よい優美さがあるのだろう。さらに、ミステリアスな直角の部分は、半分壁に囲まれた手入れの行き届いているイタリア式庭園になっていて、くつろいだ空間を生み出していた。窓のついたマンサード屋根を見て、僕はすぐにその下にある寒い部屋のことを考えた。そこではいつか僕の恋人になる孤独な少年が机に着き、真面目に宿題をやりながら、あらゆるいやらしい考えにふけっていたのだ。僕はその少年に同情を覚えた。母親がいつも宿題を持ってこさせたので、ここではほかにやることがあまりなく、ましてや楽しいことなどなかったと、ミシェルは言った。

僕は彼の学生時代について聞いた。ミシェルはJ高校に通っていた。「学校が嫌いだった」ミシェルは言った。「だけど父がときどき立ち寄って、うまく話をつけて数時間連れ出してくれた。私たちの秘密だった。父も同じ学校に通っていたんだ。平日に父とあたりを歩きまわって、近所の店に出入りするのは、私には権限のないわくわくするような大人の世界に入り込んでいるみたいだった。一方で、父は私の小さな世界に入り込んで、男子生徒《リセアン》だったころの年月を追体験していたはずだが、結局それを永遠に秘密にしていることを幸運だと思いながら感謝していただけだろう。私が学校嫌いでも驚きではないと父は言った。ある日の午後、私が誰もいない教室に案内すると、父は戦前からなにひとつ変わっていない様子に当惑していた。教室にはまだ古い木の机の強烈なにおいが残っていると父は言った。少年の頭にあるあらゆる卑猥《ひわい》な考えを消してしまえる、薄れゆく午後の陰鬱な明かりが、いまでもJ高校の悪臭を放つダークブラウンの教室のダークブラウンの備品の上のほこりに斜めにさしていると」

「お父さんが恋しい?」

「父が恋しいか? そうでもない。八年前に亡くなった母とちがって、父は私にとってほんとうに死んではいないからかもしれない。ただ存在していないだけ。ときどき、父が考えを変えて、どこかの裏口からこっそり入ってきそうな気がする。だから、あまり嘆き悲しむことはなかった。父はまだいる——ただほかの場所に」ミシェルはしばし考え込んだ。

「父のものはほとんど残してある。特にネクタイを。ほかにもライフルや、ゴルフクラブや、古い木製のテニスラケットさえも。以前は、形見として手もとに置いているのだと思っていた。父のにおいをとどめておくために二枚のセーターをビニール袋に密封したりしてね。私が拒んでいるのは死ではなく、消滅なんだ。まだガットが張ってある形のゆがんだ木製のラケットは、これからも使わないだろう。私の息子に子どもができたいま、もっと彼のそばにいられないのが悲しいが、その主な理由は、自分が立派な祖父になれないとわかっているからではなく、息子に私の父に会ってもらえず、私が愛したように彼を愛してもらえなかったからだ。それができていたら、私と息子はいま、今日みたいな十一月の日に、一緒に座って、父のことを思い出せただろう。私と一緒に父を思い出してくれる人はひとりもいない」

「僕にその役目をやらせてもらえない?」僕は無邪気に聞いた。

ミシェルは答えなかった。

「だけど、これだけは言わせてくれ。三十年近く経ったいま、唯一後悔しているのは父が君に会えなかった、その現実だけだ。今日、その現実が心に重くのしかかっている。人生のリンクが欠けているみたいだ。理由はわからない。もしかしたら、この週末に君をここに連れてきたかったのはそのせいかもしれない」

ご両親に会うのに早いも遅いもないのではないかと僕は言いそうになった――その考えに笑みが浮かんだ――けれど、なにも言わなかった。この瞬間に皮肉なコメントはふさわしくないからではなく、早すぎることはないという声がしていたからだ。むしろ、そろそろ会うべきだ、というより、両親について聞くべきだと。

「ちょっと怖いな」僕は言った。「だって、あなたのお父さんが認めてくれなければ、僕は合格をもらえないってことだろう。お父さんは僕を知らないんだから、あなたは決して僕を認めないいんじゃない？」

「それはちがう。父は認めたはずだ。そういうことじゃない。この一週間私が幸せだったと知ったら、父は喜んでくれただろう」しばし言葉を切る。「それとも、君の世代にとって、こういうのはあまりに大きなプレッシャーなのか？」

僕は首を横に振り、微笑んだ。〝僕と僕の世代についてすごく勘ちがいをしている！〟という意味で。

「べらべらとしゃべりすぎてしまったな。ファザコンだと思われているにちがいない。ふだんはあまり父のことは考えない。だけど、父の夢を見る。たいていはとても楽しくて、心が安らぐ夢だ。そうそう、おもしろい話がある。父は君を知っているんだよ。夢の中で、私をピアノバーではなくまっすぐ音楽学校に行くように導いたのは父だったんだ。きっと私の潜在意識が父を通して語りかけていたのだろう」

「どのみち僕を見つけていた?」

「たぶん見つけられなかっただろう」

「とんでもない時間の無駄になっていたね」

「君は今度の日曜のコンサートに来ていたかい?」

「その話は前にもしたじゃないか」

「でも、君は答えなかった」

「知ってる」

ミシェルはうなずいた。〝まったくだ〟という意味だ。

ランチのあと、ピアノを弾いてみたいかと聞かれた。僕はピアノの前に座って、試しにいくつか短く和音を鳴らしてみた。とても重々しい音色だ。それから『チョップスティックス』を弾きはじめた。ミシェルは笑った。なにを思ったか、僕は気づかないうちに『チョップスティックス』の即興演奏を始めた。その次に、最近古い形式で作曲されたシャコンヌを弾いた。美しく演奏した。ミシェルのために弾いているから。秋にぴったりだから。この古い家に、まだ彼の中にいる少年に、僕らのあいだにある消してしまいたい年月に語りかけているから。

弾き終わると、僕はミシェルに、僕の年齢だったころに具体的にどんなことをしていたのか教えてくれと言った。

「父の弁護士事務所で働いていたかな。ほんとうにつらかった。仕事が嫌いだったからね。だけどまた、誰もいなかったからでもあった。私の人生に特別な相手はひとりもいなかった……ゆきずりの相手を除いて」

それから、出し抜けに、僕が最後にセックスをしたのはいつかと聞いてきた。

「笑わないいって約束してくれる？」

「笑わない」

「去年の十一月」

「一年前じゃないか」

「しかも、そのときでさえ……」

けれど、僕は最後まで言えなかった。

「まあ、私が前回この家に人を連れてきたのは、たぶん君の年齢だったときだ。彼はここにひと晩泊まって、その後一度も会っていない」ミシェルはなにかを言いかけ、急に思いとどまった。僕の頭に浮かんだ考えを、すぐに察したにちがいない。彼が恋人をここに招待したとき、僕はまだ生まれていなかったと。それから、話題を変えるためにミシェルは続けた。

「父は君が演奏した曲を気に入ったはずだ」

「どうしてお父さんはピアノをやめてしまったの？」

「それは決してわからないだろうな。一度だけ私のために弾いてくれた。私は十五歳か十六歳だったと思う。とても難しい曲だと父は言っていた。そのころには、父は私には音楽の素質がないと悟ってすっかりあきらめていた。ある日、母がパリに行っていたときに、父はこのピアノの前に座って、弾きはじめた。短い曲を、私が思うに、堂々と。リストの『ウィリアム・テルの聖堂』だ。父はほんとうに偉大なピアニストだったのだと、私はすぐに確信した。燕尾服姿《えんびふくすがた》でピアノの前に座っている写真や、聴衆へのお辞儀のあとで立っている写真を何枚も見たことがあった。だが、ピアニストとしての父の人生に直面したことはなかった。そのドアは閉ざされていた。この先も私には決して答えられないだろう。なぜ父はピアノを弾くのをやめたのか、あるいは、なぜ一度もその話をしなかったのか。前に私が、父が夜にピアノを弾いているのが聞こえた気がする、遠くの棟から寝室まで音楽が聞こえてきたと言ったときでさえ、父は否定した。『レコードだったにちがいない』と父は言った。あの一度きりのリストの演奏を終えたあとで、父は『気に入ったか？』とだけ聞いた。私はなんと言えばいいかわからなかった。ただ『お父さんをとても誇りに思う』と、ぼそぼそと答えただけだった。父はそんなことを言われるとは思ってもいなかったらしい。何度かうなずいたが、感動しているのだとわかった。それから父はピアノのふたを閉じ、二度と弾いてくれなかった」

「謎だね」

「だけど、父はなにを考えているのかわからないような男ではなかった。女性について話すのが好きだった。特に、私が十代の半ばから後半のころに、いつもの教会のコンサートのあとでね。たいてい音楽について話したが、ときどき話題がそれて、愛の話になった。若いころに知り合った女性たちのこと。そして、快楽と呼ばれる漠然としたものについて話した。そういう事柄をどのように話せばいいか、実際は誰もわかっていない。だからこそ、私は快楽と欲望について、私にそれらを教えてくれるはずの人たちより、コンサートの帰り道に父から多くを教わった。父は快楽を育む男だったが、その相手は母ではなかった気がする。ある日、父が自分でそう言っていた。脚のあいだで数分身もだえたあとでいっそう孤独な気持ちにさせられる女と過ごすより、二度と会わないかもしれない女と三十分楽しく過ごすために金を払うほうがはるかにましだと。そんなふうに言っていた。愉快な男だった。

ある日、父は日曜のコンサートのあとで、私が望むなら、大人のすることを簡単に教えてくれる女のいる場所を教えてやると言った。私は興味を引かれると同時に怖かった。だが、父はどこに行って誰に頼めばいいかを私に教え、おまけに金もくれた。

一週間後、私たちはまた日曜の夜に出かけ、帰り道は笑っていた。『それで、やったのか？』とだけ父は尋ねた。『やった』と私は答えた。それによって私たちはより親しくなった。数週間後、私は別の種類の快楽を見つけた。きっと父がまったく知らなかった快楽だ。いま思い返すと、父に話せばよかったと後悔している。だが、当時は……」

ミシェルは最後まで言わなかった。

散策に出かけようか、と彼は聞いた。

ああ、と僕は答えた。

ミシェルは以前犬を飼っていたと言った。よく一緒に長い散歩に出かけて、暗くなってから戻ってきた。けれど、その子が死んでから、ほかの犬を飼いたくなったことはない。「死ぬ前、とても苦しんでいたんだ。それで安楽死させた。あんなふうに失うなんて、二度と耐えられない」

僕はなにも尋ねなかった。だが、尋ねなかったことで、僕がその質問を思案していたと悟られていたにちがいない。

ほどなくして僕たちは森に着いた。ミシェルは湖に案内すると言った。「コローの絵に似ている。ここではいつも夕方みたいで、つねに日が当たらない。コローはいつも絵の中でボートの漕《こ》ぎ手の帽子に赤色を添えている――雪がまったくない陰鬱な十一月の野原にちょっと陽気さが足されたような感じだ。母を思い出す――いつも泣きそうになっていたが、泣きじゃくることはなかった。この景色を見ると幸せな気分になる。たぶん、自分よりも憂鬱《ゆううつ》そうだからだろう」湖に着くと、僕は聞いた。「ここでリフレッシュするの?」

「まさにこの場所さ!」ミシェルは僕がからかっているのだとわかっていた。

僕たちは草の上に座ろうとしたが、濡れていたので、湖岸を少しぶらついてから戻った。

「どう伝えればいいかわからないんだが、君をここに呼んだのには理由があるんだ」

「僕のルックスとか、若さとか、輝くばかりの知性とか、言うまでもなく筋肉のついた体とかは関係ないってこと？」

ミシェルは僕を抱きしめ、切望するように唇にキスをした。

「まちがいなく君に関係している――けど、君は驚くにちがいない」

空が曇りはじめていた。「まさにコローが描く田舎じゃないか――相変わらず陰気だ。だけど、この景色は私を上機嫌にさせる。もしくは、君がここにいるからかもしれない」ミシェルは言った。

「もちろん、僕がここにいるからさ」僕がまたからかっていることにミシェルは気づいていた。「あるいは、僕も幸せだからかもしれない」

「ほんとうに？」

「おもてに出さないようにしてるんだよ、わからない？」

ミシェルは僕に腕をまわしてから、頬にキスをした。

「そろそろ家に戻ろう。少しカルバドスを飲んでもいいだろう」

戻りながら、次は僕が家族の話をする番だとミシェルは言った。自分だけ両親の話をするのでなく、僕にも同じように自分の家族について話す時間を与えるつもりでいると示そうとしているのだろう。でも、ほとんど話すことはない、と僕は言った。両親がふたりともアマチュアの音楽家だったため、僕はふたりの夢を叶えたことになる。大学教授の父が最初にピアノを教えてくれたけれど、僕が八歳くらいのときに、自分よりも才能があると気がついた。両親と僕は並外れて仲がいい。ふたりは決して僕の意見に異を唱えないし、僕はふたりがよく思わないことは絶対にしない。僕はおとなしい子どもで、十八歳になるころには、明らかにあらゆる性的指向を抱いていた。最初は黙っていたけれど、父のおかげで、たいていの親がほのめかすことさえいやがる話題について、簡単に話し合うことができた。そのことは永遠に感謝する。僕が大学に入ったあとで、両親は別れた。ふたりは気づいていないと思うけど、僕がいたからふたりは一緒にいたんだろう。実際、ふたりはいつも異なる趣味を持っていて、異なる生活を送って、とても異なる友人がいた。そしてあるとき、母が父と出会う数年前から知り合いだった男とばったり出くわし、彼とミラノに移ることに決めた。父はまたパートナーを見つけることをすっかりあきらめていたけど、数年後になんと列車の中で出会いがあった。いまでは子どもがいて、僕は半分血のつながった弟の後見人《ゴッドファーザー》になった。結局のところ、みんなとても幸せだ。

「彼らは私のことを知っているのかい？」ミシェルは聞いた。

「知ってるよ。木曜に父から電話があったときに話した。ミランダも知ってる」

「私が君よりずっと年上だということも？」

「知ってる。ちなみに、父はミランダの二倍の年齢なんだ」

ミシェルはしばらく言葉を切って黙り込んだ。

「なぜ私のことを話したんだい？」

「大切なことだからだよ。そうじゃないなんて言わないで」

僕たちは歩みを止めた。ミシェルは落ちている枝に靴をこすりつけて土を落とし、ほかの部分もきれいにしてから、僕を見つめた。

「君ほどいとしい人は知らない。それはつまり、私を傷つけられるということでもある。実際に私の心をずたぼろにできる。君の世代ではこんなふうに話すのかな？」

「僕の世代はもういいよ！　そういう話はやめて。動揺しちゃう」

「じゃあ、もうなにも言わない。ところで、君の知り合いは大げさなことを言ったりしない？」

話の流れが予想できた。「抱きしめて。ただ抱きしめて」

ミシェルは僕に両腕をまわしてきつく抱きしめた。

僕たちは黙ったまま、腕を組んでまた歩きはじめた。やがて、今度は僕が靴から土をこすり落とした。「コローの田舎め！」と悪態をつく。その言葉にふたりで笑った。

やがて家に着いた。「キッチンを見せよう。昔からずっと変わっていない」僕たちは広いキッチンに入っていった。明らかに、家主が座ってコーヒーを飲んだり卵を食べたりするための場所ではない。あらゆる素材でできた大小さまざまな鍋が壁にかかっているが、雑誌や室内装飾のカタログに見られるような、人為的で、当世風に散乱していて、上品で、フランスの田舎風といった感じではない。ところどころ古びて故障しているが、誰もそれを隠そうとしていない。僕は部屋を眺めながら、おそらく電気配線やガス管や水道管は何世紀とは言わないまでも何十年も昔のもので、取り換える必要がありそうだと思った。

僕たちはキッチンを出て客間に移動した。ミシェルが小さな古い木製のキャビネットを開け、ボトルを見つけ、スニフターグラスをふたつ取り出した。片方の手で指のあいだに両方のグラスの脚をはさんで持っている。彼がそうするのが好きだった。

「君に見せたいものがある。いままでほかに誰も見たことがないはずだ。戦時中にこの家を占拠していたドイツ人たちが去って、間もなくして父の手に渡った。私が二十代後半のころ、父が昏睡《こんすい》状態に陥る数日前に――父は自分が死ぬとわかっていたし、そんなはずはないなどと愚かなことを言う者はひとりもいなかった――ふたりきりになったときに、この小さなキャビネットの鍵を開けて、大きな革のフォルダーを取り出してくれと言われた。父は、当時の私よりも若かったころにフォルダーの中身を手に入れたのだと言った」

「中身はなんなの？」僕はフォルダーを持って聞いた。

「開けてみて」

きっと、不動産譲渡証書か、遺言書か、証券のたぐい、あるいは不名誉な写真の束だろう。ところが、レザーフォルダーを開けると、そこには楽譜が入っていた。八枚の薄い半透明のオニオンスキンペーパーの両面に書かれている。五線は手書きで引かれていて、定規を持っていなかったらしく、まっすぐではなかった。一枚目のおもてにはこう書かれていた。『レオンからアドリアンへ、一九四四年一月十八日』

「アドリアンは私の父の名だ。父から説明はなにもなかった。ただ『捨てるな。記録保管所や図書館には持っていくな。どうすべきかわかっている人物に譲り渡してくれ』とだけ言った。私は胸が張り裂けそうだった。しゃべっている父の表情から、自分の人生にも私の人生にも、これを渡す相手がいないとわかっているのだとうかがえた。それと、父は知っていたのだと思う。ただ知っていたんだ――つまり、私のことを。そして奇妙なことに、死ぬとわかっている人間の深く鋭いまなざしで見つめられるうちに、私たちのあいだのすべてが消滅したようだった。あらゆる愛の瞬間、あらゆる失望、あらゆる誤解、あらゆる遠まわしな視線が。『誰かを見つけろ』と父は言った。

もちろん、その楽譜を見たとたん、私はすっかり途方に暮れた。私がピアノを弾いていたのは数年だけで、クラシック音楽についてはなにも知らなかった。父も決して無理強いをしなかった。だから、楽譜を渡されたところでどうしようもなかった。

だが、それを目にしたときにすっかり当惑したのには別の理由があった。私は楽譜に書かれた日付の二十年後に生まれた。しかし、ここには私のミドルネームであるレオンという名が書かれている。レオンという名前の人物には会ったこともないし、ましてや聞いたこともない。父にこの男は何者かと尋ねたが、父はうつろなまなざしで、拒むように手を動かした。それから、説明するにはあまりに時間がかかると言い、そのあとで、疲れた、話したくない、考えたくないと言った。『おまえを見ているといと思い出す。思い出したくない』と父は言った。モルヒネで意識が朦朧《もうろう》としていたせいか、それとも、確実に効き目のある言葉――〝話したくない〟――を利用したのか。繊細な話題を避けようとするとき、特に、あとひとことでもしゃべったら、パンドラの箱を開けることになるとわからせたいときにそうするように。私が質問を続けても、父はまた感情を込めずにそっけなく手を動かしただろう。我慢ならない物乞いを追い払うときの父のやり方だ。どのみち私はもう一度聞くつもりだったが、父の容体がどんどん悪化していき、看病しなければならず、楽譜のことは頭から消えてしまった。いま思い返すと、病気の父を生かしていたのは、母に知られずに私に楽譜を渡すチャンスがほしいという気持ちだったのではないだろうか。父の死後、何カ月か経ってから、私はいろいろと聞いてまわったが、父方の家族にも母方の家族にもレオンという名の人物はひとりもいなかった。とうとう私は母に『レオンって誰？』と聞いた。母は当惑したような、愉快そうな表情で私を見つめ、『もちろん、おまえよ』と言った。ほかにレオンという名の人はいなかったか、と私は聞いた。誰もいなかった。レオンという名は父のアイデアだった。両親は名前のことでもめた。母は、財産を遺《のこ》してくれた私の父の祖父の名前をとって、ミシェルにしたがった。父はレオンがいいと言い張った。もちろん、母が勝った。そして譲歩してレオンをミドルネームにした。誰も私をその名で呼んだことはないがね。

そのときようやく、私ははっと気がついた。母はレオンの存在も楽譜の存在も知らなかったのかもしれない。楽譜を見たことがあるなら、レオンは誰なのかと尋ね、真相を突き止めるまであきらめなかっただろう。母はそういう人だった――こうと決めたら、うるさく口出ししてきて、容赦なかった。私に弁護士になれとしつこく言ってきた――母に反対することはできなかった。

父の死後、家の使用人たちに尋ねてみたところ、年配のひとりがレオンという人物を覚えていた。家じゅうの者たちからユダヤ人《レオン・ル・ジュイフ》のレオンと呼ばれていた。ユダヤ人を嫌っていた私の祖父が呼びはじめ、コックや女中までもそう呼ぶようになったと。『だが』とその年老いたコックが言っていた。『大昔のことです。あなたのご両親はまだ知り合ってもいませんでした』コックからさらに聞き出すのは難しいと悟った私は、その話はそこで終わりにした。また別のときに、尋問しているという印象を与えないように気をつけながら尋ねてみるつもりでいた。それから、私たちの家を占有していたドイツ人たちについて聞いた。当時の話でレオンの話題に戻るかもしれないと思ったが、コックはただ、ドイツ人たちは本物《ドゥ・ヴレ》のジェントルマンで、チップをはずんでくれたし、ひときわ敬意を払って私の家族に接していたと語った。あの老いぼれユダヤ人とはちがう、とコックは言った。私がレオンのことを聞いたのを思い出したんだ。コックはこの家でレオンを知っている最後の人間だったが、私の父の死後、引退して北部に戻り、そこで彼の行方もわからなくなってしまった。そうして手がかりは途絶えた。

母が亡くなったとき、私は家族の記録を徹底的に調べることにした――が、ユダヤ人についてはなにも見つからなかった。私にはわからなかった。なぜ父が楽譜を厳重に保管していたのか。なぜ私にレオンの名前をつけたのか。私と同じ名前の人物になにがあったのだろう？　父の日記か、若いころの学業記録があればよかったのだが。父は日記を書かなかった。父の書類の中に、卒業証書や証券や無数の楽譜は見つかった。紙に大量に酸がふくまれているためにとてももろくなっていて、触れただけで崩れてしまったものもあった。けれど、奇妙な話だが、父がその楽譜に目を通していたのを一度も見たことがなかった。たまに、ラジオでピアニストの演奏を耳にすると、いつもこう言って批判していた。『レミントンの銃にタイプしているようだ』あるいは、別の世界的に有名なピアニストには『偉大なピアニストだが、最低の音楽家だ』と。

法の道に進んだことでどのように父の気持ちが変わってしまったのかはわからない。ついでに言うなら、なぜ音楽家としてのキャリアを捨てたのか。あるいは、もっと率直に言うなら、私が父だと思っていた男の裏にどんな男が存在していたか、私には知るよしもなかった。私が知っていたのは弁護士の父だけだった。ピアニストの父は、見たことも、会ったことも、一緒に暮らしたこともない。自分がピアニストの父を知らなかった、話しかけたこともなかったと思うと、いまでもつらくなる。私が知っていた人物は、第二の父だったんだ。私たちには、第一の自分と第二の自分がいるのではないだろうか。また、おそらく第三、第四、第五の自分も。さらには、そのあいだにもっと多くの自分が存在するのかもしれない」

「いま僕が話しているのは誰？」僕にはミシェルの言いたいことが理解できた。「第二の自分？　第三の自分？　それとも第一の自分？」

「第二かな。たぶん。年齢さ、友よ。だけど、心のどこかでは、君が話しているのがもっと若い私ならいいと切望している。私が君の年齢だったときに、君にこの家にいてもらいたかった。皮肉だが、君といると、私は自分ではなく君の年齢を感じる。きっとこの代償を払うことになるだろうな」

「なんて悲観的なんだ」

「かもしれない。だが、もっと若いころの私は失敗ばかりで、あまりに多くのことを猛スピードで経験した。年を取った私は、もっと控えめで、もっと用心深く、それゆえ、もう二度と見つけられないかもしれないとすでに不安に思っているものに飛びつくことに、より及び腰になっている――あるいは、よりそうしたくてたまらない」

「でも、いまここに僕がいる」

「ああ、だけど、いつまで？」

僕は答えなかった。未来の話は避けようとしているものの、結果として、ミシェルが望んだ以上に空虚な言葉に聞こえたにちがいない。

「今日は、昨日と同じように」ミシェルは言った。「木曜と同じように、水曜と同じように、贈り物だった。そう簡単には君を見つけられなかったかもしれない。あるいは、二度と君に出会えなかったかもしれない」

なんと言えばいいかわからなかったので、僕は微笑んだ。

するとミシェルはふたりのグラスにカルバドスのお代わりを注いだ。「気に入ってくれるといいんだけど」

僕はうなずいた。初めてシングルモルトを飲んだときのように。

「運命とは、もし存在するならだが」ミシェルは言った。「パターンを持って奇妙なやり方で私たちをからかっている。そもそもパターンなどないかもしれないが、まだなんらかの意味が計画されて残っているのではないだろうか。私の父、君のお父さん、ピアノ、つねにピアノ。それから君。息子に似ているが、息子に似ていない。そして、私たちふたりの人生にかかわっているこのユダヤ人という糸。それらすべてが、私たちの人生は掘削でしかないということを思い出させる。人生には、つねに私たちが思っている以上に深い層がある。あるいは、なんでもないのかもしれない。意味などないのかも。

いずれにせよ、その楽譜を見てみてくれ。私は今夜のディナーがなにか確認してくる。そのあいだに考えをまとめて、聞かせてくれ。忘れないで。それを見たことがあるのはほんの数人で、いまは君もそのひとりなんだ」

ミシェルはとても静かにドアを閉めた。これから僕がすることは大きな集中が求められ、その邪魔をするのだけは避けたいと伝えるかのように。

この部屋でひとりきりになれてうれしかった。広いけれど、居心地がいい。背後にある古く厚いカーテンのにおいさえ好きだ。長い年月を経たマホガニー材の壁板と、濃い赤色の絨毯も好きだ。いま僕が座っている、革がはがれてくぼんだ古いアームチェアと、美味なカルバドスさえも好きだ。すべてが年数を経て、受け継がれ、何世紀も前から、そして今後数世紀にもわたって配置されているようだった。戦争と革命でもこれらを滅ぼすことはできなかった。頑固な遺産と寿命がこの屋敷の至るところに、僕が手に持っている繊細なスニフターグラスにまで、永遠に刻み込まれているみたいだ。ミシェルはここで育ち、ここで守られ、ここで息苦しい思いをさせられた。十代のとき、このアームチェアに座りながら、雑誌のエロい写真をしげしげと眺めていたのだろうか。

僕にこの楽譜をどうしてもらいたいのだろう——傑作か駄作かを教えてほしい？　このユダヤ人は天才だと言ってほしい？　あるいはバカだと？　もしくは、彼の父親が父親になる前の男を探しているのだろうか？　僕の手を借りて、この音楽のメモの寄せ集めから彼を見つけ出したい？

僕は楽譜をぱらぱらとめくって目を通していった。二ページ目を見つめれば見つめるほど、なぜ五線が手書きでこんなにも下手に引かれているのだろうかと疑問を抱きはじめた。理由はひとつ。これが書かれたとき、線を引くための文具は手に入らなかったのだ。それに、レオンはアドリアンがすぐにメロディーを理解してくれると思っていたにちがいない。あるいは少なくとも、楽譜をどうすべきかわかるはずだと。

しかしそのとき、僕は別のことに気づきはじめた。楽譜にははっきりした始まりがない。つまり、この楽譜は未完成ということか、モダニズムの絶頂期に作曲されたということだ。とはいえ、あまりに独創性に欠ける、と僕は思い、その皮肉に薄ら笑いが浮かんだ。楽譜の最後のページを見た。この作品にははっきりした終わりがあるとは思っていなかったし、実際、長いトリルがあるだけで、明らかにどこにもつながっていなかった。いかにも予想どおりだ、と僕は思った。それに、なんともつまらない！　終わりのない終わり——最悪なモダニズム。

心のどこかでは、ミシェルにそのことを伝えるのは気が進まなかった。彼の父親がこれほど忠実に、とても長いあいだ大切にしてきた楽譜には、カルティエのレザーフォルダーに入れて鍵つきのキャビネットにしまっておく価値はなかった、眠らせておくほうがよかったと伝えたくはなかった。

それから、最初の三ページをぱらぱらめくっていくうちに、あることに気づき、心底がっかりした。ここの旋律は前に見たことがある。それどころか、五年前にナポリで演奏さえした！　だが、この順番ではない。メロディーはすぐにわかった。哀れな男はモーツァルトを複写していたのだ。なんて陳腐な！　さらに、もっと悪いことに——僕には信じられなかった——数小節あとで、かなりはっきりと、誰もが知っている旋律に気がついた。ベートーベンのピアノソナタ『ヴァルトシュタイン』の明らかに軽快なロンド。我らがいとしきレオンは手当たりしだい曲を盗んでいたのだ。

僕は薄いセピア色のインクを見つめた。年を経てインクが薄くなったのか、もともと薄められたインクが使われたのか。いかにも無我夢中であわてて殴り書いたように見える。一九四四年にパリ北駅でこの楽譜を投函《とうかん》するレオンの姿が思い浮かんだ。駅からは列車が出発しはじめる。彼がどこに向かったのかは誰も知らない。手当たりしだいメロディーを盗んだのは、ユーモアのセンスがあったから？　彼は頭がいいのか、それとも愚かなのか？　筆跡からなにかわからないだろうか？　レオンは何歳だったのか？　かつてのミシェルと同じく二十代半ばの若いいたずら者だったのか、もしくは、もっと若かったのか？

レオンが何者なのか、どんな人間だったのか推測するうちに、僕が最初の一連のメロディーに気づいた理由がはっとわかった。これはモーツァルトによって作曲された、あるいは部分的に作曲されたものだ。しかし、ソナタでも、プレリュードでも、幻想曲でも、フーガでもない。モーツァルトの『ピアノ協奏曲 ニ短調』のカデンツァだ。だから、僕は主旋律に気づいたのだ。だが、レオンはモーツァルトの曲を模写したのではない。ベートーベンがモーツァルトのピアノ協奏曲に作ったカデンツァを引用したのだ。そしてさらに、『ヴァルトシュタイン』の数小節を繰り返すことを思いついた。レオンは楽しんでいたのだ。彼はただパートを組み立て、第一楽章の最後でおそらくピアニストのアドリアンに即興演奏をしてもらうつもりだったのだろう。その壮麗な瞬間、オーケストラは演奏をやめ、ピアニストに思いのままに演奏してもらう。そこで想像力、大胆さ、愛、自由、勇気、才能、そしてモーツァルトの協奏曲の中心にあるものへの深い理解が、ついに音楽への愛と、創作されたカデンツァを高らかに叫ぶ。

このカデンツァの作曲者は、モーツァルトが完成させなかったものを、本能で正しく感じ取っている。たとえ音楽のあり方が完全に変化したまったく異なる時代になっても、代わりにほかの人に作り上げてもらうためにモーツァルトが未完のままにしておいたものを。モーツァルトの作曲の謎に踏み込むために必要なのは、モーツァルトの靴を履くことでも、彼の足取りで歩くことでも、彼の作風や声や鼓動やスタイルまでもをまねることでもない。必要なのは、彼自身が決して想像しなかったであろう方法で新たに作り直し、モーツァルトが組み立てるのをやめた部分を組み立てることである。ただし、モーツァルトがまちがいなく自分のもの、彼だけのものだと認識できなければならない。

ミシェルが戻ってきたとき、僕は楽譜について話すのが待ちきれなかった。「これはソナタじゃない。カデンツァだ――」と話を始めた。

「チキンか、ビーフか？」ミシェルは話をさえぎった。僕らの夕食と幸福がほかのなによりも優先されていた。

彼のそういうところがうれしかった。「飛行機に乗ってるみたい」

「ヴィーガン用の料理もございます」ミシェルはエールフランスの客室乗務員をまねて続けた。「それに、素晴らしい赤ワインも」そこでしばし言葉を切る。「さっきなにを言いかけていたんだい？」

「ソナタじゃなくてカデンツァなんだ」

「カデンツァか。なるほど！　ずっとそうじゃないかと思っていたんだ」少し黙り込む。「カデンツァって？」

僕は笑った。

「ピアノ協奏曲の中の一、二分の短い部分のことで、すでに曲自体に定められている主旋律に沿ってソリストが即興演奏をするんだ。たいていは、カデンツァの最後にピアニストが演奏するトリルを合図に、中断していたオーケストラが演奏を再開して、楽章が終結する。最初これを見たとき、なんのためのトリルなのかわからなかったけど、いまは完全に納得がいく。だけど、このカデンツァは続いていく。どのくらいかはまだわからないけど、五、六分以上は続くはずだ」

「つまり、それが父の大きな秘密だった？　六分の音楽が？　それだけ？」

「たぶんね」

「それじゃ筋が通らないんじゃないか？」

「まだわからない。よく調べてみないと。レオンは『ヴァルトシュタイン』を繰り返してる」

「『ヴァルトシュタイン』」ミシェルは大きな笑みを浮かべてその言葉を繰り返した。ややあってから、僕はまたしても彼が微笑んでいる理由を悟った。

「僕の二倍の年齢だとか、『ヴァルトシュタイン』を聞いたことがないとか言わないでよ」

「よく知っているよ」また微笑み。

「嘘つき。わかってるんだから。僕にはわかる」

「もちろん嘘さ」

僕は立ち上がり、ピアノまで行き、『ヴァルトシュタイン』の最初の数小節を弾きはじめた。

「なるほど、『ヴァルトシュタイン』だ」ミシェルは言った。

まだジョークを言っているのだろうか？

「実は何度も聴いたことがある」

僕は演奏をやめ、次にロンドの部分を弾いた。ミシェルはこれも知っていると言った。

「じゃあ、歌って」僕は言った。

「そんなことはしない」

「一緒に歌って」僕は言った。

「いやだ」

僕はロンドのメロディーを口ずさみはじめた。ピアノの前からミシェルを見つめて視線で少し説得すると、ためらいがちに歌おうとする声が聞こえた。僕はペースを落として弾いてから、もっと大きな声で歌ってと言った。最終的には、ふたりで声を合わせて歌っていた。ミシェルの両手が僕の肩に置かれたとき、やめる合図だと思ったが、彼はこう言った。「やめないで」だから僕は演奏と歌を続けた。「すてきな声だ」ミシェルは言った。「できるなら、君の声にキスしたい」「歌い続けて」僕は言った。ミシェルは歌い続けた。歌の終わりに振り返ると、ミシェルは目に涙を浮かべていた。「どうして？」僕は聞いた。

「わからない。いつもは絶対に歌わないからかもしれない。もしくは、ただ君といることがうれしいのか。歌いたいという気持ちになる」「ときどきシャワーを浴びながら歌ったりしないの？」「何年も歌っていない」僕は立ち上がり、左手の親指でミシェルの両目から涙をぬぐった。「一緒に歌えて楽しかった」僕は言った。「私も」とミシェル。「あなたを悲しませてしまった？」「そうじゃない。ただ感動したんだ。私を包んでいる殻から押し出してもらったかのようだ。そうしてもらえるのがうれしい。殻から押し出してもらうのが。それに、私はとてもシャイだから、すぐに顔が赤くなる人がいるように、すぐに涙目になってしまうんだ」

「あなたが？　シャイ？　あなたがシャイだとは思わない」

「どれだけシャイか、君にはわからないよ」

「あなたはいきなり僕に話しかけてきて、そのあとで僕をナンパした。よりによって教会で。それから僕をディナーに連れていった。シャイな人はそんなことしない」

「ああいうことになったのは、なにも計画していなかったからだ。考えてもいなかった。あっさりとことが進んだのは、君の協力があったからかもしれない。もちろん、あの夜君を家に誘いたかったけど、勇気がなかった」

「それで、僕をバックパックと自転車とヘルメットと一緒に置き去りにしたのか。どうも！」

「君は平気だった」

「平気じゃなかったさ。傷ついた」

「だけどいま、私と一緒にこの部屋にいる」ミシェルはしばし言葉を切った。「君には重すぎるかい？」

「また僕の世代の話？」

僕たちは笑った。

レオンの話に戻り、僕は楽譜を手に取った。

「カデンツァがどういうものか説明させて」

僕は彼のレコードのコレクションにざっと目を通した――すべてジャズだった――が、とうとうモーツァルトの協奏曲が見つかった。それから、十八世紀のコーヒーテーブルの上に置かれた高価そうなレコードプレーヤーを発見した。使い方がわからず、あれこれいじりながら、ミシェルのほうは見ないようにした。これから聞こうとしているのが重要なことだと思わせたくなかった。「誰にこれを買えって言われたの？」

「誰にも言われていない。自分で買った。わかったかい？」

「わかった」僕は言った。

僕がその答えを喜んでいるとミシェルはわかっていた。「使い方も自分で知っている。私に聞けばいい」

少し時間がかかったが、モーツァルトのピアノ協奏曲が流れはじめた。第一楽章を少しミシェルに聴いてもらってから、針を上げ、カデンツァが始まりそうな部分まで進めた。このカデンツァはモーツァルト自身が作曲したものだ。ふたりでそれを聴きながら、フルオーケストラ再開の合図であるトリルにさしかかると、僕は説明した。

「弾いているのはマレイ・ペライアだ。とても優雅で、とても明瞭で、ただただ見事だ。彼のカデンツァの鍵は、主旋律のメロディーを少し使ってる点だ。そこを歌ってあげるよ。それからあなたも歌って」

「絶対にいやだ！」

「子どもじゃないんだから」

「お断りだ！」

僕は最初にメロディーを弾いてから、演奏しながら歌いはじめた。さらに、少し誇示するために弾き続けた。「今度はあなたの番だよ」僕はまたメロディーを弾きながら言った。それから彼のほうに顔を向けて、彼の番だと合図した。ミシェルは最初ためらっていたが、言われたとおりメロディーを口ずさみはじめた。「いい声だ」やがて僕は言った。そこでふとひらめき、もう一度メロディーを弾いて、またミシェルに歌ってと言った。「僕が幸せになれるから」

ミシェルはまた歌い、やがて僕らは一緒に歌った。「来週、ピアノのレッスンを受けはじめよう」ミシェルは言った。「またピアノを人生の一部にしたい。作曲を学んでもいいかもしれない」

ミシェルは僕に調子を合わせているのだろうか。

「僕に教えさせてくれる？」僕は聞いた。

「もちろんだよ。なんともバカげた質問だ。問題は……」

「もう、黙って！」

それから僕は、モーツァルトの『協奏曲 ニ短調』にベートーベンが作曲したカデンツァと、ブラームスが作曲したカデンツァを弾くから、座っていてくれとミシェルに言った。

「明快だよ」そう言って弾きはじめる。両方を完璧に演奏している気がした。

「ほかにもたくさんある。モーツァルトの息子が作曲したものも」

僕は演奏し、ミシェルは聴いていた。

そこでまたふとひらめき、その場で自ら即興で演奏した。「あなたが望むなら、いつまででも続けられる」

「私にもできたらいいのに」

「できるようになるさ。今朝練習していたら、もっと上手に弾けたんだけどね。誰かさんが今日の予定を変えてしまったから」

「来なくてもよかったのに」

「来たかったんだ」

そこでミシェルは出し抜けに言った。「タイの学生と一緒に弾いていた曲を弾いてくれる？」

「これのこと？」僕にはミシェルがなんのことを言っているのかはっきりとわかった。

「ここで興味深いことがある。我らが友人のレオンが書いたカデンツァは『ヴァルトシュタイン』の数小節を引用してるんだけど、そのあとでもっとおかしなことが起きてる」

「なんだい？」ミシェルが尋ねた。一日であまりに多くの音楽の話を聞いて、圧倒されているようだ。

僕は楽譜を見て、もう一度見た。自分の勘ちがいではないことを確かめるために。「個人的な考えで、まだ確信はないけど、『ヴァルトシュタイン』の引用のあと、レオンはある時点でしばらく迷ってから、ベートーベンから離れてる。そして、おそらくベートーベンの別の作品に影響を与えたもの、〝コル・ニドレ〟と呼ばれるものを取り入れてる」

「なるほど」ミシェルは言った。笑いそうになっている。

「コル・ニドレっていうのは、ユダヤ教の祈りのことだ。ほら、ユダヤ教に関するテーマってうまく隠されるものだけど、ここではこっそりと持ち込まれてる……僕の勘だと、音楽の教養がある人以外では、楽譜を読めるユダヤ人しか気づかないはずだ。このカデンツァの中心はベートーベンではなくコル・ニドレだということにね。この数小節は七回繰り返されてるから、レオンはちゃんとわかってたんだ。そのあとで、当然ながら『ヴァルトシュタイン』に戻り、トリルがフルオーケストラの再開を知らせてる」

僕の考えをミシェルにわかってもらうために、僕はカデンツァを弾いてから、徐々にコル・ニドレの旋律を弾いていった。

「コル・ニドレってなんだい？」

「ユダヤ暦で最も神聖な祝日〝贖罪の日《ヨム・キプール》〟の始まりにアラム語で唱えられる祈りで、神へのあらゆる誓い、誓約、冒涜《ぼうとく》、義務を取り消すものなんだ。だけど、作曲家たちはそのメロディーに魅了されてきた。僕の勘では、レオンはあなたのお父さんが気づくとわかってたんじゃないかな。ふたりのあいだの暗号化されたメッセージみたいなものだったんだよ」

「だが、この調べは知っている」不意にミシェルが言った。

「どこで聴いたの？」

「わからない。どうしてもわからない。でも、知っている。ずっとずっと昔に聴いたのかもしれない」

ミシェルはしばし考え込んでから、気持ちを奮い立たせるかのように言った。「そろそろディナーにしよう」

けれど、僕は胸のつかえを下ろしてしまいたかった。

「あなたのお父さんはこの調べを知っていたかもしれない。それにはふたつの説明が考えられる。レオンが口ずさんだか、お父さんのために弾いたか——理由はわからないけど、ユダヤ教の典礼に美しい音楽があることを伝えるためかもね——または、もうひとつ考えられる。お父さんがヨム・キプールの礼拝に参加したか。だとすると、ふたりのあいだにはより親しい絆があったことになる。その日の儀式は、観光客に来てもらって、ユダヤ人が贖罪《しょくざい》の日をどうやって祝うかを見てもらうような祭典じゃないんだ」

ミシェルはしばらく考え込んでから、出し抜けに言った。「君に誘われれば、私は行くよ」僕は彼の手を取って握りしめ、その手にキスをした。

僕たちはディナーのあいだ、どんな理由から秘密のカデンツァが生まれたかを話し合った。内輪ネタ？　作曲中の作品からの抜粋？　ピアニストへの挑戦？　もしかしたら、消滅していたかもしれない友情の思い出に、一方からもう一方への意思表示、挨拶だったのかもしれない。わからない。「いろいろ調べたかったけど、時間がなかった」僕は言った。「でも、あのカデンツァは悲惨な状況で考えついたもので、地獄そのものから生まれた、ユダヤ人にとっての慰めだったんだ」

「私たちは深読みしすぎているのでは？」

「かもね」

「町の精肉店の主人は腕がいい。フィレは文句なしにおいしい。それに、コックは野菜が好きでね、まだ手に入るならアスパラガスに目がない。アレルギーがあるのに、素晴らしく調理してくれる。バスマティライスは私の大好物だ。香りを嗅いで」そう言ってミシェルが僕のほうに向かってライスの上を手でそっとあおいだ。わざとからかっているのだ。

だが僕は、なにかを見落としていると言った。

「レオンはユダヤ人で、あなたのおじいさんに嫌われていて、おそらくお父さんのキャリアに悪影響だと思われていて、使用人たちは彼を格下だと考えてる。フランスはすでに占領されていて、じきにドイツ人がこの家で暮らすようになる。まだこのテーブルで食事をしていないとしても、あなたに聞いた話では、そうなる。レオンは同じ家にはいられない。屋根裏に隠れるなら別だが、この家にいる人たちが許さなかっただろう。じゃあ、どうやって楽譜がお父さんの手に渡る？」

僕は楽譜をダイニングテーブルに持ってきていた。

「このワインを飲んでみて。あと三本残っている。キッチンで呼吸をさせておいた」

「お願いだから、集中してくれない？」

「ああ、もちろん。ワインの味はどう？」

「驚くほどおいしいよ。でも、なんでしょっちゅう話をさえぎるの？」

「こんなふうに集中している君を見るのが好きなんだ。とても真剣になっている君がいい。

君が私と一緒にいるなんて、いまだに信じられない。君をベッドに連れていくのが待ちきれないよ——待ちきれないんだ」

僕はさらに少しワインを飲み、そのあとでミシェルがまたグラスに注いでくれた。

僕は肉を切りながら、我慢できずに続けた。「やっぱり、どうやって楽譜がここに着いたか突き止めないと。誰が持ってきた？　いつ？　一九四四年にユダヤ人がここまで楽譜を届けに来たなんて、ありえない。実際のところ、どうやってここにたどり着いたかがわかれば、楽譜についてすべてが明らかになるかもしれない。音楽そのもの以上に多くのことを語ってくれるかもしれない」

「それは筋が通らないよ。なんだか、有名な詩人がどうやって印刷業者のところに行ったかのほうが、詩そのものよりも重要だと言っているみたいじゃないか！」

「この場合は、ほんとうにそうなのかも」

ミシェルは困惑して僕を見つめた。こんなふうにひねくれた考え方はしたことがないというように。

「郵便で届いたのか」僕は聞いた。「手渡しだったのか、それとも、アドリアンが自分で受け取ったのか？　第三者がかかわっていたのか？　友人？　病院の看護師？　収容所の人間？　一九四四年のことで、ドイツ人がまだフランスを占領してる。つまり、レオンは逃げたか、捕らわれたはずだ。収容所にいたのなら、どの収容所だ？　隠れていたのか？　生き延びたのか？」

僕はさらに考えてみた。

「ふたつの謎が解ければ、多くのことがわかるかもしれない。でも、ふたつとも答えがわからない。なぜ作曲者は自分の手で五線を引いたのか？　そして、なぜメロディーがこんなふうに詰め込まれているのか？」

「どうしてそれが重要なんだい？」

「僕の勘では、このメロディーは急いで書きとめたものじゃない」僕はまた楽譜をぱらぱらとめくった。「見て、取り消し線はひとつもない。作曲中に考えが変わったら、線を引いて訂正するものだけど、それがどこにもない。この曲は書き写されたんだ。そして、その場所では五線紙が手に入らなかった。普通の紙を見つけるのも難しかった。さらに、メロディーがめちゃくちゃに詰め込まれてる――紙が切れるのを心配してたかのように」

僕はダイニングテーブルの中央に立っているキャンドルに一枚目の紙をかざしてみた。

「なにをしているんだい？」ミシェルが尋ねる。

「透かしを探してるんだ。透かしが多くのことを教えてくれるかもしれない。製紙会社はどこにあったのか。フランスか、別の場所か。僕の考えがわかる？」

ミシェルは僕を見つめた。「わかるよ」

残念ながら、紙に透かしはなかった。「推測できるのは、安いオニオンスキンペーパーだったということだけだ。つまり、カデンツァの作曲者はすでにこの旋律を知っていて、メロディーを詰め込むようにして書き写した。そして、あなたのお父さんにこのカデンツァを持っていてもらいたかった。わかるのはそれだけだ」

「いや、もっとわかる。父はピアニストの道をすっぱりあきらめて、法律の勉強を始める。音楽の世界は完全に閉ざされる。そのことがレオンと無関係だとは思えない。ひとつだけわかっていることがある。父はこのカデンツァを人生で最も貴重なものであるかのようにしまっておいた。だが、まったく演奏する気がなかったのなら、なぜ取っておいた？　なぜ何年もあのキャビネットに鍵をかけてしまっておいたのか——レオンの前だけでしか弾かないと約束した？　もしくは、ほかの人間がこの楽譜に命を吹き込んで弾くべきだと考えた？　君みたいな人だよ、エリオ！」

その言葉はうれしかったけれど、ミシェルがほのめかしていることを理解していると思わせたくなかった。

「お父さんは楽譜をレオンに返すつもりだったと思う？　あるいは、レオンにとって大切な人に？　それとも、単にどうすればいいかわからなくて、手放す勇気がなかっただけか——あなたがお父さんのテニスラケットを残しておいているように」

「たぶん、いちばん重要なのは、レオンが誰なのか突き止めることだろう」

ディナーのあと、僕はミシェルのパソコンを使って、アドリアンのフルネームを打ち込んだ。数秒もしないうちに、彼が音楽学校に通っていた数年のことがわかった。写真さえも出てきた。「こざっぱりして、粋だね」僕は言った。「それにハンサムだ」それから、彼の在学中とその前後に在籍していた教師たちの名前を調べた。記録はまとまりがなくばらついていたが、レオンという名の人物はひとりもいなかった。ユダヤ系やドイツ系やスラブ系の名字や、頭文字がLで始まる名前を探した。やはり見つからない。次にレオンという名前の生徒を調べてみた。いない。別に名前があったのか、学校の記録から名前が削除されたのか。あるいは、音楽学校の人間ではなかったのか。「レオンはいない」とうとう僕は言った。

「じゃあ、私たちの探偵ごっこはこれでおしまいだね」

そのころには、僕たちはソファでくっついて座り、ほのかな明かりの中で、またカルバドスを飲んでいた。

「あなたのお父さんはアルフレッド・コルトーと一緒に学んだと思う。だけど、レオンはちがうんじゃないかな」

「なぜそう思うんだい？」

「コルトーは反ユダヤ主義者で、占領下ではますますその傾向が強くなってた。一説では、コルトーと親しかったバイオリニストのジャック・ティボーは総統のために演奏したとか」

「ひどい時代だ。で、この件についてほかに考えは？」ミシェルは聞いた。

「なぜ聞くの？」

ミシェルはきわめて穏やかに首を横に振った。「理由はない。ただ君とこうしているのが好きなんだ。夜、この部屋で、このソファに座って、ぴったりくっついて、こんなふうに話しながら、君はパソコンをいじっていて、外はすっかり十一月の風情だ。君がこんなに興味を持ってくれたのがうれしい」

「僕もうれしいよ。とっても」

「だけど、君は運命を信じていない」

「言っただろう、最近はちゃんと考えてない」

「じゃあ、君が私の年齢になって、人生に欠けているものが日ごとに明らかになっていったら、こういう小さな偶然に気づきはじめるかもしれない。それは奇跡であり、私たちの人生を再定義し、世の中の大きな仕組みの中で簡単に意味を失ってしまうものにまばゆい輝きを投げかけてくれる。だが、この関係は意味があることだ」

「今夜の出来事は最高だよ」

「ああ、最高だ」しかし、ミシェルの口調は憂鬱にも似たノスタルジックなあきらめを帯びていた。まるで、僕が料理の載った皿で、たっぷり食べる前に下げられるのを眺めているような感じだった。自分のほぼ二倍の年齢の相手と親しくなると、こういうことが起こるのだろうか。相手がよそ見をしはじめる前に、失っていく?

僕たちはなにも言わず、そうして座っていた。僕はハグのつもりで彼を抱きしめたが、ミシェルは官能的な絶望に満ちた、飢えたような本物の悲しげな抱擁を返してきた。

「どうしたの?」僕は聞いたが、すでに予想している答えをまだ聞きたくなかった。

「なんでもない。だけど、まったく問題がないからこそ、ものすごく怖いんだ――言いたいことがわかるかな」

「もっとカルバドスをちょうだい」

ミシェルは喜んで応じた。立ち上がり、スピーカーの後ろの小さなキャビネットまで歩いていき、別のボトルを取り出した。「こっちのほうがもっといい味だ」

僕が話題を変えたことにミシェルは気づいていた。なにかが僕らのあいだのこの突然の暗雲を払ってくれればいいと願ったが、なにも起こらず、ミシェルも僕もそれを追い払おうとはしなかった。その奥になにがひそんでいるか、ふたりともはっきりとわかっていたからだろう。だからミシェルはカルバドスについて、その歴史について語った。僕は耳を傾けながら、このカルバドスを生産した家の歴史が小さな手書きの文字で走り書きされたボトルのラベルを読んだ。そのとき、ミシェルが天才なひらめきで、僕らのあいだのキャッチフレーズになっていた表現を使った。「君を幸せにしたい」彼の言っている意味がはっきりとわかった。「だから、ラベルを読んでいて。君の気を散らしたくない。君に見ていてもらいたくもない」

ミシェルはグラスを手に取り、カルバドスを飲んだ。それから僕は感じた。彼の口を、かすかなうずきを。「あなたにしてもらえてうれしい」やがて僕は言った。目を閉じ、どこかにボトルを置こうとした。結局、絨毯の上に置いた。

僕は女中がいることを思い出した。

「もう帰ったよ。車の音が聞こえなかった？」

僕たちはこの家で日曜を過ごした。ミシェルの記憶どおり、日曜はいつも雨が降るようだ。

ふたりで森に長い散歩をしに行く予定だったが、一時間ごとに暗く寒々としていった。その日の昼前、僕は二、三時間ピアノの練習をして、ミシェルは仕事の書類に目を通していた。けれど、ふたりとも作業に熱が入らず、最終的に、週末の遅くにパリに戻ってくる市民たちで道路が混雑する前に戻ったほうがいいかもしれないという気のきいた提案が出ると、ふたりともほっとした。街に近づくと、少し気まずい瞬間が訪れた。ミシェルは先に僕をアパートまで送るつもりでいるにちがいない――まっすぐ自分の家に向かうことで僕にプレッシャーを感じさせたくないからか、夜のコンサートに行く前に僕にほかの予定があるのではと思っているからか。あるいは、少しひとりになりたいのだろう。そもそも、日曜にパリに戻るのが習慣であり、もしかしたら、何年もそうしてきたのでそれを変えたくないのかもしれない。ミシェルは僕のアパートの入り口の前で二重駐車し、エンジンを切らなかった。僕は降りなければならないと思い、そうした。「またあとで」と言うと、ミシェルはいつものように無言でもの悲しげにうなずいた。そこで僕はとにかく勇気を奮い起こした。「別に家に帰らなくてもいいんだ。帰りたくない」「車に戻って」ミシェルは言った。「君が大好きだ、エリオ。大好きだ」僕たちはまっすぐ彼の家に向かった。そして愛し合い、少し昼寝までしてから、急いでコンサートに行き、休憩時間にはシードルを飲んだ。その後、三品のコースディナーを食べるあいだ、ミシェルは僕の手を握っていた。「明日は月曜だ」彼は言った。「先週の月曜は苦痛だった」どうして、と僕は尋ねた。けれど答えはわかっていた。「君を失ったと思っていたから――なぜか？　君にノーと言われるのが怖かったたし、ろくでなしだと思われないようにしていたから」

ミシェルはしばらく僕を見つめた。「今夜、君は家に帰らないといけないのかい？」

「帰ってほしい？」

「君と私は今夜出会ったのだというふりをしよう。君は自転車と歩き去る代わりに、『あなたと寝たい、ミシェル』と言うんだ。あのとき、そう言っていたかもしれない？」

「言いそうだったよ。でも、だめ！　あなたは歩き去らなきゃいけなかったんだ！」


月曜の朝、僕はタクシーを拾って、着替えるためにまっすぐ家に帰った。部屋は少し見慣れない感じがした。何週間も、何カ月も留守にしていたかのようだ。最後に朝にここにいたのは土曜日で、僕は階段を駆け上がり、服を何枚か集めて、車で待っているミシェルのところまで駆け降りていったのだった。今日は午後になってから、授業のあとで、まっすぐ音楽学校の事務室に向かった。レオンについてなにか情報を見つけたかった。

その夜、いつものビストロでミシェルと会ったときに、手がかりは途絶えたと伝えた。レオンの痕跡はどこにもない。ミシェルは僕が思った以上にがっかりしていた。だから僕は火曜日に別の案を思いついた。ふたつの音楽学校を訪ねて、各年度の記録を調べてみた。だが、またもや収穫はなかった。

僕たちは合理的な推測を立てた。レオンは外国で音楽を学んだ、あるいは、二十世紀初頭の裕福なユダヤ人がそうだったように、家庭教師に教わったのだ。

こうしてさらに二日が過ぎた。手がかりはさっぱり見つからなかった。

しかし、金曜日に、ミシェルと彼の父親が通っていた高校の記録の中で、とうとうレオンの正体を突き止めた。僕がミシェルの甥《おい》だと言ったら、事務員が僕の前で記録を調べてくれたのだ。その日、田舎に向かう車の中で、僕は我慢できずにそのニュースをミシェルに伝えた。「昔の住所まで入手できたんだよ。名字はデシャン。ただひとつ問題なのは、デシャンは正確にはユダヤ系の名前じゃないってこと」

「新しく名前を手に入れたか、改名したのかもしれない。ほら、フェルドマン、フェルデンシュタイン、フェルデンブルム、あるいはただのフェルド」

「そうだね。でも、ネット上にはレオン・デシャンが何人もいて、しかも、みんな生きてるか、いまでもフランスで暮らしてるみたい。全員を調べるには何カ月もかかりそうだ」

ミシェルは当惑しているようだった。僕はなぜ彼が自分で学校に当たってみなかったのかと思わずにはいられなかった。やがて、何年も経っているのにどうしていまだにレオンを捜しているのかと聞いた。

「私がまったく知らなかった父についてなにかわかるかもしれない。また、いつどうやってレオンが姿を消したのか、興味があるんだ」

「だけど、どうして？」

「理由はわからない。ただ、それが父とつながる方法なのかもしれない。最も愛していたピアノをやめた理由を知り、レオンに対する友情あるいは愛情を理解したい。もし愛や友情が存在していたのならだが。父はそのことを一度も口にしなかったが、私が十八歳になったころには簡単に打ち明けられたはずだ。もしくは、当時の私は自分の息子と同じで、父と距離を置こうとしていたのかもしれない。または、音楽をやめた男のことを知るために時間を作らなかったことへの自分なりの償いかもしれない。だけど、両親のほんとうの姿を知るために時間を作る人間は何人いる？　単に愛しているからという理由でわかっていると思い込んでいる隠された層がいくつある？」

「いずれにしても」僕は話をさえぎって言った。「ある年度のクラス写真に写ってるレオンを見つけた。ほら、見て」学校の事務室に行った日にコピーした写真を差し出した。「とてもハンサムだ。それに、とてもカトリックっぽいし、とても保守的に見える」

「たしかに。とてもハンサムだ」とミシェル。

「僕と同じことを考えてる？」僕は聞いた。

「もちろん、同じことを考えている。私たちがずっと考えてきたことだろう？」

到着してから、ミシェルはまず荷物を置いて、コックに挨拶したあとで、まっすぐリビングに行き、フランス窓の近くにある小さなテーブルの薄い引き出しを開け、大きな封筒を取り出した。「見て」

それは古いクラス写真を引き伸ばしたもので、僕がコピーした写真の一年か二年前に撮影されていた。ミシェルは小指でアドリアンを指した。この写真のほうが若く見える。僕たちはレオンを捜した。

「見つかった？」ミシェルが聞く。僕はかぶりを振った。だがそのとき、彼がいた。アドリアンのすぐ隣に立っている。僕が持ってきた写真の顔と、古いクラス写真の顔は、驚くほど似ていた。「じゃあ、あなたは最初から知ってたのか！」

ミシェルは後ろめたそうな、愉快そうな笑みを浮かべ、うなずいた。「写真のことは知っていた。でも、ほかの人に確認してもらいたかった」

僕はそれについてしばし考えた。

「だから先週、僕をここに連れてきたの？」

「聞かれると思ったよ。答えはノーだ。理由は別にあったし、君も気づいていたはずだ。君に楽譜を譲りたい。ほかの誰かではなく、君に渡すことで、私は父の最後の望みを叶《かな》えられる。君にはただ、これをコンサートで弾いてもらいたい」

僕たちのあいだに重い沈黙が落ちる。僕は反論して、高価な贈り物をもらった人間が口にするようなセリフを言いたかった。〝受け取れないよ〟と——それは〝僕にはあなたの贈り物をもらう価値はない〟という意味でもある。けれど、そんなことを言ったらミシェルが気を悪くするとわかっていた。

「だけど、僕たちの発見はあまりに整然としていて、あまりに容易すぎる」僕は言った。「心のどこかでは、僕は納得してない。急いで結論を下すのはよそう」

「なぜ？」

「両親がおそらく右翼団体〝アクシオン・フランセーズ〟に属していたと思われる、J高校を卒業した裕福な若いカトリックの男が、コル・ニドレに手を出したがる理由がひとつも思いつかないから」

「つまり、どういうことだい？」

「僕たちのレオンは、レオン・デシャンじゃないのかもしれない」


徹底的に調べ尽くそうと、それから一週間、僕は手がかりを探した。

何度も行き詰まり、とっかかりをまちがえているうちに、あるとき、ミシェルの田舎の邸宅で過ごしていた土曜の午後、突如としてひらめいた。

「ずっと引っかかってたんだ。ひとつは、あなたのお父さんが日曜に聖U教会のコンサートに通い続けてたこと。教会とレオンには秘密のつながりがあったんじゃないかな？　または、教会そのものがフロリアン・カルテットと関係があったのかもしれない。フロリアンは何年もあの教会で演奏をしてきたし、あなたが言ってたように、お父さんは彼らのコンサートに補助金を出してた。それで、ネットで調べてみたら、とうとう見つけたんだ。思ったとおり、フロリアンは一度や二度じゃなく、三度メンバーが入れ替わってる。フロリアンが結成されたのは一九二〇年代で、そのときはカルテットじゃなくてトリオだった。バイオリンとチェロとピアノ。で、ここからが本題だ。僕はほんとうに天才だよ。僕たちの考えに反して、トリオのピアニストの名前はレオン・デシャンじゃなかった。そのピアニストは十年間トリオにいて、ピアノだけじゃなくバイオリンも弾いてた。彼の名前はアリエル・ヴァルトシュタインだ。そこでアリエル・ヴァルトシュタインを調べてみたら、思ったとおり彼はユダヤ人ピアニストで、収容所で亡くなった。だけど、殴り殺されたんだ。アマティのバイオリンを持っていて、手放そうとしなかったから。六十二歳だった」

「だが、名前はアリエルで、レオンじゃない」ミシェルは言った。

「今朝早くに、謎が解けたんだ——どうしてかはわからないけどね。アリエルはヘブライ語で〝神のライオン〟という意味だ。ライオン、つまりレオンだ。ユダヤ人の多くはユダヤ系とラテン系の名前を持ってる。一九二〇年代にこのバイオリニストはアリエルとして登録され、三〇年代初期にレオンになる。おそらく反ユダヤ主義が台頭しはじめたからだろう。彼についてもっと調べるには、エルサレムのホロコースト博物館〝ヤド・ヴァシェム〟に問い合わせるのがいちばん簡単な方法だ」

ここで別のことをつけ加えるべきだという気がした。アリエル・ヴァルトシュタインの人生を掘り起こすことは、完全に偶発的に思えるけれど潜在的につながっている問題を——ただ単に、時間の経過と、愛する人の再発見にかかわっているという理由からであっても——明るみに出すことにもなるのではないだろうか。この先どんなことになるか、わかる気がした。すでに、ミシェルの考えがもうそちらに傾いているのではと不安で、僕はそれ以上深く考えたくなかった。ミシェルは話題を持ち出さず、僕も持ち出さなかった。けれど、まちがいなく彼の頭をよぎったはずだった。

日曜の朝、僕たちは一緒にシャワーを浴びてから、裏口から短い散歩に出かけた。裏口があることに僕はいままで気づいていなかった。村の人たちは皆、ムッシュ・ミシェルを知っているらしく、道の端々から挨拶が飛び交った。ミシェルは通りの角にあるカフェに僕を連れていった。なんの変哲もない店に見えたが、中に足を踏み入れたとたん、たちまち暖かさと安心を感じた。店内は客でいっぱいで、外には彼らの車やバンが止まっている。温かいものを飲んでからまた出発するのだろう。僕たちはコーヒーを二杯とクロワッサンをふたつ注文した。隣には二十代後半の女性が三人座っていて、基本的にボーイフレンドの愚痴をこぼしていた。ミシェルがそれを盗み聞きして微笑み、僕にウインクをしたのがうれしかった。

「男というのは最悪だ」ミシェルは女性のひとりに言った。「最低よ。あなたたち男って、毎朝どうやって自分自身と向かい合ってるのかしら」「簡単ではないが、私たちは努力している」とミシェル。笑い声があがる。会話を耳にしたウエイターが、女は男より優れている、自分の妻は世界一完璧な人間だと言った。「どうして？」女性のひとりが聞いた。彼女はただタバコに火をつけるのを引き延ばすためだけに、火をつけるふりを続けていた。「なぜか？彼女のおかげでよりよい人間になれたからさ。言っておくが、俺が相手じゃ、聖人しかできないことだぜ」「じゃあ、奥さんは聖人ね」「誇張するのはやめよう。聖人とベッドに入りたい人がいるか？」全員が笑っていた。

コーヒーを飲んだあと、ミシェルがテーブルの下で足をいっぱいに伸ばした。おおっぴらに朝食に満足しているようだった。「もう一杯飲むかい？」ミシェルは聞いた。僕はうなずいた。ミシェルはまたコーヒーを二杯頼んだ。僕たちはしゃべらなかった。「三週間だ」やがてミシェルが言った。おそらく沈黙を埋めるためだろう。僕は彼の言葉を繰り返した。すると、出し抜けにミシェルは僕の手を握った。僕は手を握られたまま、気まずさを感じていた。店のカウンターには客が大勢立っている。僕の不安を感じ取ったのか、ミシェルは手を離した。「今夜の演目はまたベートーベンだ」それとなく僕がコンサートに行くように誘導するかのごとくミシェルは言った。

「もちろんデートだと思ってたけど」

「思い込みはいやだったんだ」ミシェルは言った。

「やめて！」

「どうしようもないんだ」

「でも、どうして？」

「私の中にまだ若いティーンエイジャーが残っているからさ。ときどき少し言葉を発して、それからまた隠れてしまう。尋ねるのが怖いから。質問を君に笑われると思っているから。信用することさえ難しいから。私はシャイで、おびえていて、年寄りだ」

「そんなふうに考えないで。今日、僕たちはもう少しで謎を解けそうだった。今夜チェリストに、アリエルを覚えてるか尋ねてみよう。覚えてないかもしれないけど、聞くだけ聞こう」

「それで父を取り戻せる？」

「いいや。だけど、お父さんを幸せにできるかもしれない。そうなったら、あなたも幸せになるでしょう」

ミシェルはしばらく僕の言葉を熟考してから、前にしたように頭を左右に振り、あきらめて無言の理解を示した。それから、僕らのあいだの暗黙の話題を飛び越えたかのように、こう言った。「あのカデンツァを演奏すると約束してくれるかい――いつか近いうちに?」「来年の春の終わりにアメリカにツアーに行くから、そのときに弾くよ。それと、秋にパリに戻ってきたときにも。約束する」

ミシェルが躊躇するのを見て、僕はその理由に気がついた。いまこそ彼に言うべきだ。「アメリカに行ったら、何年も会っていない人を訪ねようと思ってる」

僕が見ている前で、ミシェルはそれについて考え込んだ。

「じゃあ、ひとりで旅をするつもりなんだね?」

僕はうなずいた。

ふたたび、僕が見ている前で、ミシェルは僕の言葉を熟慮した。

「偽装結婚をした男?」やがてミシェルは聞いた。

僕はうなずいた。こんなにもうまく心を読んでもらえるのがうれしかったけれど、彼がなにを読み取っているか不安だった。「あなたといると、彼を思い出す」僕は言った。「彼に会ったら、最初にあなたのことを話したくなると思う」

「ほう、私が彼ほど高い基準に達していないと?」

「いいや。あなたと彼が基準なんだ。いま考えてみると、あなたと彼しかいない。ほかの人たちはみんな一時的なものだ。あなたと過ごした日々のおかげで、彼がいなかった年月は正しかったと思える」

僕はミシェルを見つめた。今度は僕が彼の手を握った。

「歩く?」僕は聞いた。

「歩こう」

僕たちは立ち上がり、ミシェルがまた森を通って湖に行こうと提案した。

「アリエル・ヴァルトシュタインが何者か突き止めるべきだと思う。もしかしたら、彼についてもっと知ってる人がいるかもしれない」

「もしかしたらね。だが、亡くなったとき彼は六十二歳だった。ということは、生きている親戚はとても高齢になっている」

「つまり、当時アリエルはあなたのお父さんの二倍の年齢だったかも」

ミシェルは急に僕を見つめ、微笑んだ。

「君は狡猾だな!」

「ふたりはどんな関係だったのかな。それが最終的に僕たちの調査の手がかりになるかも」

「私たちの役に立つと?」

「うん。教会に記録があればわかるはず。アリエルの住所を捜してもいい。例えば古い電話帳とかで。家が見つかったら、彼の名前でつまずきの石《シュトルバーシュタイン》(ホロコースト犠牲者の名前や誕生年などを彫って、生前の住所に埋める金色の石)を埋めてもらうように依頼する」

「だが、子孫がいなかったら？　彼で家系が途絶えていたら？　彼の痕跡がなく、これ以上はなにもわからなかったら？」

「そのときは、僕たちは立派な行いをしたことになる。石があれば、虐殺された人たちを偲《しの》ぶことができる。彼らはガス室に送られる前に、警告の言葉も、愛の言葉も、名前すらも残せなかった。ただし、ヘブライ語の祈りが込められた楽譜は別だ。あなたの家族にホロコーストで亡くなった人はいる？」

「私の大おじたち。それから、曽祖母もアウシュビッツで亡くなったと思う。だけど確信はない。死んだら、誰もその人のことを話さなくなる。いつの間にか、誰も尋ねず、誰も語らず、誰も知らず、知りたいとも思わなくなる。存在が消滅し、生きていた事実も、愛されていた事実もなくなる。時間は決して影を落とさず、記憶は灰を落とさない」

　僕はアリエルのことを考えた。楽譜は若いピアニストへの恋文だ。秘密の書簡。〝私のために弾いてくれ。私のために死者への祈り《カディッシュ》を唱えてくれ。この旋律を覚えているか？　そこに隠れている。ベートーベンの下、モーツァルトの隣に。私を見つけて〟想像を絶する恐ろしい状況で、ユダヤ人のレオンはカデンツァを書いたのかもしれない。〝君を想っている。愛しているよ。弾いて〟と伝えるために。

　それから、年老いたユダヤ人のアリエルのことを考えた。歓迎されないと知りつつも、アドリアンの家を訪ねたアリエル。逃げ場を探していたが、追い払われる。もしくは、もっと悪いことに、アドリアンの父親に、または母親に、または両親の許可を得た使用人に、密告される。そしてポルトガルに、あるいはイギリスに、あるいはもっと遠くに逃げようとするアリエル。ユダヤ人が老若男女を問わず真夜中に家から引きずり出され、止まっているトラックに無理やり乗せられるという恐ろしい急襲が起きていたころ、やはりフランス民兵団に逮捕されたアリエル。その後、どこかに閉じ込められるアリエル。家畜貨車に乗っているアリエル。そして最後に、バイオリンを手放そうとしなかったために殴り殺されたアリエル。そのバイオリンはいま、持ち主が収容所で虐殺されたあとで略奪されたものだとは知らないドイツ人の家庭に飾られていることだろう。ひょっとして、ミシェルの父親はアリエルを救うために手を尽くさなかったことを償っていたのか？　〟僕はあなたやあなたの愛する人たちをかくまえなかったのだから、二度とピアノは弾かない〟という気持ちで。それとも、〟あなたがあんな目にあったあとでは、僕にとって音楽は無意味だ〟という気持ちか。年上の男が懇願する声が聞こえる気がした。〟だけど、君は弾くべきだ。私が抱いていた愛のために。決してやめないで。そしてこれを弾いて〟

またしても、僕は自分の人生を考えた。いつか僕にカデンツァを送って、〟私は死んだけれど、私を見つけて、私のために弾いて〟と言ってくれる人が現れるのだろうか？

「例のユダヤ教の祈りはなんという名前だっけ？」

「コル・ニドレ」

「それは死者のために唱えるものかい？」

「いいや、その祈りはカディッシュと呼ばれてる」

「それを知っている？」

「ユダヤ人の男子はみんな教わる。死がなんであるかを知る前に、愛する人の死のための祈りを教えられるんだ。皮肉なことに、カディッシュは唯一自分のために唱えることができない祈りなんだよ」

「なぜ？」

「唱えることと死ぬことは同時にできないから」

「君たちユダヤ人というのは！」

僕たちは笑った。それから僕は少し考え込んだ。「ねえ。このレオンことアリエルの話はフィクションにすぎないっていう可能性も大いにある」

「ああ、そうだな。だけど、私たちのフィクションだ。今夜私たちがなにをするかは、はっきりとわかっている。街に戻り、私は自分の父親のようになり、君はかつての私がそうだった若い男になる。あるいは、私が会ったことのない私の息子に。私たちは一緒に座って、フロリアン・カルテットの演奏を聴く。おそらく、父が君の年齢で、レオンが私の年齢だったときに、父がそうしていたように。ほら、やはり人生はそれほど独創的ではないんだよ。たとえ神がいなくても、運命が回顧的な技でカードを切る瞬間があるということを、神秘的な方法で私たちに思い出させてくれる。五十二枚のカードを配るのではなく、例えば四、五枚で、それがたまたま私たちの両親や祖父母や曽祖父母が切ったのと同じカードになる。カードはとてもぼろぼろで、折れ曲がっているように見える。並べ方はかぎられていて、どこかの時点で、同じカードが繰り返し現れる。順番が同じであることはめったにないが、つねに不思議なほど似通ったパターンを示す。ときには、最後のカードを切るのは人生が終わった者であるとはかぎらない。　運命は、人生の終わりについての私たちの考え方をつねに尊重す るわけではない。　最後のカードを、あとから来る者に配る。だからこそ、すべての人生は完結しないように定められているのだと私は思う。私たちは皆、この嘆かわしい事実をかかえて生きている。終わりに達しても、人生は終わらないはずだ。絶対に！　あらゆるところに、私たちが着手してもいないプロジェクトや、未解決のまま残っている問題がたくさんある。生きるということは、後悔を胃袋に詰めて死ぬということだ。フランスの詩人が言っている。『私たちが生きることを学ぶころには、すでに手遅れになっている《ル・タン・ダプランドル・ア・ヴィヴル・イレ・デジャ・トロ・タール》』と。それでも、私たちひとりひとりが他人の人生を補完し、開かれたままの台帳を閉じて、代わりに最後のカードを切る立場にいるのだということがわかれば、小さな喜びが感じられるはずだ。私たちの人生を補完して締めくくってくれるのはつねにほかの誰かだとわかる以上にうれしいことはないだろう。私たちが愛し、私たちをたくさん愛してくれた人。私の場合は、それが君であると思いたい。たとえそのときにはもうつき合っていないとしても。誰が私の目を閉じてくれるか、すでにわかっているような気がする。それは君であってほしい、エリオ」

　ミシェルの話を聞きながら、ふと気がついた。僕の目を閉じてもらいたい人はこの地球上にひとりしかいない。何年も便りがないけれど、地球を横断して僕の目に手のひらを置いてほしい。僕も彼の目に自分の手のひらを置くから。

「さて」ミシェルが言った。「カルテットの最年長メンバーに会おう。三週間前に君が演奏を聴きたがっていた人だ。アリエルのことを覚えているか尋ねよう。だけどその前に、休憩時間に年老いたよぼよぼの修道女からホットシードルを買おう。またお互いに知らないふりをして、コンサートのあとで会う約束をしてもいいかもしれない。もちろん、そのあとで軽く食事をしに行く」

「もう、あの夜、どれだけあなたに抱きしめてもらって、家に誘ってもらいたかったたって話しただろう？　言いかけたけど、思いとどまったんだ」

「あの夜はそうなる運命ではなかったんだろう」ミシェルは微笑んだ。

「かもね」

ミシェルは首にスカーフを巻きながら僕を見つめた。「寒いかい？」

「少し」僕は言った。ミシェルは僕を気遣っているけれど、それを悟られたくないのだ。

「家に戻るかい？」ミシェルは聞いた。

僕は首を横に振った。「緊張すると寒くなるんだ」

「なぜ緊張しているんだい？」

「この関係を終わらせたくないから」

「なぜ終わらせなければならない？」

「わからない」

「君は私がこの生涯でだまし取られそうになったカードだ。今夜で三週間になる。まったくなにも起こらなかった可能性だってあった。私は――」だが、そこでミシェルは言葉を切った。

「なに?」

「もう一週間欲しい。もう一カ月。もうひとつの季節。有意義なもうひとつの生涯。冬を一緒に過ごしてくれ。春が来たら、君はツアーに飛び立つ。今日私たちがいくつかの層を暴いたことで、君にはひとりの相手がいるとわかっている。それは私ではないのだろう」

僕はなにも言わなかった。ミシェルはもの悲しげに微笑んだ。

「偽装結婚の男かな」そこでミシェルはしばしためらってから、こわばった声で言った。「私がこの人生で望むのは、君が幸せを見つけることだけだ。あとは……」彼は最後まで言えなかった。首を横に振り、あとは重要ではないと伝えた。

僕もミシェルも、それ以上は続けなかった。僕は彼を抱きしめ、ミシェルも僕を抱きしめた。そうして抱き合っているとき、ミシェルが頭上を飛んでいくガチョウの群れに気づいた。

「見て!」彼は言った。僕は腕を離さなかった。

「十一月だ」僕は言った。

「ああ。冬でも、秋でもない。昔から、コローが描いたような田舎の十一月が好きだった」

第三部

カプリッチョ

エリカとポール。

ふたりはそれまで互いに会ったことがなかったが、同じエレベーターから一緒に降りてきた。エリカはハイヒールを、ポールはデッキシューズを履いている。僕の部屋がある階へと上がっていくときに、ふたりは同じ場所に向かっていると気がついた。さらに、クライヴという共通の知り合いがいることまで判明した。ちなみに僕はクライヴとはまったく面識がない。どうしてふたりがクライヴの話をすることになったのか不思議だったものの、すでに不思議なことが約束されている夜にまた不思議なことが起きただけだ。どうしても僕の送別会に来てもらいたかったふたりの人間が、なんと一緒に到着したのだ。ポールはすごく年上のボーイフレンドを連れ、エリカは夫を連れてきたが、僕はいまだに信じられなかった。何カ月もふたりに近づきたいと思っていたが、この街で過ごすのもあと数日というときに、とうとうふたりが僕の部屋にいるなんて。ほかにも大勢の人たちが来ていた――が、誰もほかの客を気にしていない。ポールのパートナー、エリカの夫、ヨガのインストラクター、妻のミコルがずっと僕に会わせたがっていた友人、去年の秋に第三帝国からのユダヤ人追放についての発表会で知り合った夫婦、十丁目に住む奇妙な鍼《はり》師、気がふれたようなヴィーガンの妻を連れた同じ学部のイカレた論理学者、今夜客に出す指で食べられる軽食《フィンガーフード》の概念を喜んで再構成してくれたシナイ山出身のドクター・チョードリー。ある時点で、僕たちはプロセッコの栓を抜き、僕らがニューハンプシャー州に戻ることを祝って全員で飲んだ。すでに物がなくなった部屋にスピーチが響き、数人の大学院生が乾杯をしたり、愛情とユーモアを込めて僕を酷評したりするあいだ、どんどん客が来ては出ていった。

だが、例のふたりはとどまっていた。人々ががらんとした部屋をうろつく中、エリカがバルコニーに出ていき、僕があとに続き、それからポールもついてきた。ふたりは手にフルートグラスを持って手すりに寄りかかり、クライヴについて話していた。エリカは僕の左側、ポールは右側にいて、僕は床にグラスを置いて、それぞれの腰に腕をまわしていた。フレンドリーに、さりげなく、まったく問題はない。やがて僕は腕を離し、手すりに寄りかかり、三人で肩を並べて太陽が沈んでいくのを眺めた。

どちらも僕から離れなかった。ふたりとも僕にもたれかかっている。彼らをここに連れてくるまでに何カ月もかかった。このいつになく暖かい十一月中旬の夕方、ハドソン川を一望できるバルコニーで、三人だけの静かな時間が流れていた。

大学内でポールの所属する学部は僕の学部と同じ階にあったが、互いの研究はなんらかかわりがなかった。彼の外見から、論文を書き上げている大学院生か、博士研究員になったばかりか、初期のテニュアトラック（大学が若手研究者を任期つきで雇い、実績に応じて終身雇用に移行する制度）の助教だろうと思っていた。僕たちは同じ階段を使い、同じフロアを使い、ときどき大きな教授会で出くわすことがあった。あるいは、ブロードウェーの二ブロック先の〈スターバックス〉で出くわすほうが多かった。たいてい、大学院のセミナーが始まる前の午後に。また、通りの向かいにあるサラダバーで何度か顔を合わせることもあり、ランチのあとで歯を磨くときに同じトイレでばったり鉢合わせすると、微笑まずにはいられなくなった。そして、男子トイレに向かう途中で出くわすときには、いつも微笑むようになった。ふたりとも先に歯ブラシに歯磨き粉をつけていて、トイレには歯磨き粉を持っていかないようだった。ある日、ポールは僕を見て聞いた。「アクアフレッシュの歯磨き粉?」僕はそうだと答えた。なぜわかった? 縞模様だから、と彼は答えた。僕はその会話のきっかけに飛びつき、君はどのブランドを使っているのかと聞いた。「トムズ・オブ・メイン」気づくべきだった。彼はまちがいなくトムズ・オブ・メインを使うタイプだ。たぶん、トムズのデオドラントと、トムズの石鹸と、たいてい健康食品店で売っている主流ではない製品を使っているのだろう。ときどき、歯磨きのあとで彼が口をゆすぐのを見ると、サラダを食べた口の中でフェンネル風味の歯磨き粉はどんな味がしているのか知りたくなった。

互いに口説いたりはしないが、僕たちのあいだには暗になにかが漂っている気がした。午後の内気な社交辞令によって作り上げられるもろい浮き橋は、次の朝には、たまたま同じ階段を使ったときにかろうじて交わされる挨拶ですぐに壊されてしまう。僕はなにかを望んでいた。彼も同じだろう。けれど、この状況をきちんと読み取っているか確信が持てず、なにかを言ったり、関係を先に進めたりしていいものかどうかわからなかった。短い会話を交わすときに、僕はチャンスを見つけて、じきに研究休暇《サバティカル》が終わるのでニューハンプシャー州に戻るのだと彼に伝えた。それは残念だとポールは言った。僕が担当しているソクラテス以前の哲学者についてのセミナーを傍聴するつもりだったと。「だけど、時間が!」彼は言った。「時間!」謝罪するようなぎこちない笑みと、控えめなため息。つまり、ポールは僕のことを調べて、ソクラテス以前の哲学者のセミナーについて知っていたのだ。それがうれしかった。ポールはロシア人ピアニストのサムイル・フェインベルクについて書いている本の締め切りが迫っていた。僕はそれまでフェインベルクの名前を聞いたことがなく、ポールについてまた別の面が見られた気がして、時間をかけてもっと知りたくなった。もし予定がなくて、ほとんどからっぽになった部屋――四脚の椅子くらいしか残っていないけど、と僕は言った――で開かれるこぢんまりした送別会に来てくれるなら、歓迎する。どうだい？　もちろん、と彼は言った。その返事はあまりに早く、僕は信じないようにしようと思った。

それから、エリカ。僕たちは同じヨガ教室に通っていて、ときどき彼女は僕と同じくとても早い時間――朝六時――に来ていた。ときには、僕も彼女も遅い時間に、午後六時に来ることもあった。同じ日に二度、午前六時と午後六時に会うときさえあった。まるで、互いに会いたいと思っていたけれど、同じ日に二度会えることを期待しないほうがいいとわかっているかのようだった。エリカは隅にいるのが好きで、僕はいつも三十センチほど離れた場所にいた。彼女がいないときでも、壁から一メートルほど離れた床にマットを置くようにした。最初は、ふたりのいつもの場所が好きだったからだが、その後、彼女のために巧妙に場所を取っていたのだと気がついた。しかし、僕らはどちらも正会員ではなく、短くうなずき合うようになるだけでも長い時間がかかった。ときどき、目を閉じてすでに横になっていると、急に隣にマットを置く音が聞こえることがあった。見なくても誰かわかった。彼女が裸足で隅の狭い場所に近づいてくるときでさえ、そのおずおずした静かな足音を判別できるようになっていた。呼吸の音も、横になってから咳払いをする様子も。彼女は僕がいるのを見て驚いたけれどうれしいという態度を隠さない。一方、僕はもっと慎重で、急に〝ああ、君か〟という顔で二度見をするふりをする。あからさまな態度は見せたくなかった。スタジオの外で靴を脱いで、前のグループが出ていくのを待っているときに、いつも軽いうわべだけのヨガのおしゃべりをするだけで、それ以上のつながりを切望しているという印象を与えたくもなかった。クラスでの自分たちの平凡なパフォーマンスについて話し合ったり、下手な代理インストラクターについて文句を言ったり、嵐の天気予報を聞いたあとでため息をつきながら楽しい週末をと言い合うとき、いつも礼儀正しいけれど控えめな皮肉があった。僕も彼女も、この関係は先には進まないとわかっていた。だけど、彼女の細い脚が好きだ。先週末に塗った日焼け止めのにおいが消えていくことに憤りを感じているような、夏の日焼けで輝くなめらかな肩も。なにより、額が好きだ。平らではなく丸みを帯びていて、なにを考えているかがうかがえた。言葉ではうまく言い表せないが、彼女が微笑むたびに、あとからゆがんだ考えがありありと顔に浮かび、その考えをもっと知りたくなった。彼女が着ている服はぴっちりしていて、引きしまったふくらはぎがあらわになっていた。思考を自由に解放したら、簡単に想像できる。彼女がヴィパリタカラニ（仰向けで脚を上げ、壁に垂直に預けるポーズ）のポーズで脚を上げて、かかとを僕の胸に置き、爪先が僕の肩に届いている。僕はひざまずいて、両手で彼女の足首を包んでいる。彼女が脚を曲げて、少しずつ膝で僕の腰をはさんできたら、僕はただ彼女の呼吸を聞きながら、うめき声をもらし、ヨガ仲間以上の関係を望んでいると伝えるだけでいい。

僕は彼女に、送別会の夜にヨガのインストラクターを招待しようと思っていると言った。君もご主人と一緒に来ないか？　うれしいわ、とエリカは言った。

そういうわけで、エリカもポールもここにいる。十一月にしては暖かく、フランス窓が大きく開いていて、川からのそよ風が絶えず部屋に吹いてきて、窓台に置かれたキャンドルがちらちらと揺れている。皆、自分たちが映画の中にいて、うまくいかないことなどなにもない最も魅惑的な土曜の夜を過ごしているような気分だった。僕はただ客たちを互いに紹介し、もし会話が尽きそうだと感じたら、巧みに質問を投げかけた。主催者があらかじめ考えておいたありきたりで典型的な質問だと思われないように気をつけながら。〝あの映画のラストシーンをどう思った？　あの年老いたふたりの俳優をどう思った？　監督の前作と同じくらい気に入った？　僕はいきなり歌で終わる映画が好きみたいだ。君は？〟

僕の送別会だが、僕が主催者だった。プロセッコが切れないように気を配り、客たちは皆すっかりリラックスしているようだった。壁に寄りかかっておしゃべりをしている例のふたりの様子から、それがうかがえた。ときどき僕も加わると、解散したバンドのような気がした。全員が部屋を出ても、僕たちは気づかずに、この本やあの本、この映画やあの演劇について、どんな話題も意見の相違などなく、次から次に語り続けていただろう。

ふたりも質問をした――僕のこと、互いのこと。そして、一、二度、キッチンのそばにいる僕たちに近づいてきた人のほうを向いて、会話に引き込んだ。僕たちは大笑いし、僕はふたりの手を握った。ふたりは僕がしたことを喜んでいたはずで、やさしく握り返してきた。

弱くはなく、単に礼儀で握り返したのでもない。ある時点で、ポールが、その後エリカが、僕の背中をさすった。そっと、まるで僕のセーターの感触を気に入っていて、また触れたがっているかのように。素晴らしい夜だった。酒を飲み、携帯電話は一度も鳴らず、じきにドクター・チョードリーのデザートがふるまわれはじめる。パーティーは八時半に終わる予定だったが、とっくに過ぎていて、誰も帰りたがっているそぶりを見せなかった。

ときどきちらりとミコルを見やり、〝君のほうは大丈夫?〟と目で問いかけると、彼女は素早くうなずいた。〝ええ——そっちはなにも問題ない?〟〝こっちは大丈夫だよ〟と僕は応える。僕たちは完璧なチームであり、チームでいることで僕らは結びついていた。だからこそ、いい夫婦になれるとふたりとも前からわかっていた。そう、チームワーク。それと、ときどき情熱。

〝そのふたりは?〟ミコルが首をかしげて問いかけてきた。一度も会ったことのない若いふたりの客のことだ。〝あとで教えるよ〟と僕は応える。ミコルは顔をしかめ、少しけげんそうな表情になった。その興ざめなまなざしは知っている。〝なにか企んでいるのね〟と言っているのだ。

例のふたりはユーモアのセンスがあり、よく笑い、たまに僕を笑いものにした。僕が世の中の事情に疎いからだ。けれど、僕はふたりを楽しませておいた。

ある時点で、エリカが口をはさんでささやいた。「いまは見ちゃだめよ。でも、あなたの奥さんの友だちがずっとこっちを見てる」

「大学の仕事に興味があるんだよ。だから僕は彼女を避けてる」

「彼女に興味がない？」ポールが聞いた。その声にはかすかに皮肉がこもっていた。

「あるいは本気だと思えない？」エリカが口をはさむ。

「心が動かされない」僕は答えた。「つまり、心を引かれないってこと」

「でも、美人よ」とエリカ。僕は嘲笑を浮かべて首を横に振った。

「しっ！　僕たちが彼女のことを話してるってばれてる」

三人とも気まずげに目をそらした。「それに、彼女の名前はキリンだ」僕はつけ加えた。

「キリンじゃない。カレンだよ」とポール。

「キリンって聞いた」

「ええ、たしかにキリンって言ってたわ」僕のヨガのパートナーが言う。

「ミシガン人で、訛《なま》ってるから」

「ミシガンっ子ってことね」

「ミシガンって、異常《メシユガ》に似てる」僕たちは噴き出した。自分たちを抑えられないようだった。

「見られてるよ」ポールが言う。

依然として三人で笑い声をこらえようとしながら、僕の思考は暴走していた。ふたりに僕の人生にいてほしい。どんな状況でもいい。いまふたりにいてほしい。彼のボーイフレンドと、彼女の配偶者も一緒に。もしいるのなら、生まれたばかりの赤ん坊や養子も一緒に。好きなように行き来してくれていい。ただニューハンプシャー州でのひどく単調でつまらない日々の生活にいてほしい。

もしエリカとポールが、予測できない別の意味で——それほど予想外ではないかもしれないが——互いを好きになったら?

そうなったら、僕は自分のことのように興奮するかもしれない。性的衝動《リビドー》はあらゆる通貨を受け入れる。快感の追体験には店頭取引の為替レートがあり、その信頼性から現実としても通用する。他人の快楽を借用して破産した人はいない。破産するのは、誰かを求めていないときだけだ。「彼女が誰かを幸せにできると思う?」僕は妻の友人について聞いてみた。なぜそんな質問をしたのか、はっきりとはわからない。「君みたいな男を?」ポールが素早くダーツの狙いを定めるかのように、すぐに続けた。一方、彼の笑みに続いて、エリカがずるそうだけれど無言の笑みを浮かべた。僕の質問に隠された意味を読み取っていたのかもしれない。ふたりとも、僕が簡単に幸せにしてもらえるタイプでないという意見で一致しているようだった。「僕がどれだけシンプルなことを望んでるか、君たちはわかってない」「例えば?」エリカが尋ねる。ほとんど唐突で、僕が曖昧な態度をとったり、小さな嘘をついたりするところを見たくてたまらないかのようだった。「ふたつ挙げられる」「じゃあ、挙げて」エリカは即座に挑発してきた。自分があまりに早口でしゃべっていることも、明らかに僕の舌の先まで出かかっている答えがまったく彼女の予想に反するものだということにも、気づいていない。僕がためらっているのを察して、ポールが言った。「答えたくないのかも」「答えたいよ」僕は言った。ふたたびエリカの唇が震えて悲しそうな笑みが浮かぶ。「あるいは答えたくないかも」では、いま彼女はわかっている。わかっているにちがいない。僕のせいで彼女は緊張しているのだ。しかし、経験から、これは大胆な質問が投げかけられる瞬間だとわかった。もしくは、質問するまでもない。答えはイエスしかないのだから。だが、エリカは緊張している。「そもそも、僕らの望みの大半は想像上のものだろう？」僕は自分が言ったことをもう一度やわらげるために言い、エリカに逃げ道を与えようとした。彼女がそれを探していて、見つけられない場合のために。「それに、いちばん大きな望みは、結局叶わずに実現しないことがある——そう思わない？」

「僕はなにが望みを先延ばしにしてるか知るために、長々と待ったりしないよ」ポールが大笑いした。

「私は待ってたわ」とエリカ。

僕はふたりを見つめ、ふたりは僕を見つめた。こういう気まずい瞬間が好きだ。ときには、それを引き延ばして、蕾のうちにあわてて摘み取らずにいるだけでいい。けれど、緊張が高まっていき、エリカが急いでなにかを言った。それは僕が口にしていないことを直感で理解しているとも伝えていた。「かつてあなたの心にあざをつけた人、あるいは傷をつけた人がいたはずよ」

「いたよ」僕は答えた。「僕たちの心をぼろぼろに傷つけて去っていく人というのがいる」しばし考えた。「僕の場合、ぼろぼろに傷つけたのは僕のほうだった。だけど、僕のほうが立ち直れていない」

「彼女はどう?」

僕は一瞬ためらってから、「彼だ」と訂正した。

「どこで?」

「イタリア」

「イタリアね、なるほど。向こうでは物事のあり方がちがうから」

彼女は賢い、と僕は思った。


エリカとポール。

そう、ふたりはたしかに仲よくなった。僕は話をしているふたりを残して、ほかの客たちのほうに歩いていった。ミコルの友人と少しジョークを交わしさえした。ほくろがあるものの、彼女には美しさと痛烈な皮肉のセンスがあり、野心に燃える有能で優れた批評家だとうかがえた。

つかの間、今学期のあいだの週末のことを思い出した。大学の友人たちが、我が家での恒例の堅苦しくない日曜のディナーに来てくれた。メニューは、我が家の伝統のチキンポットパイとキッシュ——どちらも買ってきて温めるだけ——それと、僕のお手製の、あらゆる材料を放り込んだキャベツサラダ。つねに誰かがチーズを持ってきてくれたし、デザートを持ってくる人もいた。それから、大量のワインと、おいしいパン。僕たちは三段櫂船《かいせん》やギリシャ火薬、現代作家のホメロス的直喩や古代ギリシャの修辞技法について話した。こうしたすべてを僕は失うことになる。知らないうちに身についていたニューヨークのちょっとした習慣を失い、ほかの場所にいるときに恋しくなる。同僚や新しい友人たちを失い、言うまでもなく、このふたりも失うだろう。特に、ヨガの教室や大学以外の場所で互いに親しくなったいまでは。

あたりを見まわすと、部屋の中は去年の八月に僕とミコルが引っ越してきたときと同じようにほとんどの物がなくなっていた。残っているのは、テーブル、四脚の椅子、雨風で傷んだ数脚のデッキチェア、食器棚、からっぽの本棚、くぼんだソファ、ベッド、無数のハンガーが羽を広げた剥製の鳥みたいに吊るされているクローゼット、ぽつんと寂しげに置かれたグランドピアノだけ。僕もミコルもこのピアノに触れたことさえなく、芝居のチラシが山積みになっている。チラシに関しては、ニューハンプシャー州に持って帰ろうといつも約束していたものの、持ち帰ることはないとすでにわかっていた。ほかの荷物はすべてまとめて送ってあった。大学が僕らの滞在を十一月半ばまで延長してくれたので、そのころにまた古典学部から新しい住人が到着することになっている。メイナードという名で、彼とは一緒に大学院に通った仲だったので、僕はすでに歓迎のメモを書いていた。『乾燥機は時間がかかるし、Wi‐Fiはうまくつながらない』彼をうらやましいと思ったことは一度もなかったいまは、すぐにでも彼と運命を取り替えたい。

そのうち、僕の予想どおり、ふたりはまたジャーナリストのクライヴのことを話しはじめた。彼の名字はふたりとも覚えていなかった。ポールは白いリネンの半袖シャツを着て、胸もとのボタンを大きく開けていた。肘を上げて、クライヴの名字を思い出そうと頭に手をやったとき、腕全体の肌が見えた。脇の下にはほとんど毛がなく、たぶん剃っているのだろう。彼の輝く手首が好きだ——完全にムラなく日焼けしている。今夜ずっと、次にポールが誰かの名前を思い出そうとするときに手を頭にやるのを見逃さないようにしている自分が目に浮かんだ。

ときどき、ポールは部屋の向かいにいるボーイフレンドと素早くこっそり視線を交わしていた。共謀と団結——ふたりが互いに気を配っている様子はなんとなく愛らしかった。

エリカはゆったりしたスカイブルーのブラウスを着ていた。彼女の胸は興奮を覚えるほどのふくらみはなく、見つめることもできなかったが、僕が目をやるたびに彼女が気づいているのはわかっていた。ヨガの服を着たエリカしか見たことがなかった。僕が惹かれたのは、黒っぽい眉と、ハシバミ色の大きな目だった——ただ相手を見つめるだけでなく、なにかを要求する目。実際に答えを期待しているかのように長々と視線を向けられると、相手は言葉を失ってぽかんとなり、答えられなくなる。だが、彼女の目はなにかを要求しているわけではない——あたかも、あなたと知り合いだという気がするけど、どこで会ったかしらと言わんばかりのまなざし。そして、からかうような目で、思い出させてはくれないのねと告げる。相手は覚えているけれど忘れたふりをしているのだとわかっているから。彼女の目が僕に向けられるたびに、なにかをほのめかしていると思うことが何度もあった。以前、映画館の列に並んでいる彼女を見かけたときに、僕はふたりのあいだの沈黙を破りそうになった。エリカは夫と一緒で、彼になにかを話していた。と、不意に横を向いて僕を見つめた。僕たちはつかの間だけ見つめ合ってから、互いに気づき、無言でなにもなかったことにして、ただ黙ってうなずいて挨拶した。〝ヨガの人ね？〟〝ああ、ヨガだ〟そして、視線をそらした。

　そうこうしているあいだに、ミコルとヨガのインストラクターがバルコニーに出て、タバコに火をつけていた。インストラクターは彼女を笑わせている。彼女の笑い声が好きだ。彼女はめったに笑わない――僕たちはめったに笑わない。僕は客のひとりからタバコをもらい、ふたりに加わった。「灰皿は全部送っちゃったの」妻が説明する。プラスチックのグラスを持っていて、その縁でタバコの灰をとんとんと落とした。「ほんとうは吸わない方がいいけど、意志の力が弱くて」ヨガのインストラクターが自分のことを言った。「ここではみんなそうよ」ミコルが答える。いま、ふたりは笑っていて、インストラクターが彼女のグラスに手を伸ばして灰を落とした。僕たちはしばらくおしゃべりをしていたが、そのときまったく予想外のことが起きた。

　誰かがピアノのふたを開けて、弾いていた。バッハの曲だと僕はすぐに気がついた。部屋の中に戻ると、ピアノのまわりに人々が群がって耳を傾けていた。誰が弾いているか気づくべきだったが、僕は考えたくなかった。弾いていたのはポールだった。つかの間、おそらく予想外だったせいだろうが、僕はその場に立ち尽くした。すでに絨毯をはいで送っていたので、音がはるかに澄んで、深みがあり、がらんとした部屋に響いていた。広いけれど無人の教会堂で演奏しているかのようだ。ポールがこの遺物さながらのピアノにそそられるはずだと、なぜ気づかなかったのだろうか。あるいは、僕が何年も聴いていなかった曲を弾くと。

曲は数分続いた。僕は彼の後ろに行って、頭を支えてむき出しのうなじにキスをして、お願いだからもう一度弾いてくれと頼みたくてしかたがなかった。

この曲を知っている人はひとりもいないようだった。ポールが弾き終わると、敬意に満ちた静寂が部屋に訪れた。やがて彼のボーイフレンドが人だかりをかき分けて現れ、彼の肩にとてもやさしく手を置いた。もう弾くのはやめるようにと頼んでいるつもりなのだろうが、ポールは急にシュニトケの曲を弾きはじめ、全員が笑った。この曲を知っている人もひとりもいなかったが、すぐにポールが狂人を表現した『ボヘミアン・ラプソディ』を弾きはじめると、誰もが笑った。

演奏の途中で、僕は窓台の下にあるラジエーターのひとつにかぶせてある金属製のカバーの上に座った。するとエリカがやってきて、隣に腰を下ろした。静かに、まるでマントルピースの上の陶磁器を動かしたり落としたりすることなく狭い隙間に入り込もうとする猫のように。エリカは夫を捜して向きを変えたが、それと同時に僕の肩に右肘をもたせかけた。彼女の夫は両手でワイングラスを持って部屋の反対側に立っていて、落ち着かない様子だった。エリカは彼に微笑みかけた。夫はうなずき返す。僕はふたりのことが気になった。しかし、エリカはピアノ演奏者のほうを向き、僕の肩から肘を離さなかった。彼女は自分がなにをしているかわかっている。大胆だけれど迷いがある。だが、僕はほかのことに集中できなかった。彼女のこういうところは称賛する。どこでもすてきな友情を見つけることに慣れている自信から、気負わずに気楽に身体的な触れ合いができる。それは僕の若いころを思い出させた。当時は僕も、相手が気にしないばかりか、実際は僕に触れられることを望んでいるのだと思っていた。彼女の気楽な信頼に対して、僕は感謝の気持ちから、肩の近くにある手に手を伸ばした。一瞬だけ軽く握りしめ、彼女の友情に感謝を伝える。僕が手を握ったことで肘が離れるのはわかっていた。エリカはまったく気にしていないようだったが、ややあって肘を引っ込めた。バルコニーにいたミコルがいまはラジエーターの横に立って、僕の反対側の肩に手を置いていた。エリカの肘とはまるでちがう。

ポールのボーイフレンドが、じきに帰らなければならないからそろそろ演奏をやめるようにとポールに言った。「彼はいったん弾きはじめると止まらないんだ。それで僕が悪者になって、パーティーをぶち壊さなきゃならなくなる」そのとき、僕は立ち上がって、まだピアノの前にいるポールに近づいて腕をまわし、バッハの『アリオーソ』だね、君がそれを弾くとは思わなかった、と言った。

「僕もだよ」とポールは言った。彼の驚きは拍子抜けするぐらい率直で、同時に信頼できた。ポールは僕がバッハの奇想曲《カプリッチョ》に気づいたことを喜んでいた。「バッハが作曲した『最愛の兄の旅立ちに寄せて』だ。君は去っていくから、あながち的外れだというわけじゃない。君が望むなら、もう一度弾いてあげる」

なんてやさしい男だ、と僕は思った。

「君は去っていくから」ポールは繰り返した。全員が聞いていた。彼の口調はまぎれもない慈愛を帯びていて、僕の心からなにかが引きちぎられた。これほど多くの客の前では、それを示すことも表現することもできなかった。

そういうわけで、ポールはもう一度アリオーソを弾いた。僕のために弾いてくれている。僕のために弾いていると全員がわかっている。胸が締めつけられた。別れと旅立ちでとても恐ろしいのは、ほぼまちがいなく互いに二度と会えなくなることだ。ポールもそれをわかっていたにちがいない。けれど、彼が知らないこと、知っているはずのないことがある。二十年ほど前にも、このアリオーソを僕のために弾いてもらったことがあるということ。そのときも、僕は去りゆく側だった。

〝彼の演奏を聴いてるかい？〟と僕は語りかけた。ここにはいないけれど、僕の心に存在している人に。

〝聴いてるよ〟

〝あのね、この何年ものあいだ、僕はもがき苦しんでたんだ〟

〝知ってる。でも、僕も同じだよ〟

〝君が僕に弾いてくれた音楽はほんとうにすてきだった〟

〝弾いてあげたかったんだ〟

〝じゃあ、忘れてないんだね〟

〝もちろん、忘れてないさ〟

ポールがピアノを弾き、僕は彼の顔を見つめていた。こちらを見つめ返す彼の目から視線をそらせなかった。そのまなざしから伝わってくる無防備な優雅さとやさしさを心の奥で感じていた。僕のこれまでの人生について、数人だけが理解できる魅力的な言葉遣いで語られている。または、いまの人生についてかもしれないし、決して起こりえない人生についてかもしれない。その選択は鍵盤そのものと僕にかかっている。

ポールはバッハのアリオーソを弾き終わるとすぐに、サムイル・フェインベルクが編曲したコラール前奏曲を弾きたくなったと告げた。「五分もかからない、約束する」ポールはパートナーのほうを向いて言った。「でも、この短いコラール前奏曲は」と途中で演奏を中断して言い、ふたたび弾きはじめた。「君の人生を変えるかもしれない。弾くたびに、僕の人生は変わってる気がする」

僕に話しているのだろうか？

僕の人生を知っていたなんてありえるだろうか？

だが、彼は知っていたにちがいない――彼に知っていてもらいたかった。音楽が僕の人生を変えるとポールが言った瞬間に、それはこの上なく明らかな意味を帯びた。けれど、言葉そのものはあっという間に頭から消えてしまうはずだと、僕はすでに感じていた。意味だけが音楽に、このアッパーウエストサイドの夜に、永久に結びついているかのようだ。一度も聴いたことがないけれどいままではずっと聴き続けていたい音楽を、若い男が僕に教えてくれた夜。あるいは、バッハでより明るくなった秋の夜に？　あるいは、僕が好意を抱くようになり、音楽という癒やしのおかげでいまではもっと好きになった人々であふれているこのがらんとした部屋を失うことに？　それとも、音楽は人生と呼ばれるものの単なる前兆なのだろうか？　より明白になった人生。その折り目に音楽と魔法が閉じ込められているために、より現実的に――または非現実的に――なった人生。それとも、彼の顔？　椅子から僕を見上げて、〝君が望むなら、もう一度弾いてあげる〟と言ったときの顔？

もしくは、彼が伝えたかったのはこういうことかもしれない。音楽が君を変えなくても、親愛なる友よ、少なくとも君の心の奥にあるものを思い出させてくれる。君はそれを見失っているかもしれないけど、実際はどこかに消えてしまったわけではなく、正しいメロディーで呼びかければいまでも応えてくれる。正しい指のタッチと、メロディーのあいだの正しい静寂によって、魂が長い眠りからやさしく目覚めるように。〝もう一度弾いてあげる〟二十年前に誰かが同じような言葉を口にした。〝僕が編曲したバッハだよ〟

ラジエーターのカバーの上に僕と並んで座っているエリカと、ピアノを弾いているポールを見つめながら、今夜のおかげで、音楽のおかげで、僕のおかげで、ふたりの人生も変わってほしいと思った。あるいは、僕はただ、ふたりに僕の過去からなにかを呼び戻してもらいたいだけかもしれない。僕はまだ過去を見ていないから。もしくは、過去のようなものを。記憶のようなものを。または、ただの記憶ではなく、目に見えない透かしのような、もっと深い層なのかもしれない。

ふたたび彼の声がした。〝僕だろう。君が捜しているのは僕だ。今夜音楽が呼んでるのは僕だ〟

僕はふたりを見つめた。彼らはわかっていない。僕自身、わかっていない。僕ら三人のあいだの橋はこの先ももろいままで、今夜のあとでいとも簡単に壊れて流されてしまうと、僕にはすでに予想できた。プロセッコや音楽やドクター・チョードリーのフィンガーフードによって育まれた親睦や陽気さもすべて消えてしまう。僕らの関係は後戻りさえするかもしれない。歯磨き粉について語り合う前に。ヨガのクラスのあとで一緒になるなり、エリカがそういえば先生の息がくさかったわよねと言って、意地悪なインストラクターのことをふたりで笑う前に。

いま、ポールが演奏しているあいだ、僕はニューハンプシャー州の家のことを考えていた。窓からハドソン川の夜景を眺めていると、向こうでのすべてが遠く、悲しく思えた。家に帰ったら、家具のカバーを外さなければならない。それから家の掃除をして、空気を入れ替える。息子たちは遠くの学校にいるので、平日は妻とふたりきりで向かい合って座って、急いで夕食をすませる。僕たちは仲がいいけれど、よそよそしさもある。向こう見ずな情熱、刺激的な興奮、バカ笑い、〈アリゴズ・ナイト・バー〉に駆け込んでフライドポテトとマティーニを二杯注文したこと。それらは数年のあいだにたちまち消えてしまった。結婚が僕たちを結びつけ、僕は気持ちを入れ替えて生まれ変わると思っていた。子どもがいないニューヨークでの生活で、僕たちはまた結びつくと思っていた。けれど、僕は音楽に、ハドソン川に、エリカとポールに、以前よりも近づいていた。ふたりのことはなにも知らないし、彼らの生活も、クライヴも、パートナーや夫も、まったく気にならなかった。代わりに、部屋にコラール前奏曲が響き、音が少し大きくなっていくと、僕は別のことを考えはじめた。少し酒を飲んだときはいつもそうなる。ピアノの音が海を、いくつもの海を、年月を通り抜け、古いスタインウェイへとたどり着く。それを弾いていた人は、今夜バッハに呼び出された魂のように、このがらんとしたリビングに漂っている。そして僕に思い出させる。〝僕たちはいまでも変わらない。当てもなくさまよってはいない〟こういう瞬間、僕の頭の中にいる彼はいつもこうやって僕に話しかけてくる。〝僕たちはいまでも変わらない。当てもなくさまよってはいない〟――いつもけだるくからかうように表情をゆがめながら。五年前、ニューイングランドまで僕に会いに来てくれたときに、そう言ったも同然だった。

毎回、僕は彼に、僕を許す理由なんてないと伝えようとする。

だが、彼はいたずらっぽく笑い声をあげ、僕の反論を追い払う。決して怒らず、微笑み、シャツを脱ぎ、ショーツ姿で僕の膝の上に乗り、腿を広げて僕の腿にまたがり、両腕を僕の腰にしっかりとまわす。僕は現実に戻そうと、音楽と隣にいる女性に集中しようとする。彼は顔を上げ、僕の唇にキスをするかのように顔を近づけ、ささやく。〝バカだな、僕をひとり創るには、彼らふたりが必要だ。僕は男にも女にもなれる。あるいは男でも女でもある。僕にとって君は両方だったから。僕を見つけて、オリヴァー。僕を見つけて〟

彼はこれまで何度も僕の前に現れた。ただし、こんなふうにではない。今夜みたいなことは初めてだ。

〝なにか言ってくれ。お願いだから、もっとなにか話してくれ〟と僕は言いたい。自分の気持ちに素直になれば、用心深い言葉で好意を伝え、遠慮がちに手を伸ばすこともできる。今夜はだいぶ酒を飲んでいたので、彼はなによりも僕からの連絡を望んでいるはずだと僕は思い込む。その考えが僕を興奮させる。音楽が僕を興奮させる。ピアノを弾いている若い男が僕を興奮させる。僕らの沈黙を破りたい。

〝いつも最初に口を開くのは君だった。なにか言って。君がいる場所では、じきに午前三時になる。なにをしている？　ひとりか？　君からのひとことで、僕もふくめて全員が代役になる。僕の人生も、仕事も、家も、友人たちも、妻も、息子たちも、ギリシャ火薬や三段櫂船も、ミスター・ポールとミズ・エリカとのこのちょっとしたロマンスも、すべてが遮蔽物《しゃへいぶつ》となり、やがて人生そのものが娯楽に変わる。存在するのは君だけ。僕が考えるのは君だけ。今夜、君は僕のことを考えている？　僕は君を起こしたか？〟

彼は答えない。

「私の友人のカレンと話して」ミコルが言う。僕はカレンをだしにしてジョークを言った。「それと、あなたは飲みすぎよ」ミコルはぴしゃりと言った。

「もっと飲むよ」僕は第三帝国からのユダヤ人追放の専門家夫婦と話そうと横を向き、なぜそうなったかわからないが、笑いはじめた。じきに僕の元我が家になる場所で、このふたりはなにをしている？

僕はまたプロセッコの入ったグラスを持って、実際にミコルの友人のところに歩いていって話をした。ところが、第三帝国からのユダヤ人追放の学者たちを見かけ、気がつくとまた笑っていた。

たしかに飲みすぎたようだ。

僕はまた妻のことと、遠くの学校にいる息子たちのことを考えていた。ミコルは、学期中ずっとスノーブーツを履いて過ごす小さな大学都市に戻ったら、家で毎日執筆をする、それから僕にもそれを読ませてあげると言っている。そこではスノーブーツで教え、スノーブーツで映画を見に行き、ディナーにも教授会にもバスルームにもベッドにもスノーブーツで行く。そして、今夜のことはすべて、別の時代のものになる。エリカは過去のものとなり、ポールも過去に固定され、僕はこの壁にくっついている影にすぎなくなる。明日には見えなくなっているが、それでも残っている。隙間風に吹き飛ばされまいと抵抗するハエのように。

彼らは覚えていてくれるだろうか？

なぜ笑っているのかとポールが聞いてきた。

「きっと幸せなんだ」僕は言った。「もしくは、プロセッコを飲みすぎた」

「僕も」

その言葉に三人で笑った。

アリオーソとコラール前奏曲のあとで、終わりのない乾杯とプロセッコのあとで、ゲストルームでエリカと一緒に彼女のカーディガンを捜していたときに、気まずい瞬間があったのを覚えている。客のうちふたりはすでに帰り、残りは玄関に集まって待っていた。部屋にいるのは僕とエリカだけで、僕は来てもらえてすごくうれしかったと彼女に言ったが、ふたりのあいだの沈黙を少し長引かせておくこともできた。エリカの不安を感じたけれど、もう少しこうしていても気にしないだろうとわかっていた。しかし、これ以上先に押し進めるのはやめようと考え、気がつくと彼女の頬ではなく、むき出しの首にさよならのキスをしていた。僕が微笑むと、エリカも微笑んだ。僕の微笑みは謝罪で、彼女のは自制だった。

ポールにさよならを告げるときが来ると、僕は握手をしようとしたが、僕の手が彼の手に触れもしないうちに、彼は僕を抱きしめた。ハグをするときの彼の肩甲骨が好きだ。それからポールは僕の両頬にキスをした。彼のボーイフレンドも同じように僕にキスをした。

僕は喜びと興奮と胸の痛みを覚えた。戸口に立って、四人が通路を歩いていくのを眺めた。彼らに会うことは二度とないだろう。

僕はふたりになにを望んでいたのだろうか？　互いに好きになってもらいたかった？　そうすれば僕は腰を下ろしてもっとプロセッコを飲みながら、彼らの仲間に加わるかどうか決められたから？　あるいは、僕はふたりとも好きで、どちらをより求めているか決められなかったのか？　それとも、どちらも求めていないけれど、求めていると考えたかったのか。そうでなければ、自分の人生をのぞき込んで、至るところに巨大で陰気なクレーターを見つけ、今夜彼らに話した、僕がぼろぼろに傷つけた愛に戻ってしまうから。

ミコルと友人のカレンがキッチンで片づけをしていた。僕はふたりに、皿はそのままにしておいていいと言った。カレンが、また僕と話したいと率直に伝えてきた。「そのうち話せるかしら？」彼女は言った。「僕が街に戻ったらすぐに」僕は言った。嘘だった。

ミコルがカレンをエレベーターまで送ってから戻ってきた。寝る前に少し片づけを手伝おうとしてくれたが、僕は気にしなくていいと言った。

「いいパーティーだったわ」ミコルは言った。

「とてもよかった」

「で、あのふたりは誰だったの？」

「若者さ」

ミコルはお見通しだという笑みを向けた。「寝るわ。あなたも来る？」

片づけをしなきゃならないけど、すぐに行く、と僕は言った。

時間をかけて、荷造りのときに残しておいたふたつのツールバッグにプラスチックの皿を何枚かしまった。リビングのライトを消そうとしたとき、サイドテーブルの上に見慣れない小さな灰皿が載っていて、その横にタバコがひと箱置いてあるのが目にとまった。たぶん、灰皿もタバコもカレンのだろう。箱から一本取り出し、火をつけ、ライトをすべて消し、もう僕たちのものではない古いソファに座って横に灰皿を置き、新しい主人のもとに残るコーヒーテーブルに足を乗せ、大昔に聴いたアリオーソのことを考えはじめた。ふと、薄暗いリビングの部屋から外を見ると、満月が出ていた。ああ、なんて美しいのだろう。見つめれば見つめるほど、話しかけたくなった。

〝私は君の人生を変えなかっただろう？〟と懐かしきヨハン・セバスチャン・バッハが言う。

〝残念ながら〟

〝なぜ？〟

〝音楽は、僕がどうやって尋ねればいいかわからない質問の答えを教えてはくれない。僕がなにを望んでいるかを教えてくれない。僕がまだ恋をしているかもしれないということを思い出させる。でも、恋をしているというのがどういう意味か、僕にはもはやわからない。いつもいろいろな人たちのことを考えるけど、大切にする以上に大勢を傷つけてきた。自分の気持ちすらわからない。だけど、いまでもなにか感じてる。たとえそれが、虚無感や喪失感のようなものだとしても。もしかしたら、欠乏や、無感覚や、完全な無知といったものかもしれない。かつては自分に自信があった。物事を知っている、自分自身を知っていると思っていた。僕が人々の人生に押し入って、手を伸ばして触れたら、喜んでもらえた。歓迎されているかと聞くことも、疑問を抱くことさえなかった。音楽は、僕の人生はこうなっていたはずだったということを思い出させる。だが、僕を変えることはない〟

〝ひょっとしたら〟と天才は言う。〝音楽はそれほど私たちを変えず、偉大な芸術も私たちを変えたりしないのかもしれない。代わりに、私たちがどう主張しようが否定しようが、私たちがずっとこうだと思っていた自分、この先も決して変わらない自分を思い出させる。私たちが埋めて隠し、その後失った重要な出来事を思い出させる。私たちがついた嘘や、年月にかかわらず、大切だった人たちや物事を思い出させる。音楽とは、私たちの後悔にリズムをつけた音でしかなく、喜びや希望といった錯覚を引き起こす。私たちがほんの少しのあいだここに存在しているということ、自分たちが人生をおそろかにし、ごまかし、最悪な失敗を犯したことを、確実に思い出させる。音楽とは、命を吹き込まれていない人生だ。君はまちがった人生を生きてきたのだ、友よ、そして与えられた人生をあやうく傷つけかけた〟

〝僕はなにを望んでいるのだろう？　答えを知っているかい、ミスター《ヘル》・バッハ？　正しい人生、あるいはまちがった人生というものが存在するのか？〟

〝私は芸術家だ、友よ、私は答えない。芸術家が知っているのは質問だけだ。それに、君はすでに答えを知っている〟

もっといい世界では、彼女はソファの僕の左側に座って、彼は僕の右側の灰皿から二センチほど離れたところにいる。彼女は靴を脱ぎ捨て、コーヒーテーブルの上にある僕の足の横に足を置く。やがて、僕たちが見ているのに気づいて〝私の足〟と彼女は言う。〝醜い足でしょう？〟〝全然醜くないよ〟と僕は言う。僕はふたりの手を握っている。片方の手を離すが、その手で長々と彼の額に触れる。彼女は僕の肩にもたれかかり、彼は僕のほうに顔を向け、唇にキスをする。長く濃厚なキス。僕も彼も、彼女に見られていることは気にしない。彼女に見てもらいたい。若者はキスがうまい。最初、彼女はなにも言わず、しばらくして〝私も彼にキスしてもらいたい〟と言う。彼は彼女に微笑みかけ、僕を乗り越えるようにして彼女の唇にキスをする。その後、彼女は彼のキスのしかたが好きだと言う。〝同感だ〟と僕は言う。〝でも、タバコのにおいがするわ〟〝僕のせいだ〟と僕は言う。〝タバコのにおいがいやだった？〟彼が尋ねる。〝よかったわよ〟彼女は答える。僕は彼女にキスをする。彼女はタバコのにおいがすると文句を言わない。僕は〝フェンネルの味だ〟と考えている。彼女に彼のフェンネルを味わってほしい。彼の口から彼女の口に、僕の口に、そしてまた彼の口に。

　その夜、僕は三人で裸でベッドにいる光景を思い浮かべながら眠りに就いた。僕たちは抱き合っているけれど、最後にはふたりがそれぞれ片方の腿を僕の腿に乗せて、僕にくっついて丸くなっている。そんなことが簡単に起こっていたかもしれない。とても自然に、ふたりともそれ以外のことはほとんど考えずにディナーに来たというように。数時間前に氷の入ったバケツにボトルを立てていたとき、なぜあれほど多くの陰謀を、あれほど多くの計画を立て、そしてあんなに緊張していたのか。彼の汗と彼女の汗が僕の汗と混じり合うと思うと、うれしかった。それでも、結局僕が意識を向けていたのは彼らのアキレス腱だった。靴を脱いで、両足をコーヒーテーブルの上に乗せたときの彼女のアキレス腱。パーティーが始まり、部屋に入ってきたときの彼のアキレス腱。そのときに僕は、彼が靴下なしでデッキシューズを履いていることに気がついた。彼の足がいかに細くなめらかで優美か知らなかった。その後、彼も靴を脱いでコーヒーテーブルの上に両足を乗せ、日焼けした細い足首を交差させた。〝僕の足を見て〟片方の足の爪先を動かしながら彼は言った。僕たちは笑った。〝少年の足ね〟と彼女が言う。〝わかってる〟彼が答える。ふたたび彼が近くに来て、僕の腿の上に片方の膝を置き、僕にキスした。

その夜、どんな夢を見たか覚えていない。けれど、ひと晩じゅう、何度も興奮しながら目を覚ます合間に、僕はふたりを愛していた。ふたり一緒にか、別々かはわからない。彼らが裸で僕の腕の中にいた感触があまりに現実的で、真夜中に妻を抱きしめて目覚めたとき、その夜すでに想像していたように、イタリアの家を思い出させるキッチンで四人のために朝食を作りはじめてもおかしくない気がした。

僕はミコルのことを考えた。ここに彼女の居場所はない。イタリアでの出来事については話し合ったことがなかった。けれど彼女は知っている。あの一日のことを——ただ知っている。おそらく僕よりもよく知っている。かつては彼女に話したかった。僕の古い友人たちのこと、海の近くの彼らの家、そこでの僕の部屋、その家の女主人。何年も前、彼女は僕にとって母親のようだったが、いまでは認知症を患い、自分の名前も別れた夫のことも思い出せない。夫は亡くなる前、その家で別の女性と暮らしていて、彼女はいまでも七歳の息子と住んでいる。その子にものすごく会ってみたい。

〝僕は戻らなければならない、ミコル〟

〝どうして?〟

〝そこで僕の人生は止まってるから。ほんとうにそこを去ったわけではないから。ここにいる僕は切り落とされたトカゲのしっぽで、ぴちぴちと暴れまわっていて、体ははるか大西洋の向こうの海の近くにある素晴らしい家に残っているから。あまりにも長いあいだ離れてしまった〟

〝私を捨てるの？〟

〝そうなると思う〟

〝子どもたちも？〟

〝僕はこれからもずっとあの子たちの父親だ〟

〝それで、いつ？〟

〝わからない。そのうち〟

〝別に驚きじゃないわ〟

〝そうだね〟

その夜、客たちが帰ってミコルがベッドに入ってから、僕は玄関のライトを消し、バルコニーに通じるフランス窓を閉めようとしたときに、キャンドルの火がつけっぱなしなのを思い出した。また外に出て、川のほうを向いて立ち、さっきエリカとポールと一緒に立っていた場所で手すりに両手を置き、川の向こうを眺めた。ハドソン川の向こうの明かりが好きだ。さわやかなそよ風が好きだ。この時期のマンハッタンが好きだ。ジョージ・ワシントン橋の眺めが好きだ。ニューハンプシャー州に戻ったらこの眺めが恋しくなるだろうが、いまは、今夜は、やはりイタリアの夜空に伸びるモンテカルロの輝く光を思い出させた。じきにアッパーウエストサイドは寒くなり、雨が多くなるだろう。だが、ここの天気はいつもさわやかで、決して眠らないこの街では寒い深夜でもまだ人々が通りをうろついている。

僕はデッキチェアをもとの場所に戻し、中身が半分入っているワイングラスを床から拾い上げた。そこでふと、もうひとつのグラスが目にとまった。灰皿として使われていたもので、タバコの吸い殻でいっぱいになっている。外で何人がタバコを吸っていたのだろう？　ヨガのインストラクター、カレン、ミコル、第三帝国からのユダヤ人追放についての発表会で出会った夫婦、ヴィーガンたち。ほかには？

いま、僕は景色をうっとりと眺め、二隻のタグボートが静かに上流へとすべるように進んでいくのを見続けていた。いまから五十年後のいつか、ほかの誰かがこのバルコニーに出てきて、ここに立って、同じ景色をうっとりと眺め、似たような考えを抱くだろうが、それは僕ではない。その人物は十代だろうか。八十代だろうか。それともいまの僕と同じ年齢だろうか。僕と同じように、いまだに昔の唯一の愛を切望しながら、誰かのことを考えないようにしているのだろうか。その相手もまた、五十年前の今夜の僕のように、最愛の人を切望しながら、そのことを考えまいとしてきたのか。僕自身、何年も努力して失敗してきたように。

過去、未来。それらはなんという仮面であることか。

あのふたり、エリカとポールは、なんという遮蔽物だったことか。

すべてが遮蔽物であり、人生そのものは娯楽なのだ。

いま大切なものは、命を吹き込まれていない人生だ。

僕は月を見上げた。僕の人生について問いかけるつもりだった。だが、僕が質問を考えるよりずっと先に答えが聞こえた。〝二十年間、あなたは死んだような人生を送ってきた。みんなが知っている。奥さんや子どもたち、奥さんの友人、第三帝国からのユダヤ人追放についての発表会で出会った夫婦でさえ、あなたの顔からそれを読み取れる。エリカとポールはわかっている。ギリシャ火薬や三段櫂船を研究している学者たちも、二千年前に死んだソクラテス以前の哲学者たちでさえ、わかっている。わかっていないのはあなただけ。でも、いまはあなたもわかっている。

〝あなたは誠実ではなかった〟

〝なにに？　誰に？〟

〝あなた自身に〟

僕は数日前のことを思い出した。段ボール箱とテープを買いに出かけたとき、知り合いが通りを渡っているのが目にとまった。僕は彼に手を振ったが、彼は手を振り返さずにそのまま歩き続けた。だが、彼が僕を見たのはわかっていた。僕に腹を立てていたのかもしれない。だけど、なんのことで？　しばらくして、同じ学部の人が書店に向かうのを見かけた。僕たちは歩道の果物売り場の近くですれちがった。彼も僕のほうを見たが、僕の微笑みを無視した。さらにしばらくして、歩道で同じアパートの住人を見かけた。いつもはエレベーターで挨拶を交わすのだが、僕が会釈をしても、彼女はなにも言わず、うなずき返すこともなかった。僕ははっと思いついた。僕は死んだのだ。そうとしか説明がつかない。死とはこういう感じにちがいない。こちらからは見えるが、相手には自分が見えない。もっと悪いことに、自分は死んだ瞬間──段ボール箱を買いに行く途中──にとらわれていて、なっていたかもしれない自分、ほんとうの自分には変われず、人生の進路を変えてしまったひとつの過ちを正すこともできない。いまや、最後にしていたばかばかしいこと、段ボール箱とテープを買いに行くことに、永遠にとらわれてしまっている。僕は四十四歳。すでに死んでいる──けれどあまりに若い。死ぬには若すぎる。

窓を閉めてから、またバッハのアリオーソのことを考え、心の中で口ずさみはじめた。こういう瞬間、僕たちはたったひとりで、すっかり上の空になりながら、永遠と向き合い、人生と呼ばれるものや、自分がしたこと、途中までしたこと、やり残したことを検討しようとする。僕がすでに答えを知っていると懐かしきバッハが言っていた質問に対する僕の答えはなんだろう?

ひとりの人物、ひとつの名前──彼は知っている、と僕は思った。いま、彼は知っている。やはり知っている。

〝僕を見つけて〟と彼は言う。

〝見つけるよ、オリヴァー、必ず〟と僕は言う。それとも、彼は忘れてしまっただろうか?だが、彼は僕がいましたことを覚えている。彼は僕を見つめ、なにも言わないけれど、感動しているのだとわかる。

まだ心の中でアリオーソを口ずさみ、別のグラスを持ってカレンのタバコをもう一本吸いながら、突然、彼にこのアリオーソを弾いてもらいたくなった。そのあとでコラール前奏曲も。いままで彼が弾いたことのない曲だ。僕のために弾いてもらいたい。僕のためだけに。彼の演奏を考えれば考えるほど、どんどん目に涙があふれてきた。まだアルコールがまわっているせいか、心のせいか、それはどうでもいい。ただ、いま聴きたかった。海の近くの家で、雨が降る夏の夜に、彼の両親のスタインウェイでこのアリオーソを弾いてもらいたい。僕は飲み物のグラスを持ってピアノのそばに座り、彼と一緒にいる。長い何年ものあいだ、僕のことも彼のこともまったく知らない他人の中で孤独だったけれど、もうひとりぼっちではない。僕は彼にアリオーソを弾いてくれと頼む。弾いてもらうことで、今夜のことを思い出す。バルコニーでキャンドルの火を消し、リビングのライトを消し、タバコに火をつけた夜。人生で一度だけ、自分がどこにいたいか、なにをすべきかわかっていた。

一度目のとき、または二度目、三度目のときと同じようになるだろう。他人にとっても自分にとっても説得力のある口実をでっちあげ、飛行機に乗り、レンタカーを借りるか、人を雇って車で送ってもらい、昔の懐かしい道を走っていく。何年ものあいだに変わってしまっただろう。あるいは、あまり変わっていないかもしれない。僕が道を覚えているように、道はいまでも僕を覚えている。そして、あっという間にたどり着く。古いマツの並木道、車がゆっくりと止まるときにタイヤが砂利を踏みしめるザリザリという懐かしい音、それから家。僕は見上げ、誰もいないと思う。僕が行くことを手紙で知らせてあるけれど、彼らは僕がほんとうに来るとは思っていない。しかし、思ったとおり、彼は待っている。起きて待っていなくていいと伝えてある。〝もちろん起きて待ってる〟と彼は答える。その〝もちろん〟で、僕らの年月が勢いよく戻ってくる。彼の言葉には抑えた皮肉がかすかに感じ取れる。僕らが一緒にいたとき、彼はそうやって本心を話した。〝たとえ君が朝の四時に着いても、僕がいつでも起きて待ってるってわかってるだろう。この何年ものあいだ、僕は起きて待ってた。あと数時間くらい、起きて待っていないと思う？〟

〝僕たちはずっと、起きて待っていられる。起きて待っているという人生を送ってきた。起きて待っていることで、僕はここに立っていられる。地球の反対側でバッハの音楽が演奏されるのを聴いて、意識が君へと向かった。ただ君のことを考えたいから。ときどき、考えているのがどっちなのかわからなくなる。君か、僕か〟

〝僕はここにいる〟彼は言う。

〝起こしてしまったか？〟

〝うん〟

〝迷惑かい？〟

〝ううん〟

〝ひとり？〟

〝それが重要？　でも、ひとりだよ〟

彼は自分が変わったと言う。だが、変わっていない。

〝いまでもジョギングをしている〟

〝僕も〟

〝それに、前より少し酒を飲む〟
〝同じく〟
〝だけど、よく眠れない〟
〝同じく〟
〝不安だし、ちょっと鬱《うつ》っぽい〟
〝同じく、同じく〟
〝戻ってくるんだろう、エリオ？〟
〝どうしてわかった？〟
〝僕にはわかる、エリオ〟
〝いつ？〟とエリオは尋ねる。
〝二、三週間後に〟
〝戻ってきてほしい〟
〝そう思う？〟
〝はっきりと〟
〝やっぱり、並木道のある家に向かうのはやめる。代わりに、飛行機でニースに行く〟
〝じゃあ、車で迎えに行くよ。昼前になると思う。最初のときと同じ〟
〝覚えてるのか〟
〝覚えてる〟

〝男の子に会いたい〟

〝名前を教えたっけ？　父は君の名前をつけたんだ。オリヴァー。父は決して君を忘れなかった〟

気温は高く、木陰はない。けれど、ローズマリーの香りがあたり一面に漂っている。キジバトの鳴き声が聞こえ、家の裏にはワイルドラベンダーと、大きな困惑顔を太陽に向けているヒマワリの畑がある。スイミングプール、〝至高〟というニックネームの鐘楼《しょうろう》、ピアーヴェ川の戦いで死んだ兵士たちの記念碑、テニスコート、岩だらけの浜辺に通じる壊れかけた門、午後の砥石、終わらないセミの鳴き声、僕と君、君の体と僕の体。

どのくらい滞在するのかと聞かれたら、真実を伝えよう。

どこで寝るつもりなのかと聞かれたら、真実を伝えよう。

聞かれたら。

だが、彼は聞かないだろう。その必要はない。彼はわかっている。

第四部
ダ・カーポ

「なんでアレクサンドリアなんだ？」そこで過ごす最初の夜、オリヴァーが尋ねた。僕たちは散歩道で立ち止まり、防波堤の向こうに沈む太陽を眺めていた。魚と潮と海岸線沿いの褐色の穏やかな水のにおいがきつかったけれど、僕たちはアレクサンドリアギリシャ人がホストをしている家の向かいに延びる歩道に立ち続け、かつて古い灯台が立っていたといわれている場所を見つめた。僕らのホストの家族は八世代にわたってここに住んでいた――灯台があったのはカイトベイ要塞が立っている場所にほかならないと言い張っている。だが、たしかなことは誰もわからない。そのうちに太陽が沈みながら大きな筆遣いで遠くを染めていく。ピンクでも薄いオレンジ色でもなく、明るく派手なタンジェリン色。僕もオリヴァーもそんな色の空は見たことがなかった。

〝なんでアレクサンドリアなんだ？〟という質問にはいろいろな意味が込められていたのかもしれない。〝なぜこの場所がいままでは西洋史の中心となっているのか？〟から、〝なぜ僕たちはここに来ることにしたのか？〟という気まぐれな意味まで。僕はこう答えたかった。〝僕らふたりにとって意味があるものすべて――エフェソス、アテネ、シラクーサ――が、おそらくここで終わったから〟と。僕はギリシャ人のこと、アレキサンダー大王と愛人へファイスティオンのこと、アレクサンドリア図書館のこと、ヒュパティアのこと、そして最後に現代ギリシャ人の詩人カヴァフィスのことを考えていた。けれどもまた、オリヴァーがなぜ尋ねているかもわかっていた。

僕たちはイタリアの家を出発して、三週間の地中海旅行に出ていた。船はふた晩アレクサンドリアに停泊する。僕たちは家に戻る前の最後の数日を楽しんでいた。僕たちはふたりきりで過ごしたかった。家には人が多すぎる。母が僕たちと暮らすようになっていたが、いまでは階段を使えず、僕たちの部屋に近い一階の部屋で過ごしていた。それから、母の介護人がいる。そしてミランダ。旅に出ていないときは僕の昔の寝室に泊まっている。最後に、リトル・オリー。彼の部屋はミランダの部屋の隣で、かつて僕の祖父が使っていた。僕たちは両親の昔の寝室を使っている。夜に咳をしただけでも全員に聞こえるにちがいない。

最初、イタリアでの暮らしは僕たちが期待していたほど簡単ではなかった。いろいろ大変だとわかっていたものの、きちんと理解していなかった。何年も前の僕たちの関係にまっすぐ突き進みたいという気持ちが、一緒のベッドに入ることにためらいを生じさせたのだ。僕たちはすべてが始まったときと同じ家にいる——が、僕たちは同じだろうか？　オリヴァーは時差ボケのせいにしようとし、僕はそれを受け入れた。オリヴァーは背中を向け、僕は服を脱ぐ前にライトを消した。自分が失望するのではないかという不安を、彼を失望させるのではないかというはるかに厄介な不安と取りちがえていた。とうとうオリヴァーがこちらを向いたとき、彼も同じことを考えているのだとわかった。「エリオ、僕はもう何年も男と寝てないんだ」それから笑いながらつけ加えた。「やり方を忘れてしまったかも」僕たちは欲望が僕らのためらいを阻んでくれると期待していたが、気まずさは消えそうになかった。暗闇の中、ある時点で、僕はふたりのあいだの緊張を感じながら、話をすれば僕らのためらいが消え去るかもしれないとさえ言った。僕は無意識のうちによそよそしくなっているか、と聞いた。いや、全然よそよそしくはない。僕は扱いにくい？　扱いにくいか？　いいや。じゃあ、なんだろう？

「時間さ」オリヴァーは答えた。いつものように、彼が言ったのはそれだけだった。時間が必要なのか、と僕は聞き、ベッドの上で彼から離れようとした。いいや、とオリヴァーは答えた。

ややあってから、あまりに長い時間が過ぎてしまったという意味だと僕は理解した。

「ただ抱きしめて」やがて僕は言った。

「それで、どうなるか確かめる？」すぐにオリヴァーはからかって言った。一語一語に皮肉がこもっている。緊張しているのだ。

「そう、どうなるか確かめる」僕は繰り返した。そして、五年前に彼の教室を訪れ、彼が手のひらで僕の頬に触れた午後を思い出していた。誘われたら、即座に彼と寝ていただろう。じゃあ、なぜ誘わなかった？「君に笑われていたはずだから。断られていたかもしれないから。君が僕を許してくれていたかわからなかったから」

その夜、僕たちは愛を交わさなかった。けれど、彼の腕の中で眠りに就き、彼の呼吸を聞き、何年も経ってから彼の息のにおいを感じ、とうとう僕のオリヴァーとベッドにいて、腕を離したときにどちらも立ち去ったりしないとわかっていることで、二十年が経っているにもかかわらず、ずっと昔、若者だったころにこの家にいたときから、僕らは一日も年を取っていないということに気づかされた。翌朝、オリヴァーは僕を見つめていた。僕は沈黙で隙間を埋めたくなかった。彼にしゃべってほしかった。だが、オリヴァーはしゃべろうとしなかった。

「君のは朝勃ちなの……それとも僕のため？」とうとう僕は聞いた。「いま、僕のは朝勃ちではなく、本気のだから」

「僕もだよ」オリヴァーは言った。

彼がどうやって始めるのが好きかを覚えていたのは、彼ではなく僕だった。「こんなのは君としかしたことがない」オリヴァーは言った。ふたりとも自分たちのあいだでなにが起きようとしているかわかっていたが、彼の言葉がそれを裏づけた。「だけど、やっぱり緊張してる」オリヴァーは続けた。

「君が緊張するなんて知らなかった」

「そうだね」

「僕も言わなきゃならないことが――」僕は言いかけた。彼に知ってもらいたいから。

「なんだい？」

「こんなふうにセックスするのは、君のためにずっと取っておいた」

「僕たちは二度と一緒にならなかったかも」

「そんなことは絶対になかったはずだ」それから我慢できずに言った。「君は僕の好きなことを知ってる」

「ああ」

「じゃあ、君は忘れてなかった」

オリヴァーは微笑んだ。ああ、忘れていない。

夜が明け、セックスのあとで、僕たちは何年も前にそうしたように泳ぎに行った。

帰ってきたとき、家の中はまだ寝静まっていた。

「コーヒーを入れるよ」

「コーヒーか、ぜひ飲みたい」オリヴァーは言った。

「ミランダはナポリ式コーヒーが好きなんだ。僕たちはもう何年もそうやってコーヒーを入れてる」

「いいね」そう言ってオリヴァーはシャワーを浴びに行った。僕はコーヒーポットの準備をしてから、卵をゆでるために湯を沸かしはじめた。ランチョンマットを二枚用意し、一枚はキッチンテーブルの長い側に、もう一枚は上座に敷いた。それからパンを四枚トースターに入れたが、スイッチは入れなかった。オリヴァーが戻ってきたときに、コーヒーポットを見ていてくれ、でもコーヒーができてもひっくり返さないでと言った。オリヴァーの髪が濡れたままくしでとかしてあるのが好きだ。朝のそんな姿を忘れていた。ほんの二時間近く前は、僕たちがまた愛し合えるか確信がなかった。僕は朝食を準備する手を止めて、彼を見つめた。オリヴァーは僕の考えに気づいて微笑んだ。そう、僕らをおびえさせた不安はいまやなくなっていた。それを裏づけるかのように、僕はシャワーを浴びにキッチンを出る前に、オリヴァーの首に長々とキスをした。「こんなふうにキスをしてもらうのは久しぶりだ」オリヴァーは言った。「時間さ」僕は彼の言葉を使ってからかった。

シャワーを浴びてキッチンに戻ると、驚いたことに、オリヴァーとオリヴァーが並んでテーブルの長い側に座っていた。三人で食べるために、僕は沸騰した湯に卵を六個入れた。ふたりは昨夜テレビで見た映画について話しており、リトル・オリーがすぐにオリヴァーを好きになったのは明らかだった。

僕は全員のために温かいトーストにバターを塗った。オリヴァーがリトル・オリーのために卵の殻の先端を切ってやり、そのあとで自分のも切った。「誰がこのやり方を僕に教えてくれたか知ってるかい？」オリヴァーは聞いた。

「誰？」少年は尋ねた。

「君のお兄ちゃんだよ。毎朝、僕のために卵を切ってくれたんだ。僕はやり方を知らなかったからね。アメリカで教わらなかったんだ。僕もふたりの息子のために卵を切ってやってた」

「息子がいるの？」

「ああ、そうだよ」

「名前は？」

オリヴァーは名前を教えた。

「君の名前は誰からもらったか知ってるかい？」やがてオリヴァーは聞いた。

「うん」

「誰？」

「あなた」

最後の数語を聞いたとたん、僕の喉が締めつけられた。それはとても多くのことを強調していた。僕たちが口にしなかったこと、あるいは口にする時間がなかったこと、あるいはなんと言えばいいかわからなかったこと。けれど、たしかにここにある。未完成のメロディーを解決する最後の和音のように。あまりに長い時間が、あまりに多くの年月が過ぎていた。どれだけ多くの年月が無駄になったのだとしても、それが結局のところ知らないうちに僕らをよりよい人間にしているのかもしれない。僕が感動したのも不思議ではない。この子は僕らの子どもみたいだ。あまりにはっきりと予言されていたかのようで、すべてが急に明らかになった——少年の名前には理由があるから。オリヴァーはずっと僕と血がつながっていて、ずっとこの家で暮らしていて、この家と僕らの生活の一部だったから。僕たちのもとに来る前から、彼はすでにここにいた。僕が生まれる前から、何世代も昔の祖先が最初に腰をすえる前から。それからいままでのあいだの年月は、時間という長い旅路の中断にすぎない。あまりの多くの時間、あまりに多くの年月、僕らが触れて置き去りにしてきたすべての人生、簡単には起こらなかったかもしれないけれど実際に起きたかのような人生——時間とは、昨夜遅くにふたりで抱き合って眠る前に彼が言ったように、命を吹き込まれなかった人生に対してつねに僕らが払う代償なのだ。

僕は彼のコーヒーを注ぎ、彼らの後ろをうろつきながら、今朝の愛の営みのあとでシャワーを浴びなければよかったとふと思った。彼のあらゆる痕跡を残しておきたかった。夜明けにしたことについて、まだふたりで話していない。愛し合っているときに彼が僕に言ってくれたことをもう一度言ってほしい。僕らの夜について彼に話したい。口ではぐっすり眠ったと言っているけれど、ふたりともそうじゃなかったとわかっていると。話をしなければ、僕らの夜はいとも簡単に消えてしまうだろう。彼自身が簡単に消えてしまうように。なにを思ったか、僕は彼のコーヒーを注いだあとで、彼の耳たぶにキスをしそうなくらい口を近づけた。「絶対に帰らないで」僕はささやいた。「去らないって言って」

オリヴァーは静かに僕の腕をつかんで引っ張り、上座の僕の席に座らせた。「去ったりしない。そんなふうに考えるのはよせ」

僕は二十年前に起きたことを彼に話したかった。いいこと、悪いこと、とてもいいこと、ひどいこと。そういう話をする時間はある。最新情報を伝えて、すべてを知ってもらいたい。僕がオリヴァーのすべてを知りたいように。昔、彼が僕らのところに来た一日目に彼の腕の白さを目にして、その腕で裸の腰を抱きしめてもらいたくてしかたがなくなったことを話したかった。数時間前にふたりでベッドに横たわっているときに、僕はそのことを少し話した。「君はシチリア島で遺跡の発掘作業をしてたから、腕が黒く日焼けしてた。僕はダイニングルームでそのことに初めて気がついた――けど、腕の内側はとても白くて、大理石みたいに血管の筋が浮かんでて、とても繊細に見えた。僕は両方の腕にキスをして、両方の腕を舐めたかった」「そのときも？」「そのときも。いまは抱きしめてくれる？」「それでどうなるか確かめる？」オリヴァーは聞いた。その夜、抱きしめ合うだけで、それ以上のことをしなくてよかった。オリヴァーは僕の考えを読み取ったらしく、いま、僕の肩に腕をまわして抱き寄せ、少年のほうを向いて言った。「君のお兄ちゃんはほんとうに素晴らしい人間だ」

少年は僕たちを見つめた。「そう思う？」

「君はそう思わない？」

「思うよ」少年は微笑んだ。皮肉がこの家の言語だと、この子はわかっている。僕がわかっているように。オリヴァーがわかっているように。

それから出し抜けに少年は聞いた。「あなたもいい人間？」

オリヴァーでさえ感動し、息をのまずにはいられなかった。この子は僕らの子だ。僕もオリヴァーもわかっている。それに、もう生きていない父もわかっている。最初からずっとわかっていたのだ。

「ここに古い灯台が立っていて、そこから歩いて十分も離れていないところに立っているなんて、信じられる？」

僕たちはもうひと晩アレクサンドリアに泊まってから、ナポリに向かった——自分たちへの贈り物、あるいは、ミランダの言葉を使うならハネムーンだ。そのあとでオリヴァーはローマ・ラ・サピエンツァ大学で教えはじめることになっている。けれど、ふたりで太陽を見つめ、散歩道をそぞろ歩く家族や友人や人々を眺めながら、僕はオリヴァーに聞きたくなった。彼がニューヨークに戻る数日前のある晩にふたりで岩に座って海を見たときのことを覚えているかと。ああ、覚えている、とオリヴァーは言った。もちろん覚えている。明け方近くまでローマの街を探索した夜のことを覚えているかと僕は尋ねた。ああ、そのことも覚えている。僕はあの旅で人生が変わったと言おうとした。ふたりで完全に自由に過ごしたからだけではなく、ローマのおかげで芸術家の人生を味わえたから。僕はそれを切望していたけれど、その人生を送ることになるとは思っていなかった。ローマでの最初の晩、僕たちはすごく飲みすぎたけど眠れなかった。また、とても大勢の詩人や芸術家や編集者や役者たちに会った。しかしそこでオリヴァーが僕の言葉をさえぎった。「過去を懐かしむわけじゃないだろう？」といつもの簡潔な話し方で言う。その口調から、僕は未来が存在しない領域に入り込んでいたことを気づかされた。まぎれもなくオリヴァーは正しい。「僕は多くの関係を断ち切らなければならなかった。後戻りはできないし、大きな報いを受けるはずだけど、過去を振り返りたくはない。僕にはミコルがいて、君にはミシェルがいた。僕が若いエリオを愛し、君が若いころの僕を愛したようにね。彼らのおかげでいまの僕たちがいる。彼らが存在していなかったというふりはやめよう。でも、過去は振り返りたくない」

その日の早朝、僕たちはカヴァフィスの家に行ってきた。家がある通りは、かつてはレプシウス通りという名で、その後シャムル・エル・シェイク通りになり、現在ではC・P・カヴァフィス通りとして知られている。通りの名前の変化に僕たちは笑った。およそ紀元前三

○○年に建設されて以来、この街は徹底してどっちつかずで、自身の通りの呼び方さえ決めかねている。「ここはすべてが層をなしてる」僕は言った。オリヴァーは答えなかった。
かつて偉大な詩人の家だった蒸し暑いアパートに足を踏み入れるなり、オリヴァーが完璧なギリシャ語で案内係にすらすらと挨拶をしたので、僕は驚いた。いつどうやって現代ギリシャ語を学んだのだろう？　それに、彼の人生について知らないことがあといくつあるのだろう？　僕の人生について彼が知らないことは？　オリヴァーは短期集中コースで学んだのだと言った。だけど、ほんとうに役立ったのは、妻と息子たちとギリシャで過ごしたサバティカルだった。息子たちはすぐに言葉を覚え、妻はほとんど家にいて、陽光が降り注ぐデッキでダレル兄弟の本を読み、英語をしゃべれない女性清掃係からギリシャ語の断片を聞き取って習得した。

カヴァフィスのアパートは、現在では即席の博物館になっていて、窓が開いているにもかかわらず、活気がなく散漫としているように感じられた。地域そのものが散漫としていた。中に入ると、薄暗く、通りからちらほら聞こえる音を除いて、家の中は静まり返り、数少ない古い家具に完全な静寂が重くのしかかっていた。ここにある家具はおそらくどこかの使われていない物置小屋から拾ってきたのだろう。それでも、このアパートは僕のお気に入りのカヴァフィスの詩を思い出させた。詩人が若いころに恋人と眠っていたベッドに落ちる午後の日ざしについての詩。詩人が数年後に建物を再訪すると、家具はすべてなくなり、ベッドはなくなり、アパートは事務所になっている。しかし、かつてベッドに広がっていた日ざしを忘れることはなく、永遠に彼の記憶に残っている。彼の恋人は、彼は一週間以内に戻ってくると言っていた。だが、彼が戻ることはなかった。僕は詩人の悲しみを感じた。立ち直れないほどの悲しみを。ロレンス・ダレルによるカヴァフィスの詩の自由訳がある。

この小さな部屋、どんなによく、私は知っていることか!
いまはこの部屋と、隣の部屋とが、貸しにだされている。
事務所用として。家じゅうが、
商人たちの事務所に呑《の》みこまれてしまった。
有限責任会社や、回漕店などに、呑みこまれてしまった……

ああ、この小さな部屋が、どんなに親しいものであることか!

昔はここに、扉のそばに、ソファがあった。
その前には、小さなトルコ絨毯が敷いてあった、
ちょうど、このところに。それから、棚には、
二つの黄色い花瓶があった。その右手には——
いえ。待って。その向《むか》いよ(なんと速やかに年月は過ぎ去るのだろう)。
そこに、古ぼけた衣装箪笥《だんす》と小さな鏡が、

そして、ここに、真中《まんなか》に、テーブルが。
彼はいつもここに坐《すわ》って、書きものをした。
まわりには、籐《とう》椅子が三脚置いてあった。
なんと多くの年月が……そして、あそこの窓のそばには、
私たちがよく愛撫しあったベッドが。
どこかで、あの古ぼけた、のろまの家具どもは、
まだ、うろつき歩いているにちがいない……

そして、窓のそばには、そう、あのベッド。
午後の日ざしが、途中まで這《は》いのぼっている。

私たちは、ある日の午後の四時に別れたっけ。
ちょうど、こんな午後の日に、たった一週間の別れのつもりで。
私は思いもしなかったろう、
その七日間が、永遠に続くなどとは。
(『クレア』ロレンス・ダレル(河出書房新社、高松雄一訳)より引用)

いかめしい顔のカヴァフィスの安っぽい肖像写真が何枚も壁に飾られているのを見て、僕

たちはがっかりした。訪問の記念に、僕たちはギリシャ語の詩集を一冊買った。入り江を見渡せる古いギリシャ菓子店に入って並んで座ったとき、オリヴァーが詩のひとつを朗読しはじめた。最初はギリシャ語で、それから自分で簡単に翻訳して。前にその詩を読んだことがあったか、僕は覚えていなかった。イタリアのギリシャ人植民地についての詩だ。ギリシャ人はその地をポセイドニアと呼び、のちにルカニア人がパイストスと改名し、さらにのちにローマ人がパエストゥムと呼んだ。ギリシャ人が住みついてから何世紀も過ぎ、多くの世代を経るうちに、最終的にはギリシャの伝統や言語に関する記憶が失われ、代わりにイタリアの風習が取り入れられた——ただし、年に一日だけ、儀式的な記念日には、ポセイドニア人はギリシャの音楽やギリシャの儀式でギリシャの祭りを祝い、忘れられた祖先の風習や言葉をできるだけ思い出し、自分たちが壮大なギリシャの伝統を失ったこと、もはやギリシャ人がいつも嘲っている異邦人となんら変わらないと気づき、深く悲しむ。その日、太陽が沈むころには、自分たちの中に残っているギリシャのアイデンティティーのかけらを抱いているが、翌日太陽が昇るころには、それが消えるのを目の当たりにする。

そのとき、甘いペストリーを食べながら、オリヴァーがはっと気がついた。ポセイドニア人のように、現在も残っているアレクサンドリアギリシャ人——僕たちのホスト、博物館の案内係、この菓子店の高齢のウエイター、今朝英字新聞を売ってくれた男——は皆、新しい風習や新しい習慣を身につけ、現在本土で話されているギリシャ語に比べて退化したような言葉をしゃべっている。

だがオリヴァーは、決して忘れられないようなことを言った。自分は結婚していて、ふたりの息子の父親だったけど、毎年十一月十六日——僕の誕生日——には、時間を作って、自分の中のポセイドニア人を思い出し、僕たちが一緒にいたらどんな人生になっていただろうかと考えていたと。「君の顔を忘れていってしまうんじゃないかと不安だった。君の声や、君のにおいまでも」オリヴァーは言った。何年ものあいだ、彼はオフィスの近くの湖を見渡せるところを自分にとっての儀式的な場所として、その日はそこで少し時間を作り、命を吹き込まれなかった僕たちの人生について考えていた。僕の人生と一緒になった彼の人生を。僕の父ならヴィジリアと呼んだだろう。それは決して長くは続かず、変化があったわけでもなかった。だけど最近は、とオリヴァーは続けた。おそらくその年は別の場所にいたからだろうが、状況が完全に逆転していると気づいた。一年の一日を除いて、自分はポセイドニア人で、過ぎ去った日々の魅力に取りつかれていた。なにも忘れていないし、忘れたくなかった。たとえ手紙や電話で、僕も忘れていないということを確かめられなくても。また、ふたりとも互いを捜し求めていないとしても、それはただ、僕たちがほんとうに別れたわけではないからだとわかっていた。どこにいても、誰と一緒にいても、なにが僕たちの前に立ちはだかっていても、正しいタイミングが訪れたときに、ただ僕を見つけに行けばいい。

「そして見つけてくれた」

「見つけた」とオリヴァー。

「今日、父が生きていてくれればよかった」

オリヴァーは僕を見つめ、しばらく黙り込んでから言った。「そうだね、僕もそう思う」

Find Me

2020年9月1日　初版発行
2023年4月25日　第2刷発行

著　者　アンドレ・アシマン
訳　者　市ノ瀬美麗
発行人　長嶋うつぎ
発　行　株式会社オークラ出版
〒153-0051　東京都目黒区上目黒1-18-6　NMビル
営　業　TEL:03-3792-2411　FAX:03-3793-7048
編　集　TEL:03-3793-4939　FAX:03-5722-7626
郵便振替　00170-7-581612（加入者名:オークランド）
印　刷　中央精版印刷株式会社

定価はカバーに表示してあります。
乱丁・落丁はお取り替えいたします。当社営業部までお送りください。

ISBN978-4-7755-2936-2